# ALPHAS HERAUSFORDERUNG

## EIN MC WERWOLF LIEBESROMAN

RENEE ROSE

LEE SAVINO

Übersetzt von
STEPHANIE KOTZ

MIDNIGHT ROMANCE

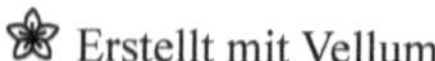 Erstellt mit Vellum

 oxfire

EIN LEISES POPP ist meine einzige Warnung, bevor meine Suppe explodiert.

„Verdammt." Ich reiße die Mikrowellentür auf. Nur die Hälfte meiner Tomatensuppe ist noch im Behälter und das Innere meiner Mikrowelle sieht aus wie der Tatort eines Mordes.

Wie gut, dass ich schon eine Pizza bestellt habe.

Mit einem Seufzer schließe ich die Tür vor den grausamen roten Spritzern. Mein Magen grummelt, als hätte ich seit einem Tag nichts gegessen. Vielleicht habe ich das auch nicht. Ich weiß nicht einmal so recht, welcher Tag heute ist. Tag acht der schlimmsten Trennung aller Zeiten, und das Einzige, das mich mit der Außenwelt verbindet, ist meine beste Freundin.

Apropos beste Freundin... ich drücke meine einzige

Kurzwahlnummer. Der Anruf landet direkt auf der Mailbox, was mich vollkommen überrascht. Amber sollte eigentlich zu Hause sein und sich dort verstecken, nachdem ich sie von ihrem schlimmsten Date aller Zeiten gerettet habe.

Ich beende den Anruf und schicke ihr stattdessen eine SMS, *Hab gerade Pizza bestellt – willst du die Hälfte?*

Es ist wahrscheinlich zu früh, um ihr Date-Desaster zu erwähnen. Sie kannte den Kerl erst seit ein paar Tagen, aber er ist ihr Nachbar. *Peinlich.* Und ja, er ist heiß, aber seit wann gibt das einem Kerl das Recht, eine Frau während des ersten Dates allein an einer Bergflanke zurückzulassen?

Mein Ex ist ein Riesenarsch und nicht einmal er würde das tun.

*Bring ein Bild von Garrett mit. Ich habe eines von Benny und einen Haufen Dartpfeile...* Ich fange an, zu simsen, und lösche es dann. Stattdessen tippe ich, *Ich schwöre Männern für immer ab. Lass uns fett werden und viele Katzen adoptieren.*

Na, bitte. Das wird sie zum Lachen bringen.

Ich laufe im Haus herum, wobei ich die Poststapel und Takeout-Reste bemerke, die sich in den letzten Tagen angesammelt haben. Seit der Trennung habe ich mehr oder weniger wie eine Einsiedlerin gehaust. Benny ist immer noch nicht vorbeigekommen, nicht einmal um seine Sachen abzuholen.

Nicht, dass ich das will. Dreckskerl.

Amber hat mir noch immer nicht zurückgeschrieben. Seltsam. Es ist 18 Uhr an einem Samstagabend, aber meine beste Freundin ist normalerweise zu Hause, allein. Wie ich.

Mannomann, wir sind erbärmlich. Vielleicht sollten wir wirklich ein paar Katzen adoptieren.

Ich schreibe Amber noch mal. *Adoptier keine Katzen ohne mich.*

Meine Mutter hatte recht. Männer sind scheiße. Ich würde mich freuen, wenn ich den Rest meines Lebens keinen Mann mehr sehen würde. Abgesehen vom Pizzaboten. Für ihn mache ich eine Ausnahme.

Als es an der Tür klingelt, renne ich aus dem Wohnzimmer und öffne sie, vielleicht ein kleines bisschen zu eifrig.

„Was schulde ich—" Meine Stimme erstirbt. Ich schaue hoch. Und hoch. Und noch höher.

Verdammt, dieser Pizzabote ist groß. Und ein Muskelprotz. Wie "The Rock" oder so. Bestimmt an die zwei Meter groß mit Schultern, die fast zu breit für die Tür sind. Kurzer Militär-Haarschnitt. Verspiegelte Sonnenbrille im Gesicht... während der Dämmerung.

*Hey, großer Junge,* schnurren meine Füchschenteile. Nein! Böse Foxfire!

„Foxfire Hines?" Er sieht ein bisschen ungläubig aus, als könnte er nicht so recht glauben, dass das mein Name ist. Das passiert mir sehr oft.

„Meine Mutter war ein Hippie", sage ich.

„Was?" Seine Augenbrauen schnellen über den Rand der Sonnenbrille.

„Mein Name. Er kommt daher, dass... meine Mom ein Hippie ist. Sie fand ihn hübsch."

„Ihre Mom."

„Ja."

„Ihr Name ist wirklich Foxfire." Er klingt fast resigniert, als könnte er nicht glauben, welche Wende sein Leben genommen hat, dass es ihn an meine Tür geführt hat. Ich verstehe das. Ich habe auch noch nie einem Pizzaboten meine unsterbliche Lust erklärt. Wir erleben beide ein erstes Mal an diesem Abend.

„Haben Sie auf mich gewartet?", fragt er.

„Äh, ja." Dann fällt es mir plötzlich auf, trotz des Verlangens, das meinen Verstand vernebelt. Was mein Gehirn aus voller Kehle brüllte, um meine Libido zu übertönen. „Warte... wo ist die Pizza?"

~.~

*Tank*

FOXFIRE. Absolut lächerlich. Die Tussi sieht so verrückt aus, wie es ihr Name ist. Auf dem Papier wirkt sie okay. Grafikdesignerin, gute Kundenliste, zahlt ihre Rechnungen pünktlich. Lebt in einem respektablen Lehmziegelhaus in der Nähe der Universität. So weit, so gut. Steht man ihr jedoch persönlich gegenüber, ist sie ein laufende, sprechende Freak-Show. Die Haare sind bunt wie ein Regenbogen gefärbt, wie etwas aus einem Zeichentrickfilm. Zudem ist sie winzig, eine zierliche Elfe in kurzen Shorts und

Trägertop. Ich könnte sie mit einer Hand hochheben und festhalten.

Oh, und sie ist atemberaubend. Sogar mit den Clown-Haaren.

Dieser Job wird entweder ein Kinderspiel werden oder mir granatenmäßigen Ärger machen.

„Wo ist die Pizza?" Sie späht an mir vorbei. Bevor sie protestieren kann, dränge ich mich in ihr Haus, wobei ich die Papiere bemerke, die auf jeder Oberfläche verstreut sind, Sitzsäcke auf dem Boden, ein paar Traumfänger in den Fenstern und eine Lava-Lampe in der Ecke. Die Zeichentrickelfe lebt im La-La-Land.

„Was machen Sie denn da?" Sie blinzelt mich an, ihre unschuldigen Augen sind weit aufgerissen. Völlig furchtlos. Ein Mann, der doppelt so groß ist wie sie, ist gerade in ihr Haus eingedrungen und sie fragt nach Pizza. Die meisten Frauen wären am Ausflippen.

Sie nicht.

Wie gesagt, La-La-Land.

„Ich muss mit Ihnen reden", sage ich.

„Okay." In hoffnungsvollem Tonfall fügt sie hinzu: „Haben Sie die Pizza im Auto gelassen?"

„Keine Pizza. Es geht um Amber."

„Amber?" Ihr Kopf ruckt nach hinten und sie atmet scharf ein.

„Miss Hines, Sie sollten sich besser setzen."

Zu meiner Überraschung lässt sie sich auf den einzigen anständigen Sitzplatz in diesem Haus fallen, eine ramponierte Couch. Sie hat sofort auf meine Autorität reagiert. Würde sie zum Rudel gehören, würde ich sagen, dass sie eine lebhafte, aber devote Wölfin ist.

Vielleicht wird das hier doch einfach.

„Stimmt etwas nicht? Steckt Amber in Schwierigkeiten?"

„Noch nicht. Nicht, wenn Sie kooperieren."

„Was?", flüstert sie und das Blut weicht ihr aus dem Gesicht. Der Geruch ihrer Angst durchdringt den Raum und mein Wolf hebt den Kopf. Weil er es verdammt noch mal *hasst*.

Jetzt bin ich derjenige, der scharf Luft holt. Mein Wolf schenkt Menschen nie Beachtung. Nicht einmal hübschen Frauen mit flippigen Haaren.

„Ich bin nicht hier, um Ihnen wehzutun." Warum habe ich das jetzt versprochen? Ich soll sie doch eigentlich einschüchtern. Mein Job besteht darin, in ihr Haus zu gehen, herauszufinden, was diese Frau weiß, und sie unter Kontrolle zu bringen. Für die Sicherheit meines Rudels zu sorgen. Ein Kinderspiel. Aber mein Wolf ist jetzt ganz durch den Wind und besorgt, dass wir ihr vielleicht Angst einjagen. Was lächerlich ist. Seit wann sind ihm die Gefühle eines Menschen wichtiger als die Sicherheit des Rudels?

„Ich möchte das hier gerne kurz und schmerzlos hinter mich bringen, aber das liegt an Ihnen. Amber hat heute Nachmittag mit Ihnen geredet. Ich muss wissen, was sie gesagt hat."

Sie starrt mich an.

„Das hier wird einfacher über die Bühne gehen, wenn Sie tun, was ich sage", füge ich hinzu.

Sofort versteift sich ihr Rücken. „Haben Sie mir gerade gedroht?"

„Miss—"

„Haben Sie Amber wehgetan? Wo ist sie?" Sie ist jetzt auf den Beinen, ihre Stimme erhebt sich zu einem Kreischen. Diese eins fünfzig winzige Fee tut so, als würde sie es mit mir aufnehmen wollen. Und mein Wolf... er denkt, sie ist sogar noch niedlicher, wenn sie wütend ist.

„Wehe Sie haben sie angefasst, Kumpel", zischt Foxfire. „Ich habe es diesem Idioten Garrett schon gesagt, und Ihnen sage ich es auch noch mal. Wenn es um Amber geht, *lassen Sie sie in Ruhe*."

Sie fordert mich heraus. Und sie hat meinen Alpha einen Idioten genannt. Sie ist entweder verrückt oder Selbstmord gefährdet.

„Miss Hines—"

„Ich meine es ernst." Sie piekt mir in den Bauch und meine dominante Seite bricht hervor. Ich fange ihr Handgelenk ein, ziehe sie nach vorne und drehe sie in letzter Minute so, dass sie gegen mich gedrückt wird, ihr Rücken an meiner Vorderseite klebt, mein Körper über ihren gebeugt und meine Nase in ihrem regenbogenfarbenen Haar vergraben ist. Ihr Geruch steigt mir in die Nase: Erdbeer-Shampoo, Druckertinte, ein bisschen Hippie-Weihrauch und ein wilder Geruch, den ich nicht genau bestimmen kann. Er ist mir vertraut, aber ich kann ihn nicht einordnen.

Sie wehrt sich, doch sie ist gefangen, ein schlanker Armvoll mit Kurven an all den richtigen Stellen. Mein Schwanz wählt diesen unglücklichen Moment, um aufzumerken.

„Jetzt werde ich Ihnen sagen, wie das hier ablaufen wird, Schätzchen", flüstere ich ihr ins Ohr. „Ich werde Fragen stellen. Sie werden mir Antworten geben. Und wenn Sie sich sehr, sehr gut benehmen, wird es Ihnen und Ihrer Freundin prima gehen. Verstanden?"

„Lassen Sie mich los." Sie bäumt sich auf und stampft mit ihren Füßen auf meine. Da meine in Motorradstiefeln stecken und ihr nackt sind, tut es ihr wahrscheinlich mehr weh als mir. Ich hebe sie von ihren Füßen und kriege fast eine Ferse in den Schritt. Im letzten Moment ziehe ich sie zur Seite und ihr Fuß prallt an meinem Oberschenkel ab.

„Hilfe, Mord! Vergewaltigung!", kreischt Foxfire. Ich presse meine Hand auf ihren Mund und sie beißt mich. Mein Wolf beschließt, dass er verliebt ist.

In den nächsten Sekunden landen wir auf dem Boden, meine Hand liegt nach wie vor auf ihrem Mund und mein Körpergewicht drückt sie nach unten. Eine interessante Position, in der man alle möglichen Dinge tun könnte, wie mein Wolf anmerkt. Mein Schwanz ist einer Meinung mit ihm.

Ich drehe sie um, sodass sie mir zugewandt ist. Ihre Brust hebt und senkt sich schnell, ihr Geruch ist von Angst erfüllt, aber ihre Augen sprühen Funken.

„Das reicht." Ich lege genug Dominanz in meinem Ton, um ein ganzes Rudel Wölfe in die Knie zu zwingen. „Werden Sie kooperieren oder muss ich Sie fesseln?"

Sie macht ein Geräusch an meiner Handfläche, das schwer nach *fick dich* klingt. Ich will ihr gerade sagen, dass ich das sehr gerne tun würde, als es an der Tür klingelt. Die gottverdammte Pizza ist hier.

Vielleicht wird das doch nicht so einfach.

oxfire

ALS DAS KLINGELN der Türglocke durch mein Haus hallt, verlagert der große Kerl, der mich auf den Boden gepinnt hat, seinen Körper, sodass er einen Großteil seines Gewichtes selbst trägt, anstatt mich auf dem Hartholz plattzudrücken. Was ziemlich rücksichtsvoll von ihm ist. Ich weiß diese Art der Rücksichtnahme zu schätzen, sogar von einem Mann, der unter dem Vorwand, Pizza zu liefern, einfach in mein Haus eingedrungen ist.

Die Türglocke läutet erneut.

„Nun?" Meine Worte kommen nur gedämpft zwischen seinen Fingern hervor. „Werden Sie die Tür aufmachen?"

Er entfernt seine Hand. „Werden Sie sich benehmen?"

Ich lecke mir über die Lippen und sein Blick schnellt zu meinem Mund. Er bewegt sich wieder und plötzlich bin ich mir seiner beeindruckenden Männlichkeit, die sich an meine Füchschenteile presst, sehr bewusst. Er ist ein großer Junge. Sehr groß.

Oh mein Gott, haben wir gerade einen Moment? Ich starre zu ihm hoch. Kräftiger Kiefer, pralle Lippen. Sehr muskulöser Körper, der sich an meinen presst.

Meine Zunge schnellt nach vorne, um über meine Lippen zu lecken und seine Augen folgen jeder meiner Bewegungen. Die Waffe in seiner Hose zuckt an meinem Bein.

Ich versuche, mich unter ihm hervor zu schlängeln, woraufhin sich seine Hände anspannen und mich daran erinnern, dass er über einen Kopf größer ist als ich und um einiges stärker. Ich könnte schreien, aber das könnte den Pizzaboten in Gefahr bringen. Und ich bin mir ziemlich sicher, dass es Mr. Wrestling Champion wütend machen würde. Das Ergebnis: schlimme Dinge. Für mich, für den Pizzaboten, vermutlich für Amber. Und ich werde keine Pizza kriegen.

Aus irgendeinem Grund habe ich keine Angst vor ihm. Er riecht… richtig. Wenn es um Menschen geht, neige ich dazu, meinem Geruchssinn zu vertrauen. So merkwürdig sich das auch anhört, aber es funktioniert.

Außerdem bin ich Foxfire Hines. Ich habe vor nichts Angst, außer Toilettenschlagen.

Die Türglocke läutet abermals.

„Ich werde mich benehmen", sage ich, „wenn Sie für die Pizza bezahlen. Aber nur, weil mir Amber wichtig ist. Und ich Hunger habe."

„Meinen Sie das ernst?"

„Indianerehrenwort?" Er hat meine Handgelenke neben meinem Kopf auf dem Boden fixiert, sodass ich ihm nicht die Hand darauf geben kann, aber es gelingt mir mit meinem kleinen Finger zu wackeln.

Der Kerl mustert mich einen Augenblick. Ich lächle ganz liebenswürdig und unschuldig. Vertrauenswürdig.

Er seufzt und erhebt sich. „Keine Mätzchen." Er richtet einen warnenden Finger auf mich. „Ich bin nicht hier, um dir wehzutun, aber wenn du mir Ärger machst, werde ich dich bestrafen."

Meine Füchschenteile erbeben. Ich bin nicht angetörnt, auf keinen Fall. Meine Brustwarzen drücken sich gegen mein Top, weil es kalt ist. Ich schlinge meine Arme um mich, nur für den Fall.

Mein riesiger, unerwünschter Gast ist an der Tür und tauscht Scheine gegen eine weiß-rote quadratische Schachtel aus. Nicht zu schreien, war die richtige Entscheidung. Der Lieferbote ist nicht annähernd so groß und hochgewachsen und war auch schon eine ganze Weile nicht mehr im Fitnessstudio. Mr. Muskelmann sieht aus, als würde er in einem wohnen, und zwischen Wiederholungen auf einer Kraftstation schlafen.

„Vergiss das Trinkgeld nicht", rufe ich.

Ein finsterer Blick und mein unerwünschter Gast wendet sich von mir ab. Heidewitzka. Der Rücken ist genauso straff wie die Vorderseite.

Ich muss leicht weggetreten sein, während ich den Kerl angeglotzt habe, denn ehe ich mich versehe, kommt er schon zu mir zurück, den Pizzakarton in einer Hand. Er packt mich am Ellbogen und führt mich mit der anderen zum Sofa.

„Setzen Sie sich", befiehlt er und ich gehorche. Sowie mein Hintern das Sofa berührt, greife ich nach der Pizza.

„Nicht so schnell. Zuerst reden wird.“

„Das ist eine grausame und ungewöhnliche Bestrafung“, platzt es aus mir heraus.

Er bedenkt mich mit einem weiteren *Was zur Hölle?*-Blick, den ich einfach ignoriere. Die kassiere ich oft.

„Nun, es ist ungewöhnlich. Und grausam. Ich habe Hunger.“

„Ich werde Sie mit Essen versorgen. Vorher muss ich Ihnen nur einige Fragen stellen.“ Er stellt die Pizza vor mir auf den Wohnzimmertisch und setzt seinen Stiefel auf die Kante zwischen mir und dem Objekt meiner Begierde. Natürlich erhalte ich dadurch einen erstklassigen Blick auf seinen Schritt, wo ein weiteres potenzielles Objekt meiner Begierde zur Schau gestellt wird.

Nein! Böse Foxfire!

„Ihre Freundin hat über uns geredet. Ich bin hier, um in Erfahrung zu bringen, wie viel Sie wissen.“

„Uns? Wer ist uns?“ Widerwillig hebe ich meine Augen zu seinem Gesicht. Jetzt, da ich darüber nachdenke, kommt er mir bekannt vor. Noch ein Nachbar von Amber? Garrets ganze Gang scheint in dem Apartmentgebäude zu wohnen, das ihm gehört. „Ich kenne nicht einmal Ihren Namen.“

„Ich heiße Tank.“

Tank. Ich stelle den komischen Namen nicht infrage. Topf, Deckel und das alles. Außerdem, erhalten nicht alle Gangmitglieder knallharte Spitznamen, wenn sie die Initiierung bestanden haben? Ich würde ihn ja fragen, aber ich bezweifle, dass er bereit dazu wäre, Fragen über das Gangleben zu beantworten. Und da er wie ein, nun, Tanker gebaut ist, werde ich ihm seinen Willen lassen.

Vorerst.

„In Ordnung, Mr. Tank –“

„Nur Tank.“

„Nur Tank“, korrigiere ich mich und er schließt frustriert die Augen. Exzellent. „Was möchtest du wissen?“

Er holt tief Luft. „Vor einigen Stunden haben Sie Garrett vor Ambers Apartment konfrontiert. Sie beschuldigten Ihn, ein Werwolf zu sein.“

„Ja und?“

„Ich muss wissen, was sie Ihnen über uns erzählt hat.“

„Sie hat mir gar nichts erzählt. Wir sprachen über ihr schlechtes Date. Ihr Kerle wurdet da nur nebenbei erwähnt.“

„Was genau hat sie gesagt?“

„Das kann ich dir nicht sagen. Das würde den Mädels-Code brechen.“

„Miss Hines“, knurrt er.

„Nenn mich Foxfire.“

„Miss Hines.“ Seine Stimme wird sogar noch tiefer und knurriger. „Ich denke nicht, dass Sie verstehen, wie ernst die Lage ist. Amber hat einige Dinge über uns herausgefunden und wurde von unserem Anführer, Garrett, zur Geheimhaltung verpflichtet. Sie könnte in großen Schwierigkeiten stecken, weil sie geredet hat.“

„Ich dachte, du hättest gesagt, ihr ginge es gut.“

„Wir mögen es nicht, wenn Außenseiter über uns reden. Ihr Strafmaß hängt davon ab, wie viel sie Ihnen erzählt hat.“

Da ist wieder dieses Wort. *Strafe*. Ich mag das ein bisschen zu sehr.

„Ihr Motorradtypen seid ziemlich intensiv.“ Ich

bezeichne sie nicht als *Gang*, weil das vielleicht beleidigend ist. Oder vielleicht ist es das auch nicht, weil sie definitiv eine Gang sind. Ein Haufen großer gefährlicher Kerle, die mit zu einander passenden Tattoos bemalt sind, Motorräder fahren, wie Pech und Schwefel zusammenhalten und irgendeiner Art Bro-Code folgen. Ihrem Anführer gehören einige Geschäfte und sie arbeiten alle für ihn. Ich habe kein Wort über kriminelle Aktivitäten gehört, aber ich werde nicht nachfragen.

„Sagen Sie mir einfach, was Amber Ihnen erzählt hat."

Das Klingeln kleiner Glocken unterbricht uns.

„Ist das Ihr Handy?" Tank nimmt es an sich, bevor ich nicke. Er schließt seine Faust um das Gerät und drückt zu. Als er seine Hand öffnet, fallen Stücke meines Handys zu Boden.

„Whoa", hauche ich und starre die Stücke an.

„Sie müssen anfangen, aufmerksamer zu sein, Miss Hines. Ich bin hier, um herauszufinden, was Sie wissen und keiner von uns wird irgendwo hingehen, bis ich zufrieden bin."

~.~

*Tank*

. . .

„DAS WAR SO COOL!", kreischt sie. „Du hast mein Handy mit deinen bloßen Händen zerquetscht." Sie hält inne und kräuselt die Nase. „Warte… das war mein Handy."

Ich kann nur meinen Kopf schütteln und beschließe, sämtliche Förmlichkeiten aufzugeben. „Yeah, Prinzessin. Bis ich kriege, was ich will, wirst du nirgendwo hingehen oder mit irgendjemandem reden."

„Kann ich die Pizza haben?"

„Zuerst reden. Dann Pizza."

„Amber hat mir nichts über euch Typen erzählt."

„Du hast Garrett einen Werwolf genannt."

„Ja, weil ihr so genannt werdet."

*Fuck.* Ich verschränke die Arme vor der Brust. „Amber hat dir erzählt, dass wir Werwölfe sind."

„Ja."

„Und du hast ihr geglaubt?"

„Ähm ja. Ihr seid eine Gang. Das ist euer Name. Ihr könnt euch nennen, wie ihr wollt, meiner Meinung nach. Die Jets, die Haie, die Werwölfe… die geistesgestörten Leguane… was auch immer ihr für passend haltet, damit ihr knallhart klingt, Borstenkopf."

Ich reibe mit den Fingern über meine Augen. Die Tussi hat keine Ahnung, wie wenig noch dazu fehlt, dass ich ihr den niedlichen kleinen Arsch versohle. Und mein Schwanz findet das eine *geniale* Idee.

„Deswegen bist du also hierhergekommen?", nörgelt sie. „Um mich zu fragen, was ich über eure Gang weiß?"

„Erzähl mir, was du weißt."

„Ich weiß, dass ihr Motorräder fahrt." Sie hebt für jeden Punkt einen Finger. „Ein ganzer Haufen von euch wohnt neben Amber, meiner besten Freundin. Euer

Anführer hat versucht, sie zu verführen und schrecklich versagt, als er sie während ihres ersten Dates einfach stehengelassen hat."

„Ist das alles?"

„Einige von euch haben Mondtattoos auf ihren Fingerknöcheln." Sie grinst spöttisch. „Werwolf und Vollmond. Sehr einfallsreich. Euch gehört auch Club Eklipse. Ihr haltet euch wirklich an das Thema, das muss ich euch lassen. So." Sie wirft die Hände in die Luft. „Das ist alles, was ich weiß. Bist du den ganzen Weg hierhergekommen, nur um mich aufzumischen?"

„Wir mögen es nicht, wenn Leute ihre Nasen in unsere Privatangelegenheiten stecken."

„Tja, ich mag es nicht, wenn Vollpfosten meine Freundin daten. Mir ist schnurzegal, ob Garrett dem Wolfmann die Hälfte der Gebäude hier gehören. Er kann meine Freundin nicht so behandeln."

Ich ziehe eine Braue hoch. „Sonst was?"

Sie rutscht nach vorne und hält mir einen Finger vor die Nase. „Mache ich ihn fertig."

Ich verkneife mir ein Grinsen. Sie schüttelt ihren Finger und ich tue so, als würde ich danach schnappen. Sie reißt ihre Hand mit einem Schrei zurück. Endlich. Ein wenig Angst.

„Sehr witzig." Sie verschränkt die Arme vor der Brust und ahmt meine Haltung nach.

„Garrett würde Amber niemals wehtun."

„Es gibt eine Menge Arten, verletzt zu werden", widerspricht Foxfire. „Nur eine ist körperlicher Natur."

Ich neige meinen Kopf. „Du hast recht. Ich weiß jetzt, dass du keine Bedrohung für unsere Organisation darstellst. Wir möchten keinen Ärger machen, aber wie du sagtest, gehören Garrett viele Immobilien und er will nicht, dass irgendjemand fiese Gerüchte über ihn verbreitet."

„Tja, es tut mir ja schrecklich leid, dass Garrett sich ins Hemd gemacht hat. Mir war nicht klar, dass er so ein Sensibelchen ist."

Und schon wieder beleidigt sie meinen Alpha. Wenn sie mein wäre, würde sie so schnell über meinem Knie liegen… zur Hölle, sogar mir würde schwindlig werden. Ich habe noch nie in meinem Leben jemanden getroffen, der so dringend ein Spanking gebraucht hat. „Pass auf."

„Pass du doch auf." Sie funkelt mich finster an.

Unfassbar. „Du bist eins fünfzig und denkst, du kannst es mit mir aufnehmen?"

„Ich bin eins fünfundsechzig!"

„Ja klar", schnaube ich. „In fünfzehn Zentimeter Absätzen." Ich weiß nicht, warum ich sie absichtlich wütend mache. Mein Auftrag könnte jetzt genauso gut vorbei sein. Garrett würde vielleicht wollen, dass ich einen Blutsauger rufe, damit er ihr das Gedächtnis löscht, aber das kann eine Person wirklich verkorksen. Ich finde nicht, dass sie das verdient. Auch wenn sie in Sachen Haarfarbe einen grausigen Geschmack hat.

„Ich kann nicht fassen, dass du – du –"

„Vorsicht." Ich kann nicht fassen, dass ich diese Tussi doch tatsächlich warnen muss, keinen Streit mit mir anzufangen. Mein Wolf könnte sie mit einem Happs verschlingen. Nicht, dass er das tun würde. Ich habe ein größeres Interesse daran, sie auf andere Weise zu verschlingen. Nachdem ich ihren hübschen Arsch in Flammen gesetzt habe.

Ihr Gesicht läuft rot an.

„Setz dich, Foxfire", befehle ich.

Sie lässt sich auf das Sofa plumpsen. *Sehr reaktionsfreudig.* Das draufgängerische Auftreten ist alles nur heiße Luft – und wer kann ihr das verübeln? Sie wohnt allein und ihre beste Freundin ist eine arbeitswütige Anwältin mit einem Stock im Arsch. Es ist Samstagabend und die Prinzessin vom La-La-Land ist ganz allein.

„Wir haben offensichtlich einen Fehler gemacht." Garrett wird sie vielleicht nicht so leicht davonkommen lassen wollen, aber ich werde keinen Blutsauger an sie ranlassen. Wir können einen anderen Weg finden, sie zum Schweigen zu bringen. Nicht, dass sie irgendetwas weiß, aber trotz der großen Klappe hat sie tatsächlich was auf dem Kasten. Wenn Garrett weiterhin um Amber herumscharwenzelt, könnte es nur eine Frage der Zeit sein, bis sie hinter die Wahrheit kommt.

„Ich muss einen Anruf machen. Iss deine Pizza." Ich klappe die Pizzaschachtel auf und überlasse sie ihr, um in eine abgelegene Ecke zu gehen und meinen Alpha anzurufen. Es klingelt ein paar Mal und dann springt die Mailbox an.

„Hey, Boss", ich senke meine Stimme, „ich bin im Haus des Mädels. Sie weiß nichts. Denkt wir sind eine Art Motorradgang, die sich die Werwölfe nennt." Ich hole tief Luft. Ich will sagen, dass ich denke, wir sollten sie in Ruhe lassen, aber etwas stoppt meine Zunge. Mein Wolf. Er will mehr Zeit mit ihr verbringen.

„Ich werde sie im Auge behalten, bis du anrufst. Schauen, ob ich sie dazu kriegen kann, sich noch mehr zu öffnen."

Ich überprüfe meine Nachrichten und SMS, aber ich habe keine vom Rudel bekommen. Ich könnte es bei Trey und Jared probieren, aber zu diesem Zeitpunkt sollten sie schon in Mexiko sein oder in der Nähe davon. Ich sollte eigentlich bei ihnen sein und unserem verlorenen Rudelmitglied nachjagen, anstatt die kleine Miss *Looney Tunes* zu beaufsichtigen. Jetzt da ich in einem anderen Teil ihres Hauses bin, rieche ich Marihuana, auch wenn nichts von dem Gestank an ihr haftet. Sie nimmt keine Drogen. Sie ist von Natur aus so irre.

Je eher mein Alpha anruft und mich von hier wegbefiehlt, desto besser. Mein Wolf ist da anderer Meinung, was es nur umso wahrer macht.

Sie sitzt noch immer auf dem Sofa und beobachtet mich mit großen Augen. Die Pizza liegt unberührt vor ihr. „Wo ist Amber?"

„Sie ist in Sicherheit. Ihr wird nichts passieren."

„Woher soll ich wissen, dass du mich nicht anlügst?"

„Benimm dich und ich lasse dich mit ihr reden. Im Moment ist sie beschäftigt."

Foxfire starrt mich finster an.

„Sie ist bei Garrett."

„Garrett? Der Vollpfosten?"

Ich knurre. „Beleidige ihn nicht."

„Er hat mein Mädel an einer Bergflanke stehen lassen."

„Er hatte seine Gründe." Er war kurz davor in der Öffentlichkeit mondverrückt zu werden. „Amber ging es prima."

„Ja, weil ich gekommen bin und sie abgeholt habe. Wenn er sie noch einmal verführt und ihr das Herz bricht, rate mal, wer dann die Scherben aufkehren darf? Ich."

„Deinem Mädel geht es super. Sie ist vollkommen sicher. Wir haben gedacht, sie hätte einige Regeln gebrochen, aber Garrett kümmert sich darum."

„Regeln? Meine Güte, ihr Typen seid für eine Gang ganz schöne Korinthenkacker."

„Du hast ja keine Ahnung." Ich will ihr wirklich gerne zeigen, wer von uns beiden der Boss ist. Aber das gehört nicht zu dem Auftrag. Ein Jammer. Wölfe disziplinieren ihre Gefährten. Meinem Wolf gefällt die Idee, sie zu bestrafen, genauso gut wie meinem Schwanz.

„Los mach schon, iss." Ich bedeute ihr mit der Hand, dass sie essen soll.

Sie starrt mich an. „Du wirst hierbleiben?"

Ich nicke.

„Wie lange?"

*Bis ich weiß, dass du keine Bedrohung für das Rudel darstellst.* „So lange ich will." Sie atmet schwer, ihre kleinen Schultern heben und senken sich vor Wut. Ihre Brüste beben unter ihrem Oberteil. Der Anblick stellt interessante Dinge mit meinem Schwanz an. „Färbst du dir deine Haare?"

„Nein", spottet sie. „Sie kommen ganz natürlich so raus."

Ich kann nicht anders. Ich lache. Sie ist einfach zu komisch.

Ich setze mich auf das andere Ende des Sofas.

Sie starrt mich an, als würde sie abwägen, ob sie eher kooperieren oder sich wehren soll. Soweit ich weiß, könnte sie genauso gut in einer Minute beschließen, dass es eine gute Idee wäre, zu versuchen, mich vom Sofa zu stoßen.

Ich strecke meine Beine aus. Ich bin knapp ein Meter

neunzig groß, 255 Pfund reiner Muskelmasse. Plus Werwolfkraft. Ich weiß, wer bei einem Ringkampf gewinnen wird. Ich hoffe beinahe, dass sie es probiert.

Sie fällt eine Entscheidung und schenkt mir ein strahlendes Lächeln.

„Willst du was von der Pizza?"

La-La-Land.

~.~

*FOXFIRE*

TANK BLINZELT MICH AN. Er ist ziemlich nett für einen Gangvollstrecker. Zu groß und muskulös für sein eigenes Wohl. Offensichtlich nicht daran gewöhnt, dass ihm jemand Paroli bietet.

Er kann sich auf eine große Überraschung gefasst machen.

„Ich hab die Supreme bestellt." Ich greife nach einem Stück. „Ich dachte mir, ich muss gesund essen, also sollte ich eine Gemüsepizza bestellen. Aber dann hatte ich Lust auf Fleisch. Also hab ich die Supreme genommen und mir gesagt, dass ich einfach alles Ungesunde runternehmen werde. Ich hasse Oliven, also mache ich sie runter. Du kannst dir gerne die Hälfte nehmen."

„Okay", erwidert er langsam.

„Ich hab sie nicht vergiftet", sage ich, bevor ich ein

großes Stück abbeiße. Ich kaue, schlucke und grinse. „Du hast mir nicht genug Zeit gelassen."

Er erstarrt, als er gerade nach der Pizza greifen will. Ich lächle noch breiter und zeige all meine Zähne.

Ich habe beschlossen, zu kooperieren. Auf meine eigene, fantastische Foxfire Weise. Ich werde mich albern und ahnungslos geben, bis er seinen Fehler einsieht. Aber ich werde ihn nicht so einfach davonkommen lassen. Ich werde ihn dafür bezahlen lassen. Er wird den Tag bereuen, an dem er sich mit mir angelegt hat. Ich werde ihn in den Wahnsinn treiben.

In der Zwischenzeit, Pizza.

Ich verschlinge drei Stücke, bevor ich langsamer mache. Gott, war ich hungrig. Ich habe Tank die ganze Zeit beobachtet. Er kommt mir bekannt vor…

„Ich weiß, wo ich dich gesehen habe. Du bist der Türsteher beim Eklipse."

„Und du bist das Mädel, das nicht viel verträgt."

„Ich befinde mich mitten in einer schlimmen Trennung. Es steht mir zu, einen über den Durst zu trinken." Ich fuchtle mit meiner Pizzakruste vor ihm herum. „Du solltest besser etwas essen, wenn du was abhaben willst."

Mit einem Kopfschütteln greift er erneut nach seinem ersten Stück. Er inhaliert es praktisch, greift nach einem zweiten, klappt es auf ein drittes Stück, um ein Pizzasandwich zu machen, und isst es so. Innerhalb von Minuten hat er die halbe Pizza dezimiert.

„Alter. Soll ich noch eine bestellen?"

Er schüttelt den Kopf.

Ich mustere ihn genauer. Motorradstiefel, Jeans, T-Shirt, das sich über seinen hammergeilen Herkuleskörper spannt. Er hat den Geruch von Motoröl an sich und etwas anderes – ein Geruch wie Zimt, nicht unangenehm. Ich habe einen ziemlich guten Geruchsinn. In der Vergangenheit habe ich hin und wieder beschlossen, Männer nicht zu daten oder Kunden nicht anzunehmen, weil sie nicht richtig rochen. Nur eine weitere merkwürdige Sache an mir.

Obwohl er so groß ist und sich große Mühe gegeben hat, mich einzuschüchtern, wirkt er recht reserviert. Seine Bewegungen sind vorsichtig, kontrolliert. Ich kann mir nicht vorstellen, dass er einer Frau wehtut. Vielleicht hatte ich deswegen von Anfang an kein Problem damit, ihn gezielt auf die Palme zu bringen.

„Was?", fragt er und mir wird bewusst, dass ich ihn über eine Minute angestarrt habe.

„Nichts." Ich täusche Unschuld vor.

„Also, wie bist du ein Werwolf geworden?"

Er erstickt beinahe an seiner eigenen Spucke. „Was?"

„Ich nehme an, dass du nicht auf einem Motorrad geboren wurdest. Wann hast du dich der Gang angeschlossen?"

Er räuspert sich. „Keine Gang. Ein Club."

„Oh." Ich lege den Kopf auf die Seite. „Ein Club. Wie die Musketiere?"

„Nein."

„Habt ihr ein Motto?"

„Nein." Er massiert sich die Stirn.

„Also, können Frauen auch Werwölfe werden? Ich wollte schon immer Motorradfahren lernen."

„So nennen wir uns nicht. Zumindest nicht in der Öffentlichkeit."

„Richtig. Ihr habt nur Mondtattoos und aufgemalte Wölfe auf euren Bikes."

Er blickt mich düster an und ich hebe abwehrend die Hände.

„Was? Ihr haltet euch an das Thema, wie ich bereits sagte. Das bewundere ich. Wenn ihr nicht wollt, dass euer Name für alle offensichtlich ist, solltet ihr euch nicht im Club Eklipse rumtreiben." Tanks Miene ist sorgsam ausdruckslos, aber ich kann sehen, dass ich ihm zusetze. Gut. „Veranstaltet Garrett bei jedem Vollmond eine Art Monster-Misch-Tanz? Denn das solltet ihr. Tatsächlich könnte das eure Initiation sein. Ein Line Dance zu „Thriller"."

Er schüttelt den Kopf.

„Nein? Wie kann man sich euch dann anschließen?"

„Man kann sich nicht anschließen. Du musst gesponsert werden."

„Wer hat dich gesponsert?"

„Mein Dad."

„Er ist Mitglied im Club?"

„Yeah." Er wendet den Blick ab, als hätte er mir diese Information eigentlich nicht geben wollen.

„Oh, nett. Eine Familiengeschichte." Ich lächle liebenswürdig und sein Kiefer verkrampft sich. Er knirscht mehr oder weniger mit den Zähnen.

Exzellent.

„Also, wenn ich mir ein Motorrad besorge, würdest du dann mein Sponsor werden?"

„Nein."

„Nein? Ich habe dem Club eine Menge zu bieten. Ich

mache eine klasse Margarita. Und Cupcakes mit Margarita-Geschmack.“

„Nein.“

„Ich kann die Website des Clubs in Ordnung bringen. Ich hab sie mir angesehen und sie ist eine Katastrophe.“

„Du hast Nachforschungen über uns angestellt?“

Uups. Er ist wieder ganz angespannt, weshalb ich mit den Achseln zucke. „Dein kleiner Anführer datet meine beste Freundin. Ich habe ein bisschen rumgeschnüffelt.“ Er funkelt mich finster an und ich hebe meine Hände. „Entspann dich. Alles, das ich gefunden habe, war astrein. Abgesehen von der Website. Ein Farbmuster wie eures sollte gesetzlich verboten sein. Hey, wenn du mich gehen lässt, richte ich das zum Familien- und Freundschaftspreis für euch.“

„Du erstellst Websites?“

„Jepp. Das ist Teil meines Geschäfts. Online Marketing und Branding. Hier, ich zeige es dir.“ Ich springe auf. Er erhebt sich ebenfalls und ich winke mit der Hand ab. „Ich hole nur meinen Laptop.“

„Lass dir nicht zu viel Zeit“, befiehlt er.

„Ich werde nicht aus dem Fenster fliehen.“ Noch nicht jedenfalls. Nicht, wenn ich ihn auf andere Art vertreiben kann. „Wie lange hast du noch mal gesagt, dass du bleibst?“

„So lange, wie es dauert.“

„Wenn du etwas zum Trinken willst, bediene dich. Ich habe Wasser und Wasser.“

Ich schnappe mir meinen Computer. Bevor ich zu ihm zurückgehe, stecke ich noch schnell den Kopf ins Bad und putze meine Zähne. Ich schüttle meine Haare aus und lege etwas Lipgloss auf. Nicht, dass ich flirten werde oder so etwas. Aber nur für den Fall. Ich verpasse den Mädels einen Push, du weißt schon, zur Unterstützung, nicht um sie einem gewissen sexy Biker zu präsentieren.

Als ich zurückkehre, hat er die Pizza ratzeputz aufgegessen. Und ein Glas Wasser wartet neben seinem auf mich. Er hat beide Gläser auf Bierdeckel gestellt.

„Ein stubenreiner Werwolf", murmle ich.

„Wie bitte?" Er sieht zu mir auf. Er hat ein gutes Gehör. Gut zu wissen.

„Du hast die Gläser auf Bierdeckel gestellt." Ich lächle ihn an. „War deine letzte Freundin ein Miststück? Hat sie dich zur Benimmschule gebracht?"

Ich kichere über meinen eigenen Witz, während Tank sehnsüchtig auf den Boden schaut. Armer Kerl, hat mich am Hals. Ich bin nicht aufs College gegangen, aber ich habe die Kunst, Leute zu nerven, perfektioniert.

„Hier." Ich öffne meinen Laptop und zeige ihm mein Kundenportfolio.

„Das hast du alles selbst gemacht?"

„Wenn man erst einmal das grundlegende Design gelernt hat, ist es nicht so schwer." Ich rufe meine aktuellsten Projekte auf und zeige ihm die Vorher-Nachher Bilder.

„Das ist gut. Richtig, richtig gut. Du leistest großartige Arbeit."

„Nun, dankeschön."

Ich lehne mich zurück. Verflixt und zugenäht, ich muss mich an den Plan halten. Aber ihn zu beeindrucken, fühlt sich zu gut an.

Ich scrolle weiter durch meine Arbeiten. Er beugt sich

näher. Viel zu nahe. Seine Körperhitze geht auf mich über. Seine Nase steckt praktisch in meinen Haaren, als würde er –

„Alter, hast du gerade an mir geschnüffelt?" Ich rücke auf dem Sofa von ihm weg.

„Sorry", brummelt er. „Du riechst…"

„Ich habe Deo aufgelegt."

„Ich weiß. Ich meine nicht, dass du stinkst. Es ist nur…" Er verstummt mit gerunzelter Stirn.

„Nur was?" Ich hebe meinen Arm und schnuppere, nur um auf Nummer Sicher zu gehen. Ich habe im Bad kein Parfüm aufgelegt, weil ich nicht so offensichtlich sein wollte.

„Nichts."

„Nun, was ist mit dir? Du riechst nach Motoröl?"

Er blinzelt. „Das riechst du?"

„Ja. Ich hatte schon immer einen guten Geruchsinn. Arbeitest du mit Autos oder so was?"

„Yeah. Ich leite die Werkstatt."

„Die Werkstatt? Für die Gang?"

„Den Club."

Ich rufe die Clubwebsite auf und klicke mich zur Werkstatt durch.

„Leistest du gute Arbeit?"

Er zuckt mit den Schultern.

Ich klicke mich durch die Seite und ignoriere ihn einige Minuten. Dieser Mann macht mich auf eine Weise nervös wie noch kein anderer Mann vor ihm.

„Weißt du, ich werde niemandem von euch Typen erzählen. Du kannst jetzt gehen."

„Nicht, bis ich von Garrett höre."

„Machst du alles, was er sagt?“

„Er ist ein guter Anführer.“ Tank streckt seine Beine aus. „Hast du einen Fernseher?“

„Nein. Fernseher zerstören das Gehirn.“

„Und Gras nicht oder was?“

„Was?“ Ich rümpfe die Nase. „Das mach ich nicht mehr.“

„Was sollen dann die Pflanzenlampen in dem anderen Zimmer?“

„Die sind für meine Tomaten.“

Er starrt mich nur an.

„Na schön“, seufze ich. „Wir können auf meinem Computer Netflix schauen.“

 oxfire

EHE ICH MICH VERSEHE, klappt Tank meinen Laptop zu.

„Schlafenszeit."

„Wa –!", rufe ich. „Es ist erst –" Ich werfe einen Blick auf die Uhr. Es ist fast Mitternacht.

„Komm schon." Er deutet auf das Schlafzimmer.

Ich gähne. Ich bin ziemlich müde. „Okay, Big D."

Er schüttelt seinen Kopf, aber korrigiert mich nicht. Tatsächlich meine ich, zu sehen, dass seine Mundwinkel zucken.

„Warte, verbringst du etwa die Nacht hier?"

„Du hast es erfasst, Prinzessin. Gleich hier draußen." Er hat sich bereits eine Decke und Kissen für das Sofa organisiert und seine schwarze Tasche aus seinem Truck hereingebracht. Er muss sie geholt haben, als ich im Bad war oder so was.

Ich halte einen Moment inne.

„Dir droht keine Gefahr von mir", sagt er leise. Aus irgendeinem Grund glaube ich ihm. Ich weiß nicht warum, aber das tue ich.

Dennoch ist die ganze Situation dämlich. Hausarrest wegen eines Missverständnisses.

Während ich im Bad meine Zähne putze, wäge ich meine Fluchtmöglichkeiten ab. Vielleicht könnte ich sein Handy stehlen und Amber kontaktieren. Es ist nicht so sehr Tanks Anwesenheit, die mir Sorgen bereitet, als viel mehr das Wissen, dass Amber in irgendwelche merkwürdigen Gangaktivitäten verwickelt ist. Mein Anwaltsfreundin versteht unter einer aufregenden Zeit das Tragen von Yogahosen zum Brunch nach ihrem wöchentlichen Hatha Yogakurs. Dass sie sich auf einen wilden, tätowierten Motorrad-Mann-Nachbarn einlässt, steht ganz oben auf meiner Liste von *Auf keinen Fall, das wird nie passieren.*

Doch momentan überdenke ich diese Liste. Nach einigen Stunden mit Tank werde ich die Macht, die große knurrige Bikerkerle auf meine Eierstöcke haben, nie wieder unterschätzen. Ich bin zwei Shots davon entfernt, Tank wie einen Berg zu besteigen.

Ich werfe meine regenbogenfarbigen Haare nach hinten, drücke meine Ellbogen zusammen, um meine Möpse nach oben zu pushen, und mache einen Schmollmund vor dem Spiegel. „Wie magst du es gerne, großer Mann?"

„Alles okay da drin?", ruft Tank.

Mist. Er muss direkt vor der Tür stehen, um sicherzugehen, dass ich nicht aus dem Fenster klettere oder so was.

„Nur eine Minute!"

Ich lecke mir über die Lippen und lege die Stirn in Falten. Es gibt noch eine andere Möglichkeit, einen Mann zu kontrollieren. Ich schäme mich nicht dafür – ich habe es schon mal getan, um Strafzettel zu umgehen und solche Dinge. Etwas Flirten schadet niemandem. Und die nervige kleine Schwester zu spielen, funktioniert nicht.

Ich muss ihn verführen.

„Foxfire." Tank klopft einige Minuten später an. „Beeil dich –"

Ich reiße die Tür auf, bevor er seinen Satz beendet. „Oh, du bist noch immer hier."

Er blinzelt mich an. In den letzten paar Minuten ist aus verrückter Foxfire sexy Foxfire geworden. Ich bürstete und schüttelte meine Haare aus, legte etwas Lippenbalsam auf und sprühte etwas Parfüm an mich. Nichts Großartiges.

Allerdings bin ich jetzt unter meinem Bademantel nackt.

Ich warte, bis ich im Schlafzimmer bin, ehe ich den Gürtel lockere und den Mantel aufklaffen lasse.

„Es ist wirklich ein Jammer, dass du die ganze Nacht hierbleiben musst", säusle ich, während er die Fenster überprüft. Mein Haus ist alt – jemand hat die Fensterrahmen schon vor dreißig Jahren zugestrichen. Auf diesem Weg werde ich nicht fliehen.

Wenn mein Verführungsplan funktioniert, werde ich das auch nicht tun müssen.

Tank dreht sich um, wirft einen Blick auf mich und stoppt. Ich lächle ihn an.

„Nein", knurrt er förmlich. Ist das Entsetzen, das sich auf seinem Gesicht ausbreitet?

Ich schätze, Sex ist wirklich die beste Waffe. Zumindest wenn man es mit einem gigantischen MC Vollstrecker zu tun hat. „Was?" Ich klimpere mit den Wimpern.

Er schiebt sich an mir vorbei und geht zu meiner Kommode. Er öffnet eine Schublade und wühlt darin herum.

„Was machst du denn?", protestiere ich und stürze zu ihm.

„Hier." Er streckt mir ein Top entgegen. „Zieh das an."

„Warum?"

„Weil ich es dir gesagt habe. Und im Moment gilt, was ich sage."

Ich schmolle. „Aber ich schlafe nackt."

„Nicht heute Nacht."

Ich zucke mit den Achseln. „Na schön." Meine Unterlippe schiebt sich nach vorne, als ich das Top entgegennehme. Ich warte, bis er mir in die Augen blickt. Dann zucke ich mit den Schultern und der Bademantel fällt zu Boden, sodass ich in nichts als meinem Boyshort-Höschen dastehe.

Sein Adamsapfel hüpft und ich bemerke, dass sich sein Penis geschwollen gegen seine Jeans drängt. Ich habe so was von ins Schwarze getroffen.

Ich streife mir das Top über, wobei ich leicht herumtanze und meine Schultern nach hinten drücke. Ich trage dieses Top nicht oft – es ist enger, als ich es normalerweise mag. Aber heute Nacht ist es die perfekte Wahl. Das lavendelfarbige Top passt perfekt zu meiner Haut und meine Mädels kommen hervorragend zur Geltung. „Das hast du also gewollt?"

Das Knurren erklingt wieder tief in seiner Brust. „Geh

ins Bett." Sein Gesicht ist ausdruckslos, aber die Enge in seinem Schritt hat nicht nachgelassen.

„Deckst du mich zu?" Ich treibe mein Spielchen weiter, mein Magen flattert vor Aufregung.

„Das willst du nicht tun."

„Was tun, Daddy?" Ich bin ihm so nahe, dass meine Möpse über seine Brust streifen, wenn ich mich nach vorne beuge. Seine steinharte Brust. Ich hätte nichts dagegen.

Sowie ihn meine aufgerichteten Brustwarzen berühren, schießt Elektrizität von den Spitzen zu meinen Füchschenteilen. Ein Kribbeln breitete sich in meiner gesamten Mitte aus, bis in mein Innerstes.

„Nein, Baby." Tank packt meine Arme und stellt mich mit angespannter Miene einen Schritt nach hinten. „Das ist nicht das, was du willst."

„Ich bin ein großes Mädchen", erinnere ich ihn. „Ich weiß, was ich will. Heute Nacht will ich böse sein."

„Wir können nicht", spricht er durch zusammengepresste Zähne.

Sein Ernst durchdringt meinen Schleier der Erregung. „Du willst mich nicht?"

„Das ist es nicht." Seine großen Finger schließen sich um eine meiner Haarsträhnen – eine hellblaue Locke, sorgfältig für ihn auftoupiert. Er drückt zu, wobei seine Faust zittert, als wäre er ein Drogensüchtiger, der seinen nächsten Schuss braucht. Dann lässt er los. „Du willst das hier nicht tun."

„Warum nicht?"

„Ich bin grob." Seine Hand umschließt meine Kehle. Er drückt nicht zu, sondern lässt seine Finger nur dort liegen, als wolle er mir demonstrieren, wie gefährlich er ist.

Mich schreckt das nicht ab. Nicht im Geringsten. „Ach ja?", hauche ich.

„Yeah. Wenn ich vögle, vögle ich hart."

Er zieht mich nach vorne und hält mich an seinen wie gemeißelt wirkenden Körper. Ich spüre ihn. Jeden Zentimeter.

Mein Puls rast.

„Es würde dir nicht gefallen, Baby. Denn es wird immer so ablaufen, wie ich es will." Er senkt seinen Kopf und seine Lippen berühren mein Ohr. „Ich sage *spreiz die Beine*, und du spreizt sie. Ich sage *reite*, und du reitest." Sein Flüstern schickt ein Kribbeln durch mich. „Ich sage *komm*, und du kommst. Und es ist nicht vorbei, bis ich sage, dass es vorbei ist. Sogar wenn du mich anflehst, aufzuhören."

Feuerwerke explodieren in meinem Gehirn. Meine Pussy zieht sich zusammen, als hätte er mir bereits gesagt, ich solle kommen.

Benny war schlecht im Bett. Wirklich, wirklich schlecht. Sogar so schlecht, dass ich dazu neigte, ihn zu ermutigen, sein eigenes Ding zu machen, während ich meines machte. Im Grunde genommen habe ich eine zweijährige Trockenperiode hinter mir.

Mein Verführungsplan ist gerade nach hinten losgegangen. Gewaltig.

„Also was wird es sein?", murmelt er und streicht eine Haarsträhne hinter mein Ohr. „Wirst du mein braves Mädchen sein?"

Meine Lippen teilen sich. „Ja", liegt mir auf der

Zungenspitze. Mein Höschen ist durchgeweicht.

*Nein, Foxfire! Böses, böses Mädchen!* Ich sollte doch eigentlich ihn verführen, nicht zu einer Pfütze zu seinen Füßen schmelzen.

Seine Lippen senken sich zu meinem Ohr. „Du willst heute Nacht ein braves Mädchen sein, Baby. Weißt du auch warum?"

„Warum?"

„Denn wenn du böse bist… wirst du bestraft."

~.~

*Tank*

ES SOLLTE ein einfacher Auftrag sein. Reingehen sich um das Mädel kümmern, rausgehen. Das Rudel beschützen.

Ich lehne vor Foxfires Schlafzimmer an der Wand mit einem Ständer in der Größe eines Baseballschlägers. Ich bin kurz davor, die Kontrolle zu verlieren. Mein Wolf heult nach seiner Beute.

*Foxfire. Fuck.*

Den ganzen Abend schwankte ich zwischen dem Wunsch, sie zu dominieren, und dem Wunsch, zu lachen. Ich habe noch nie jemanden so Nervigen kennengelernt. Und Niedlichen. Und Frechen. Und Klugen. Ich will sie bestrafen, diesen verlockenden Hintern versohlen und ihre Schenkel spreizen. Herausfinden, wie sie klingt, wenn sie

*Daddy* schreit, während meine Zunge ihre Klit stimuliert. Hinter all ihre Spielchen und Stichelei schauen und herausfinden, wie sie wirklich tickt. Ich will derjenige sein, der sie zum Ticken bringt.

Nein. Keine Affären mit Menschen, nicht einmal mit niedlichen, die meinen Wolf faszinieren.

Ich kann meinen Dad beinahe hören. Er hielt mir mein ganzes Leben Vorträge darüber, mich vor der „Pussyfalle" zu hüten. „Sohn, las niemals eine Frau rein. Gib ihr den kleinen Finger und sie wird sich für die Herrscherin halten."

Ich will Foxfire sehr viel mehr als einen kleinen Finger geben. Aber ich will sie nicht nur vögeln. Ich will sie besitzen.

„Komm schon, komm schon", fluche ich, während ich wild auf die Knöpfe meines Handys drücke. Garrett. Jared. Trey. Keiner von ihnen beantwortet meine Anrufe oder SMS. Ich rief Sam drüben im Eklipse an, aber die Wölfe, die heute Nacht in Garretts Club arbeiten, stehen nicht so weit oben in der Rudelhierarchie und wissen nichts. Ich erzähle ihnen nicht, was los ist – Garrett will nicht, dass sich die Nachricht über seine vermisste Schwester Sedona verbreitet. Ich bin sein Vize. Ich gebe ihm Rückendeckung. Ich wünschte nur, er würde anrufen.

Streich das. Ich wünschte, ich könnte Foxfire um den Verstand vögeln und dann den Anruf meines Alphas erhalten.

„Das Rudel kommt zuerst", erzählte mir mein Dad stets. „Immer. Eine Gefährtin kann dich reinlegen, eine Frau wird dich verlassen, aber das Rudel wird dich nie im

Stich lassen. Alles, was wir haben, haben wir unseren Wolfkameraden zu verdanken.“

„Ich versuche es ja“, murre ich. Eine Sekunde lang ziehe ich in Erwägung, meinen Dad anzurufen, aber nein. Er ist Mitglied eines anderen Rudels und ich weiß, was er sagen wird. Ich bin nicht in der Stimmung für einen Vortrag.

Das ist mein Problem und ich werde mich ihm wie ein erwachsener Mann stellen. Ich werde warten, bis Foxfire schläft und dann werde ich mir ein paar Mal einen runterholen. Hoffentlich wird das die Spannung bis zum Morgen lindern, wenn ich sie wieder sehe. Mich stören nicht einmal ihre freakigen Haare. Allerdings frage ich mich – wenn ihre Haare auf dem Kopf so aussehen, welche Farbe haben sie dann woanders?

Eins nach dem anderen.

Ich stecke mein Handy in die Tasche – vorsichtig, es ist nicht mehr sonderlich viel Platz in meiner Jeans – und mache Anstalten, davon zu schleichen, als ich es höre.

*Kratz, kratz, kratz.*

Was zum Teufel?

Ich öffne die Tür.

Foxfire wirft mir einen schuldbewussten Blick vom Fenster aus zu. Sie hat eine Metallnagelfeile in der Hand und versucht das farbverklebte Fenster aufzukriegen.

„Was machst du da?“

„Ich versuche nur, frische Luft reinzulassen?“ Sie versteckt das Werkzeug hinter ihrem Rücken.

Ich will lachen, denn sie ist die verdammt nochmal niedlichste Gefangene, die ich jemals gesehen habe, aber stattdessen bewahre ich eine ausdruckslose Miene. Ich darf ihr nicht zeigen, dass ihre Mätzchen bei mir funktionieren.

Und glaub mir, ich weiß, dass sie mich mit ihnen manipulieren will.

„Netter Versuch, Prinzessin." Ich lege eine Hand in ihren Nacken, wobei ich ignoriere, wie ihr Puls hektisch unter meiner Hand pocht.

Ein Geruch füllt die Luft und ich erhasche eine Lunge voll davon, während ich sie zum Bett führe. Heiße, frische Pussy.

„Ab ins Bett, kleines Mädchen." Ich schlage die Decke zurück.

„Liest du mir noch eine Geschichte vor?", verspottet sie mich mit einem hoffnungsvollen klein-Mädchen-Gesicht.

„Ich bin nicht dein Vater."

Sie beißt auf die Spitze eines Fingers, die perfekte Kokette. „Ich weiß, großer Mann." Ihr Po deutet in meine Richtung, als sie ins Bett klettert, und ich kann einfach nicht anders. Ich verpasse ihrem frechen Hintern einen Klaps.

Sie kreischt.

„Das hat nicht einmal wehgetan." Nicht mit den Boyshorts. Ich packe ihre Hüften, knabbere an dem fraglichen Fleisch und küsse die Stelle anschließend.

Sie erstarrt, ihr Atem stockt.

Fuck. Was mache ich hier nur? Ich habe definitiv null Absichten, mich auf diesen verrückten Menschen einzulassen, ganz gleich, wie niedlich sie auch sein mag.

Ich schlage ihren Hintern noch einmal. Es macht süchtig, wie gut sich ihr weicher Po unter meiner Hand anfühlt.

„Geh ins Bett, bevor ich dieses Höschen nach unten ziehe und dir den Hintern so richtig versohle“, knurre ich.

Ich bin mir nicht sicher, ob ich das als Drohung oder Anreiz gedacht habe, aber sie hat eindeutig keine Angst.

Ich bekomme meine Selbstbeherrschung irgendwie wieder in den Griff und trete einen Schritt zurück, sodass sie außer Reichweite ist.

„Geh ins Bett und rutsch rüber.“

Sie gehorcht. Ich kann nicht sagen, ob ich erleichtert oder enttäuscht bin. „Was machst du?“

Ich schnappe mir ein Kissen – sie hat ungefähr eine Million, alle in verschiedenen Formen und Größen. Einige von ihnen purzeln auf den Boden, als das Bett unter meinem Gewicht einsinkt. Das wird eng werden, aber wir werden es schon hinkriegen. „Ich werde schlafen.“

„Mit mir?“

*Zur Hölle, ja, mit dir!*, bestätigt mein Wolf.

Immer mit der Ruhe, Junge.

Ich probiere es mit Strenge. „Wenn du Glück hast, ist Schlafen das Einzige, das ich tun werde.“ Ich lege mich hin, wodurch mein großer Körper ihren an der Wand einkeilt. „Mach ruhig weiter mit deinen Spielchen und ich werde dich wirklich bestrafen. Dann werden wir schlafen.“ Ich schwöre, ich rieche ihre Erregung, was meinen Schwanz in den Bereitschaftsmodus springen lässt.

„Was auch immer du sagst, großer Mann“, erwidert sie liebenswürdig und ich bin mir ziemlich sicher, dass sie diese Runde gewonnen hat, denn ich bin das Arschloch mit einem Ständer, der so gewaltig ist, dass er ein Auto hochheben könnte, und sie hat lediglich meinen Handabdruck auf ihrem Hintern.

„Braves Mädchen", brumme ich. *Da staunst du, was, Süße? Du bist nicht die Einzige, die dieses Spiel spielen kann.*

Ich habe angefangen, mich zu entspannen, als eine leise Stimme fragt: „Was genau meinst du damit, dass du mich bestrafen würdest?"

„Mach weiter so und du wirst es herausfinden." Ich lege einen Arm über mein Gesicht, aber es bringt nichts. Ich bin erregt. Ich hätte den Boden wählen sollen.

Ein tiefes Einatmen ist meine einzige Warnung, bevor Foxfire ihren nächsten Zug macht.

Mein Schwanz ist plötzlich glücklich – sehr glücklich – dass sich ein leichter, kleiner Körper rittlings auf ihn setzt. Ihre Hände ruhen auf meinen Brustmuskeln und sie beugt sich nach vorne, woraufhin ihr Atem mein Gesicht wärmt.

In einer Bewegung rolle ich sie herum und fixiere sie auf dem Bett. Der Atem verlässt sie schaudernd und der Geruch ihrer Erregung füllt definitiv die Luft.

„Tank?"

„Du willst das *nicht*, Baby." Im Ernst. Ich würde sie in Stücke reißen. Ihre Hüften bocken und ich stoße meine Erektion in die Lücke zwischen ihren Beinen.

Oh fuck, ich glaube, sie ist feucht für mich. Sogar durch meine Jeans kann ich spüren, dass ihr Höschen heiß und feucht ist. Sie schlingt ihre schlanken Beine um meine Taille und lädt mich ein.

Ich schiebe ihr enges Top nach oben und stöhne beim Anblick ihrer Brüste. Nicht zu groß, nicht zu klein. Eine perfekte Handvoll. „Oh Baby, diese Nippel wurden dazu gemacht, geleckt zu werden, oder?"

Sie wölbt sich nach oben und bietet sie mir an. Ich beuge mich über sie und lasse meine Zunge über einen Nippel schnellen, ehe ich ihn mit meinen Zähnen streife.

Als ich wieder hoch in ihr Gesicht schaue, sind ihre grauen Augen weit aufgerissen. Jegliches Schauspiel ist verschwunden. Sie spielt nicht die Verrückte oder das Babygirl, sie keucht und beobachtet mich, anscheinend fasziniert.

Ich ramme meine Hüften wieder gegen sie und wünsche mir sehnlichst, dass ich diese kleine Schönheit nicht nur trockenvögle.

Sie keucht. „Au – ähm, du tust mir weh.“

Sofort lasse ich los und springe zurück.

*Fuck.*

„Nein, es ist okay“, beschwichtigt sie. „Meine Haare waren nur unter dem Gewicht deiner Hand eingeklemmt.“

Nein, ich würde ihr definitiv wehtun, würde ich weitermachen. Besser, ich höre jetzt auf, bevor ich so weit gegangen bin, dass es nicht mehr möglich ist. Ich reibe mir übers Gesicht und drehe mich so von ihr weg, dass sie nicht sieht, wie kurz davor ich bin, ihr die winzigen Kleider vom Leib zu reißen und zu beenden, was sie begonnen hat.

„Bleib hier. Schlaf“, sage ich.

~.~

*FOXFIRE*

. . .

Ich bin wahnsinnig erregt. Ich könnte mich fingern, aber Tank ist so nah, dass er mich hören könnte. Er hat ein wirklich gutes Gehör. Und einen guten Geruchsinn. Und er kann praktisch im Dunkeln sehen.

Zu schade, dass er mich nicht vögeln wird. Er muss irgendeinen Verhaltenskodex haben, denn ich weiß, dass er mich will. Ich hätte nie gedacht, dass Motorradmänner prüde sind, aber hier ist der Beweis.

Jetzt wünschte ich, ich hätte nicht gesagt, dass er mir wehtat. Ich meinte damit nur, dass er seine Hand von meinen Haaren nehmen sollte, nicht dass er von mir springen sollte, als hätte ich ihn verbrannt.

Ich warte einige Minuten, dann tapse ich aus dem Schlafzimmer und gehe zur Küche. Wenn ich ihn nicht verführen kann, werde ich eben auf andere Weise entkommen.

„Foxfire? Was machst du?"

„Ich hole mir nur was zum Trinken."

„Wenn du in zwei Minuten nicht wieder im Bett bist –"

„Ich weiß, ich weiß, Bestrafung", rufe ich fröhlich zurück und schalte das Wasser an, aber nicht bevor ich ein Knarzen höre. Er kommt in die Küche. Es heißt jetzt oder nie.

Ich ducke mich in den kleinen Raum, der von der Küche abzweigt und gehe neben der Tür in die Hocke. Ausnahmsweise bin ich einmal froh, dass Benny nicht dazu kam, sie zu ersetzen. Sie kam mit einer Hundeklappe – nutzlos, weil ich nie ein Haustier hatte. Nutzlos, bis jetzt.

„Was zum Henker?", knurrt Tank, gerade als ich durch die Klappe schlüpfe.

„Stopp", brüllt er. Er rennt mir hinterher und schlägt gegen die Tür, aber die Veranda ist uneben und die Tür öffnet sich nur ein Stückweit. Noch ein Projekt, das Benny nie beendet hat, das faule Arschloch. Die Tür öffnet sich gerade so weit, dass ich mich hindurchquetschen kann, aber ein Kerl, der wie ein Tanker gebaut ist, wird nicht so viel Glück haben.

Dann schlägt Tank erneut dagegen und zwar mit solcher Wucht, dass sie erzittert, aber nicht bricht. Verdammt. Harter Kerl.

Ich nehme die Beine in die Hand und renne davon, froh darüber, dass ich daran gedacht habe, meine Sneakers anzuziehen. Ich sprinte den kleinen Hügel hinter meinem Haus hoch und hinab in das ausgetrocknete Bachbett.

Ich wählte dieses Haus, weil es süß war und in der Nähe des Stadtzentrums, aber einen Garten hatte, der an einem ausgetrockneten Bachbett lag, das sich nur nach heftigen Regenfällen mit Wasser füllt. Das bedeutet, dass ich einen direkten Zugang zur Tierwelt und Wüste habe. Die nahegelegene offene Fläche entspannt mich. Wenn schönes Wetter ist, trainiere ich auf der Terrasse und schaue über die sandigen Ufer, die von Mesquitebäumen und Kresotobüschen überwuchert werden. Dabei stelle ich mir vor, dass ich dort rausrenne und den ganzen Tag wandern gehe, um herauszufinden, wo der Bachlauf endet, mich in der Wildnis verlaufe und den Weg wieder finde.

Ich hätte nie gedacht, dass ich einen Ort brauchen würde, an den ich fliehen und wo ich mich verstecken könnte.

Ich springe in die Wildnis, wobei meine Sneakers über die Steine scharren.

„Komm hierher zurück", brüllt Tank. Er sollte besser die Klappe halten, wenn er nicht will, dass die Nachbarn aufwachen.

Ich würde ja zu einem der Häuser in der Nähe rennen und an die Tür hämmern, aber es ist mitten in der Nacht. Es ist unmöglich zu erraten, wie lange der Hausbewohner brauchen wird, um an die Tür zu kommen. Ganz zu schweigen davon, dass er vielleicht so wütend auf mich wäre wie auf Tank. Ich habe hier ohnehin schon den Ruf als örtliche Gaga-Tante.

Meine beste Chance besteht darin, Tank hier draußen in der Wildnis abzuschütteln und mich zu verstecken. Ich schlittere um einen Kaktus und gehe in die Hocke.

Tank rennt schnell für so einen großen Kerl. Und leise.

Vornübergebeugt sprinte ich erneut los. Der Mond beleuchtet meinen Weg und ich verfügte schon immer über eine ziemliche gute Nachtsicht. Tank jedoch auch.

Nach meinem vierten Sprint verstecke ich mich hinter einem großen Felsen und warte. Ich lausche, aber es ist nichts zu hören.

Meine Haut kribbelt. Dort draußen ist etwas und atmet schwer. Instinkte älter als die Zeit verraten mir, dass es kein Mensch ist.

Etwas ist dort draußen und jagt mich.

Ich spähe um den Felsen und blicke in leuchtende Augen. Mein Stalker ist eine Art riesiger schwarzer Hund. Ein Haustier, das seiner Leine entkommen ist? Oder etwas Bösartigeres?

Tanks Name liegt mir auf der Zunge. Der Mann, vor

dem ich zu fliehen versuche, ist derjenige, der mich retten kann. Ironisch, aber so ist es nun mal.

Ich springe aus der Hocke hoch und renne los.

Hinter mir setzt sich das Biest in Bewegung. Ich renne so schnell ich kann und es kommt trotzdem immer näher. „Hilfe", schreie ich. „Hilfe, Tank, Hilfe!"

Ein Knurren erklingt hinter mir. Es ist so nah. Ich werde im Gebüsch sterben, in Fetzen gerissen von einem wilden Tier.

Und dann –

Verändert sich alles.

Die Dunkelheit schärft sich und ich sehe plötzlich alles. Gerüche zerplatzen in meiner Nase – der frische Regengeruch von Kresotobüschen, die Blüten entfernter Zitronenbäume. Etwas in dem Gebüsch zuckt – ein federleichter Körper, der sich versteckt und betet, dass die Raubtiere vorübergehen. Ich rieche seine Angst.

Der Mond wirft sein Licht auf mich. Mein Kopf schnellt nach hinten. Mein Rückgrat kracht. Mein Körper schrumpft… meine Hände verwandeln sich von menschlichen Händen mit fünf Fingern in pelzige Pfoten. Ich lande hart auf allen vieren, mein Körper schmerzt und meine Nase zuckt, weil tausende neue Gerüche auf sie eindringen. Ich bin in Stoffschichten verwickelt. Fiepend suche ich mir mit meinen Krallen einen Weg aus dem Zelt meiner alten Kleider. Meine Beine kratzen über den sandigen Boden, als ich mich endlich befreie. Ich schüttle mich heftig und das Kribbeln auf meiner Haut verblasst. Mein Fell sträubt sich. Mein Schwanz stellt sich auf wie der einer wütenden Katze. Mein langer Körper fühlt sich sehnig und stark an.

Fell? Schwanz? Warte mal.

Ich richte meine Nase zum Mond und jaule. Meine vier Pfoten bleiben fest auf dem Boden.

Pfoten? Jetzt beginne ich wirklich durchzudrehen.

Da ist irgendetwas, das ich vergesse. Etwas, das ich eigentlich tun sollte.

Ein Knurren erschüttert das Gras zu meiner Linken. Eine dunkle Gestalt kauert dort mit leuchtenden Augen.

Was habe ich gerade gemacht? … ach ja. *Um mein Leben gerannt.*

Mit einem schrillen Bellen springe ich nach vorne und rase durchs Unterholz. Vor mir ist eine Pfütze. Wenn ich mich darin wälze, schwäche ich vielleicht meinen Geruch. Der Wolf hinter mir wird mich dann nicht mehr so leicht aufspüren können.

Wolf? Woher weiß ich das jetzt wieder?

Zähne schnappen nach meinen Fersen. Mein Körper findet eine neue Geschwindigkeit – die Energie des Gejagten. Ich schieße nach vorne. Meine vier Pfoten trappeln mühelos über den Boden.

Pfoten? Vier? Was?

Sowie ich darüber nachdenke, verliere ich den Rhythmus.

Ein Bein gerät aus dem Takt und ich fliege. Ich lande auf meiner Seite und meine Beine rudern durch die Luft in dem verzweifelten Versuch, wieder auf die Pfoten zu kommen.

Ein Schatten fällt auf mich und ein Knurren lässt mich erstarren.

Der Wolf steht über mir, senkt seinen Kopf und

schnuppert an meinem weißen Bauch. Meine Pfoten zittern in der Luft.

Das Biest… verwandelt sich. Mondlicht schimmert, als das schwarze Fell verschwindet und tätowierte Haut und gewölbte Muskeln enthüllt. Tank steht in Menschengestalt über mir.

„Foxfire?" Seine Stimme ist knurrig und rau wie die eines Wolfs. Mein Herz wird explodieren.

„Verwandle dich zurück", befiehlt Tank.

Ein plötzlicher heftiger Drang überkommt mich, ähnlich wie ein Niesen. Ich unterwerfe mich dem und mein Körper nimmt wieder seine menschliche Gestalt an. Ich schreie und erbebe vor Überraschung.

„Foxfire, es ist okay. Dir geht's gut." Tank kniet sich neben mich, hält mich an den Schultern und fixiert meinen zuckenden Körper. Meine Gliedmaße kribbeln, als wären sie eingeschlafen, aber ansonsten tut es nicht weh. Nicht wie mein Kopf, der sich dreht. Und – oh fuck – ich bin nackt.

„Wa –", stottere ich. „Was zum Kuckuck ist gerade passiert?"

~.~

*Tank*

.   .   .

Sie ist ein Fuchs. Ein echter Fuchs mit einer weißen Schwanzspitze und rostfarbenem Fell. Schmale Nase und aufgestellte Ohren. Sie ähnelt einem Wolf stark genug, dass ich den Geruch an ihr wahrnahm, aber ich wusste nicht, was es war, bis sie sich verwandelte. Eine echte Fuchsgestaltwandlerin. Ich habe noch nie zuvor eine gesehen. Ich wusste nicht einmal, dass sie existieren, bis sie sich vor meinen Augen verwandelte und wegrannte, hübsch und geschmeidig im Mondlicht.

Das… verkompliziert die Lage.

Ich hebe sie hoch und trage sie zurück durch das ausgetrocknete Bachbett. Sie wimmert in meinen Armen. Ihr Körper zittert und Tränen funkeln an ihren Wimpern. Sie hat eine Scheißangst. Vor mir? Oder der Verwandlung? Ich hatte irgendwie den Eindruck, dass das ihr erstes Mal war.

„Atme, Baby, atme", murmle ich.

Wir sind beide nackt, aber deswegen zittert sie nicht.

„Ich verliere den Verstand. Das Mondlicht, es hat mich gerufen. Und ich…" Sie hebt ihre Hände und starrt sie entsetzt an. „Ich hatte Pfoten!" Sie richtet ihre weit aufgerissenen Augen auf mich. „Und du warst ein Wolf!"

Jepp. Erstes Mal.

„Okay, Baby. Es wird alles gut werden." Ich trete die Tür zu. Ich hatte sie halb eingetreten, bevor ich beschloss, mich einfach in einen Wolf zu verwandeln und durch die Hundeklappe zu gehen. Meine Kleider liegen in einem Haufen auf dem alten Linoleum, aber ich stoppe nicht.

„Bitte sag mir, dass das ein schlechter Trip war", wimmert sie. „Wir haben Pilze gegessen oder LSD genommen oder irgendetwas, und es ist nur ein Traum – es ist nur ein Traum."

„Schhh." Ich laufe zum Sofa, setze sie darauf ab und ziehe eine Decke um sie. „Bleib." Ich lege einen Alphabefehl in meine Stimme. Es schien vorhin auch zu funktionieren, als ich sie damit dazu brachte, sich zurück zu verwandeln. Dem Mond sei gedankt dafür. Ansonsten hätte sie lange Zeit in der Fuchsgestalt feststecken können, bis sie herausgefunden hätte, wie sie sich zurückverwandeln kann.

Manche Gestaltwandler verwandeln sich auf natürliche Weise. Andere brauchen die Unterstützung eines Alphas. Die meisten von uns haben den Vorteil des Rudels und vieler erfahrener Gestaltwandler, die uns anleiten. Zumindest Wölfe tun das so. Wir sind Rudeltiere.

Füchse – das weiß ich nicht. Soweit ich weiß, ist die kleine Lady, die gerade auf dem Sofa ausflippt, die Einzige. Natürlich zeigen sich kleine, schwächere Gestaltwandler oft nicht. Wolfrudel sind schon geheimniskrämerisch, aber Fuchsrudel, wenn sie denn existieren, verstecken sich wahrscheinlich, als hinge ihr Leben davon ab.

Ich schnappe mir einen Energydrink und eine Tüte Trockenfleisch aus meiner Tasche.

„Hier. Trink das." Ich halte ihr die Flasche hin. Sie zittert noch, aber greift von selbst nach dem Trockenfleisch. „Du hast eine Menge Energie verbraucht, indem du von mir weggerannt und dich zweimal verwandelt hast. Du musst danach immer genügend essen und trinken, oder es könnte gefährlich werden."

„I-ich hab das noch nie zuvor gemacht."

„Ich weiß, Baby." Ich ziehe ein Paar Trainingsshorts an, froh darüber, dass ich einige Wechselkleider mitgebracht habe. Natürlich hatte ich erwartet, dass der Auftrag in maximal ein paar Stunden erledigt und ich dann auf dem Weg nach Mexiko sein würde.

Die blasse, regenbogenhaarige Schönheit zittert auf dem Sofa und mein Wolf will verdammt sein, wenn er sie jetzt im Stich lässt.

Die Lage wurde gerade sehr viel komplizierter.

 oxfire

FUCK. Fuck. Fuck.

Das ist ein Traum. Ein wirklich schlimmer Traum wie das eine Mal, als Sunny ihre Pilze draußen stehen ließ und ich sie aß und dachte, die Wände würden schmelzen.

Die Klarheit des Mondlichts, die Gerüche, die mich umgaben, sie waren wunderschön, aber es ist viel schlimmer als ein schlechter Trip.

„Hier." Tank setzt sich neben mich und reicht mir einen Energieriegel.

„Kein Trockenfleisch mehr?", frage ich hoffnungsvoll.

„Karnivor?"

„Ich hab so viele Male versucht, Vegetarierin zu werden. Doch dann hatte ich diese Fressattacken, bei denen ich fast rohes Fleisch aß."

„Sie hat es dir nicht erlaubt."

„Wer?“

„Deine Füchsin. Sie ist übrigens hübsch.“

„Meine…“

„Deine Füchsin. Sie ist es, die gerade zum Spielen rauskam. Sie ist umwerfend.“

Ich starre ihn an, während ich mich an die Harmonie in meinen Gliedern erinnere, als ich nicht darüber nachdachte, die Freiheit, die ganze neue Welt der Gerüche, hübsch und profan.

„Was bin ich?“

„Du weißt es wirklich nicht?“

„Ähm, nein. Eine Minute bin ich… auf zwei Beinen und dann, in der nächsten bin ich…“ Der Atem stockt mir in der Kehle. „Bin ich –“

„Okay, okay, entspann dich.“ Er streichelt meinen Rücken. „Atme einfach. Es wird alles gut werden. Du bist ein Gestaltwandler wie ich. Die meisten von uns haben den Vorteil, dass sie in einem Haus umringt von Gestaltwandlern aufwachsen. Mein Dad hat mich während meiner ersten Verwandlung angeleitet. Ich war früh dran. Manche Kinder verwandeln sich erst als Teenager und dann wachen sie ganz haarig in einem Bett auf. Normalerweise passiert es in der Pubertät, wenn nicht sogar vorher.“

„Mir ist es noch nie passiert.“

„Ja, nun, wenn ich raten müsste, würde ich sagen, dass deine Füchsin schüchtern ist. Und sie ist auf sich allein gestellt, ohne Familie oder Schutz.“

Ich lehne mich an ihn. Mein Herz hämmert nicht mehr so heftig, aber Tank ist der Einzige, der mich gerade mit der Erde verankert.

Füchse. Ich bin ein Fuchs.

„Du bist ein Gestaltwandler", stelle ich fest.

„Yeah, Baby. Ich bin ein Wolf."

Ich lasse ein Geräusch entweichen, halb Lachen, halb Gurgeln. „Habe ich bemerkt."

Er streichelt meinen Rücken noch ein wenig länger.

„Deswegen hat dich Garrett also geschickt. Du gehörst nicht zu einer Gang namens Werwölfe. Du bist ein Werwolf."

„Ein Rudel", sagt er nach langem Schweigen. „Ich gehöre zu einem Rudel."

„Mit Garrett?"

„Yeah."

Kein Wunder, dass sie geheimniskrämerisch sind. Ich wäre weniger überrascht, wenn ich in meinem Schrank den Weg in eine andere Welt finden würde, aber es beruhigt mich tatsächlich. Wenigstens macht Garretts und Tanks Verhalten jetzt mehr Sinn.

Ich öffne meine Hände, schließe sie. Hände, keine Pfoten. Keine Krallen. Nicht in diesem Moment.

„Gibt es noch andere wie mich?"

„Nicht, dass ich wüsste."

„Oh." Wieder neigt sich die Welt unter meinen Füßen.

„Foxfire… gibt es irgendjemanden… Kennst du irgendjemanden in deiner Familie, der ein… Geheimnis haben könnte?"

„Was, wie das Chilirezept meiner Großtante Agatha? Oh, und sie verwandelt sich während des Vollmonds in einen Bernhardiner?"

Tank schaut mich einfach nur an, die Stirn in Falten gelegt. Er muss denken, dass ich jetzt völlig am Rad drehe.

„Nein." Ich atme zittrig aus. „Nichts Derartiges. Ich

habe keine richtige Familie – nur meine Mom. Und ich glaube nicht, dass sie so etwas vor mir geheim halten würde." Ich reibe meine Hände aneinander. Hände. Keine Pfoten. Kein Fell. „Mir ist kalt."

Er greift nach einer Decke und zieht sie um mich herum fest, ehe er einen Arm um meine Schultern legt und mich seitlich umarmt. „Das liegt an der Verwandlung. Sie verbraucht Energie. Und du bestehst nur aus Haut und Knochen."

„Das tue ich nicht." Ich funkle ihn finster an.

„Das tust du, Baby." Er drückt mich fest und zieht mich näher. „Du bist winzig."

„Ja, nun, ich wurde so geboren. Nicht alle von uns können so verflixt groß und wie ein Truck gebaut sein."

„Ein Tanker."

„Yeah." Etwas, das er gesagt hat, wird mir plötzlich klar. „Warte, also glaubst du, jemand anderes in meiner Familie ist ein Gestaltwandler?"

„Gestaltwandler bringen Gestaltwandler hervor. Es ist genetisch bedingt."

„Also meine Mom oder Dad…"

„Einer von ihnen trägt die Gene in sich. Sie können sich höchstwahrscheinlich verwandeln. Es wäre beinahe unmöglich für zwei Nicht-Gestaltwandler mit einem schlafenden Gen, ein Kind auf die Welt zu bringen, das sich verwandeln kann."

„Meine Mom." Ich schüttle meinen Kopf. „Ich glaube nicht, dass sie ein Gestaltwandler ist. Ich lebte mit ihr zusammen. Ich kenne sie schon mein ganzes Leben."

„Hat sie sich nie mehrere Stunden am Stück in die Wildnis davongestohlen?"

„Nein. Sie raucht eine Menge Gras, aber das ist so ziemlich alles.“

Ein weiteres langes Schweigen. „Was ist mit deinem Dad?“

„Ich kenne ihn nicht.“

Tank nickt.

Ich schlucke. Ich habe meinen Dad nie kennengelernt. Um die Zeit, als ich in der ersten Klasse war, beschloss ich, dass ich ihn kennenlernen wollte, aber das lag nur daran, dass wir ein Klassenprojekt über unsere Eltern machten. Mom half mir, die Hälfte des Projektes über sie zu machen und die Hälfte über den Moderator meiner Lieblingsshow, *Reading Rainbow*. Meine ganze Klasse dachte am Ende, dass ich LeVar Burtons Tochter sei. Meine Beliebtheit schnellte in die Höhe und ich habe seitdem keinen Gedanken mehr an meinen mysteriösen Samenspender verloren.

Abgesehen von jetzt. Wegen ihm verwandle ich mich in einen Fuchs. Die Sache, die den größten Einfluss auf mein Leben haben wird, wurde mir von einem Mann vererbt, den ich nie kennengelernt habe.

Ich seufze.

„Es ist okay, Foxfire“, sagt Tank wieder und drückt mich fest. Er mag die meiste Zeit ein riesiger, mürrischer Trampel sein, aber er ist ziemlich gut darin, mich zu beruhigen. Ich fühle mich in seinen Armen jedenfalls sehr viel besser. Wenn er nicht hier wäre, würde ich jetzt so richtig ausflippen. Vermutlich würde ich mich selbst in die Klapsmühle einliefern. „Es wird alles gut werden.“

„Was ist daran gut? Ich werde bei Vollmond zu einem Tier.“

„Nicht nur bei Vollmond. Mit etwas Übung wirst du dich auf Wunsch verwandeln können."

„Oh, spitze. Ich kann sie auf Dinnerpartys zum Staunen bringen."

Ein Laut rumpelt in seiner Brust – ein halbes Knurren. „Nein. Keine Dinnerpartys. Du musst das geheim halten."

„Ach ne, echt?"

Er fängt mein Kinn leicht ein. „Okay, Baby. Erste Regel jedes Rudels. Du erweist Tieren, die größer und tödlicher sind als du, Respekt. Ich sage dir das jetzt, damit es dir nicht von jemandem weniger Mitfühlendem eingeprügelt wird."

Ich bemühe mich, mir eine freche Antwort einfallen zu lassen, als sich sein dominanter Blick in meinen bohrt. „Na schön", murmle ich und senke den Blick.

„Braves Mädchen." Er zieht mich näher zu sich. Ich sitze jetzt mehr oder weniger auf seinem Schoß. Er reibt seine Nase an meinen Haaren. Er schnuppert wieder an mir. Dieses Mal stört es mich nicht. Muss ein Wolfding sein.

„Also heißt das, dass ich zu deinem Rudel gehöre?"

„Nein", sagt er rasch.

Ich verberge, dass ich eigentlich zusammenzucke. Dieses Wesen, dieses Tier in mir, sie will ihre Art.

„Die meisten Gestaltwandler halten sich an ihre eigene Art. Aber ich habe noch nie von einem Rudel Fuchsgestaltwandler gehört. Du bist die Erste, die ich jemals gesehen habe."

Klasse. Ich bin immer noch ein Freak, ganz egal bei welcher Spezies. Egal.

Ich setze mich auf und rutsche von ihm weg, um meine

Haare auszuschütteln. Sie sind ein einziges Durcheinander, voller Zweige und Gras. Ich kämme sie mit meinen Fingern.

„Lass mich", murmelt Tank und zupft den Rest heraus. Als er fertig ist, lässt er seinen Arm um mich liegen.

„Danke." Langsam erlaube ich mir, mich zu entspannen. „Was jetzt?"

„Jetzt warten wir. Du musst dich ausruhen. Morgen Früh füttere ich dich."

„Du bleibst?"

„Du bist immer noch meine Gefangene. Und wir wissen beide, dass ich dich einfangen kann, ganz gleich, wie weit du rennst."

Ich nicke. Ich bin zu müde, um zu protestieren. Er ist erst seit einigen Stunden hier und hat sich bereits in meinem Leben breitgemacht. Aber ich bin froh. Ich fühle mich irgendwie sicherer bei ihm.

Ich bin eine Füchsin. Fuck. Ich verberge mein Gesicht an seiner Schulter. Er ist so groß und stark. Und als ich…. als meine Füchsin rauskam, wusste er genau, was er tun musste. Ich bin zu müde, um darüber nachzudenken, was das heißt, aber vielleicht, nur für heute Nacht, muss ich das auch nicht tun.

„Ich wusste immer, dass ich anders war", murmle ich.

„Was hast du gesagt, Baby?"

„Meine Mom. Sie ist komisch. Und sie hat mich groß-gezogen."

„Ist sie jemals über längere Zeitspannen weggegangen oder hat sich während des Vollmonds merkwürdig verhalten?"

„Sie ist meine Mom. Sie war immer merkwürdig." Ich

erinnere mich daran, wie Kinder auf uns deuteten. Lachten. Mein Name, mein zierlicher Körper, meine Hippie-Mom, die nach Patschuliöl roch und uns in Kleider von Goodwill steckte. Verrückt.

Mir wird bewusst, dass ich das alles laut ausgesprochen habe, als Tank seinen Griff um mich festigt.

„Es wird alles gut werden."

Ich schlinge meine Arme um ihn und vergrabe mein Gesicht an seiner Brust. Er umfängt meinen Hinterkopf, während er murmelt: „Wir werden es hinkriegen, gemeinsam."

 oxfire

Ich träume von Pfoten, die über die felsige Erde scharren. Ein Sonnenuntergang lodert in der Ferne, feuriges Rot und Orange. Aus meinem kaputten Handy knistert die Stimme meiner Mutter, die mir sagt, dass ich meine Haare in diesen Farben färben sollte. Dann ragt Tank über mir auf und schüttelt seinen Kopf…

Ich wache schlagartig auf, der Geruch von Speck ist so intensiv, dass ich ihn schmecken kann.

Mein Magen knurrt, während ich zur Küche tapse. Tank steht am Herd, sein breiter Rücken nach vorne gekrümmt und sein rasierter Kopf über eine Pfanne gebeugt.

„Oh mein Gott", sage ich. „Machst du etwa Frühstück?" Eine gefaltete Papiertüte saugt Fett unter einem Stapel Speck auf. „Ist etwas davon für mich?"

Er schenkt mir ein Grinsen und ruckt mit dem Kopf zum Tisch. Mein kleiner Küchentisch ist mit Tellern voller Fleisch beladen. Würstchen, Hamburger, noch mehr Speck.

„Oh mein Gott, Tank. Hast du jedes Schwein und Kuh auf der Welt getötet?"

„Nur für dich, Baby. Iss auf."

*Baby*. Mir gefällt das.

*Böse Foxfire!*

„Ich bin so eine schlechte Veganerin", murmle ich, während ich mich setze.

„Im Ernst?" Tank zieht eine Braue hoch.

„Was? Ich dachte, es wäre gesund."

„Du kannst keine Veganerin sein."

„Warum nicht?"

„Weil du ein Karnivor bist." Tank stellt einen Teller Speck direkt vor mich.

„Ich könnte Tofu und solches Zeug essen", wende ich ein, als würde ich nicht gleich, ein Pfund köstliches Schwein verschlingen.

„Du kannst nicht einfach das Fleisch weglassen. Deine Füchsin wird das nicht erlauben."

Richtig.

Das.

Mein Magen verknotet sich.

„Iss, Baby." Tank holt noch mehr Speck und kommt zurück an den Tisch. „Du bist gestern Nacht viel gelaufen. Deine Füchsin braucht das hier." Seine Hand legt sich in meinen Nacken und beruhigt den Sturm in meinem Magen. Ich nicke und nehme einen Streifen Speck in die Hand. Im Nu habe ich den halben Teller verputzt und ein

Drittel der Würste. Gerade genug, um meinem Hunger die Schärfe zu nehmen. Ich hatte schon immer einen großartigen Metabolismus. Ich schätze mal, jetzt weiß ich wieso.

Tank bewegt sich in meiner Küche, als gehöre sie ihm. Er ist so groß, aber irgendwie passt er rein.

„Ich hatte gestern Nacht einen Traum von meiner Mom", verkünde ich. Tank schaut nicht vom Herd auf, aber ich weiß, dass er zuhört. „Denkst du, sie wusste es?"

„Sie hat dich immerhin Foxfire genannt."

„Das könnte auch einfach sie sein. Flippiger Hippie. Sie hat während ihrer gesamten Schwangerschaft Gras geraucht."

„Das erklärt eine Menge", brummelt Tank.

„Hey!" Ich blicke beleidigt in seine Richtung.

Er kommt mit einer frischen Runde Fleisch zurück und schüttet die Hälfte davon auf meinen Teller, bevor er meinen Fuß in einem stummen Befehl mit seinem anstupst. Wir kauen eine Weile.

„Kannst du dich daran erinnern, ob du dich jemals zuvor verwandelt hast?"

Ich lege meine Gabel ab und denke nach. „Einmal aß ich ein paar Pilze und hatte das Gefühl, als hätte ich Fell. Du hast mir gestern Nacht nicht zufällig irgendwelche Pilze gegeben…?"

Er schüttelt den Kopf, während er zurück zur Pfanne geht.

„Hatte ich mir auch nicht gedacht." Das wäre ja auch zu schön gewesen.

~.~

*Tank*

SIE GRÜBELT WIEDER und starrt das Fenster wütend an. Ich träumte letzte Nacht von ihr, wie ich rannte und sie einfing und unter mir in Position zog. Ich rutsche auf meinem Stuhl hin und her, froh darüber, dass der Tisch keine Glasplatte hat. Ich muss mich wieder unter Kontrolle kriegen.

Ich räuspere mich. „Es hat auch seine Vorteile, ein Gestaltwandler zu sein."

„Echt?"

„Echt. Dass du so viel essen kannst, zum Beispiel. Du wirst zusätzliches Essen mitnehmen müssen, wenn du losziehst, um dich zu verwandeln."

„Wohin würde ich denn gehen? Könnte ich nicht einfach hier draußen rennen?" Sie nickt zu dem ausgetrockneten Bachbett.

„Zur Not, ja. Aber sei vorsichtig. Die Leute in dieser Gegend schießen gerne auf Kojoten, obwohl es illegal ist. In der Dunkelheit könnte deine Füchsin für einen kleinen Kojoten gehalten werden."

„In Ordnung." Ihre Stirn kräuselt sich.

„Du musst deine Füchsin ab und zu rauslassen. Mindestens einmal im Monat. Ansonsten… nun, es könnte anders als bei Wölfen sein. Aber es hilft dir, ein Gleichgewicht zu bewahren." In meiner Stimme schwingt ein Echo der Worte meines Vaters mit, der mir unsere Lebensweise am Küchentisch beibrachte. „Es ist wichtig, dass du dich um dein Tier kümmerst. Ihr Fleisch fütterst, sie zum Rennen rauslässt."

„Das ist ja so, als wäre ich ein Hund."

„Das bist du. Ein wilder Hund."

„Also du… rennst regelmäßig? Wo?"

„Die Catalina Mountains. Aber notfalls auch auf dem A Mountain." A Mountain ist der kleine Berg in der Nähe der Innenstadt, der mit einem großen A versehen ist, das für die University of Arizona steht. Das ist der Ort, an dem sich Garrett vorgestern verwandelte und von seinem Date mit Amber floh.

Ich verkneife mir das Angebot, sie zum nächsten Mondlauf mit dem Rudel einzuladen. „Eventuell kannst du mit einigen Läufen um Mitternacht in diesem Bachbett davonkommen. Aber die bessere Wahl ist ein Naturreservat, irgendein Ort, an dem Jäger verboten sind. Selbst dann musst du vorsichtig sein." Ich unterbreche mich, bevor ich ihr noch Angst einjage. Aber ich mache mir Sorgen. Wilderer, andere Tiere, Gestaltwandler, jeder, der einen hübschen Fuchs sieht und beschließt, dass er ihn haben will. Vor allem ein anderer Wolf. Mein Wolf wird allein bei dem Gedanken, dass ein anderer Mann um sie herumscharwenzeln könnte, stinksauer.

Ich stehe auf und räume das Frühstücksgeschirr ab. Foxfire bleibt nachdenklich sitzen. Vielleicht befindet sie sich in einem Fleischkoma. Sie hat noch nie so lange stillgesessen.

Mein Wolf besteht darauf, dass wir zu ihr gehen und sie trösten. Aber es ist besser, wenn sie sich nicht zu sehr von mir abhängig macht. Sie braucht ihre eigene Art. Ein Fuchsrudel, vielleicht einen Gefährten.

Meine Finger krümmen sich um die Kante der Arbeitsplatte. Ich lasse sie los, bevor ich noch Abdrücke hinterlasse.

*Keinen Gefährten*, knurrt mein Wolf. *Niemanden außer mir.*

Ich überprüfe mein Handy. Keine Nachrichten. Irgendetwas stimmt nicht. Aber Garrett hat mir aufgetragen, Foxfire im Auge zu behalten, also werde ich genau das tun. Selbst wenn ich jetzt meine eigenen Gründe habe.

Mein Dad würde das nicht gutheißen. Aber wer wird sich sonst um sie kümmern?

Ich nähere mich dem Tisch und Foxfire schrickt zusammen. Ihre großen Augen schnellen zu mir. Aufgerissen, träumerisch. Liebenswürdiges Gesicht, *Looney Tunes* Haare. Sie ist so klein und tief in ihrem Inneren devot. Kein Wunder, dass sich ihre Füchsin so viele Jahre ruhig verhalten hat.

„Komm." Ich klopfe vor ihr auf den Tisch. Sie fährt zusammen, aber rührt sich nicht. „Zeit, aufzustehen. Sich dem Tag zu stellen."

„Gehen wir irgendwohin?" Sie wölbt eine Augenbraue.

„Du musst dich normal verhalten. Tu, was auch immer du sonst an einem Sonntag tust."

„Normalerweise stehe ich nicht unter Hausarrest."

Das Schnippische, es ist nur ein Schauspiel. Sie ist zu klug für ihr eigenes Wohl. Und sie war zu lange allein, ohne jemanden, der auf sie aufpasste.

Mein Wolf will ihr alles geben, das sie braucht.

„Ich schätze, ich werde duschen gehen." Sie rutscht von ihrem Stuhl. „Vielleicht fühle ich mich dann normal. Menschlich."

Sie schiebt sich an mir vorbei und ich ignoriere ihre Respektlosigkeit. Sie schlägt um sich, weil sie Angst hat. Und ich bin nicht ihr Rudelanführer.

Ich wuchs in dem Wissen auf, dass ich ein Gestaltwandler bin. Rechnete damit. Meinen Wolf kennenzulernen, war eine wunderschöne Begebenheit, ein Initiationsritus. Ich fühlte mich mächtig.

Foxfire kommt aus dem Bad, sauber und strahlend. Ihre Haare fallen in sanften Locken um ihr elfenhaftes Gesicht. Sie stolziert in abgeschnittenen Shorts und einem engen Top heraus, aus dem ihr Dekolleté praktisch quillt.

„Oh nein." Ich stehe auf. „Du musst dich umziehen."

„Warum?", entgegnet sie und tut so, als wüsste sie nicht von der Wirkung, die ihr Körper auf mich hat. „Wir bleiben doch den ganzen Tag hier, oder?"

„Zieh… einfach ein paar Kleider an." Ich brauche die Verlockung nicht.

Sie stemmt die Hände in die Hüften. „Was für ein Problem hast du mit diesen?"

Ich knirsche mit den Zähnen. Mein Problem ist, dass mein Schwanz so hart ist, dass er eine Tür durchbohren könnte. Ich würde sie ja für den Rest des Tages auf ihr Zimmer schicken, aber ich traue mir selbst nicht über den Weg.

„Zieh dich einfach um."

„Klar." Sie zuckt mit den Achseln und zieht ihr Oberteil über den Kopf. Es fällt zwischen uns auf den Boden.

„Foxfire", knurre ich.

„Du willst, dass ich mich umziehe, Daddy Pops? Ich ziehe mich um." Sie schenkt mir ein tödliches Lächeln. So süß wie Strychnin.

„Treib es nicht zu bunt, Baby", knurre ich. „Ich habe dich gewarnt, was dann passiert."

„Mmh." Sie zwirbelt eine Regenbogenlocke um einen Finger. „Du hast eine Menge Drohungen von dir gegeben. Aber bisher habe ich noch nicht gesehen, dass du auch nur eine von ihnen wahrgemacht hast."

Das Schicksal möge uns beiden beistehen. Sie hat keine Ahnung, was ich mit ihrem heißen kleinen Körper tun will. Und es fängt damit an, ihr zu zeigen, wer der Boss ist. In mehr als einer Hinsicht.

„Okay, Baby. Dann tun wir es jetzt." Ich bücke mich, hebe ihr Top auf und schleudere es ihr entgegen. „Schlafzimmer, jetzt."

Sie grinst und schlendert in diese Richtung.

Ich habe fest vor, darauf zu bestehen, dass sie sich anzieht, und ein ernstes Gespräch über dominante Tiere und ihre erforderliche Unterwerfung zu führen.

Stattdessen packe ich ihr Handgelenk und drehe sie mit dem Gesicht zur Wand. Ich presse ihre kleine Hand unter meiner an den rauen Gips, hebe die andere hoch und füge sie meiner Sammlung hinzu. Sie ist nach wie vor oben ohne und jetzt habe ich die weltbeste Aussicht auf ihr Dekolleté. *Bebendes* Dekolleté. Weil sie definitiv erregt ist von meiner kleinen Demonstration, wer hier der Boss ist.

Ich fixiere ihre Handgelenke mit einer Hand an der Wand und drücke ihren Busen grob mit der anderen. Mein offener Mund findet die Säule ihres Halses. „Du musst etwas verstehen, kleine Füchsin. In einem Rudel gibt es Regeln."

„Ich dachte, du hättest gesagt, ich würde zu keinem Rudel gehören." Es liegt noch immer ein gewisser

Schmerz in ihrer Stimme, der meinen Wolf zum Winseln bringt.

„Dann eben unter Gestaltwandlern. Wie auch immer, du musst die Grenzen deines Verhaltens kennen."

„Wenn ich mich danebenbenehme, werde ich von einem heißen Wolf begrapscht?", schlägt sie hoffnungsvoll vor.

Ich unterdrücke ein Lachen. „Ich meine es ernst. Die Regeln einzuhalten, kann dir das Leben retten." Sie versteht nicht, wie gefährlich diese Welt ist und das ist der Teil, wegen dem mein Wolf am Durchdrehen ist.

„Okay."

Ich lasse ihren Busen los und lege meine Hand auf ihren Hintern. „Deine Taten haben Konsequenzen. Gestaltwandler, die aus der Reihe tanzen, werden bestraft."

„Wirst du mir Hausarrest geben?" Ihre Stimme ist purer Sex, rauchig.

„Mmh, nein", raune ich ihr ins Ohr. Ich öffne den Knopf ihrer kurzen Shorts mit meiner freien Hand und ziehe an ihnen, bis sie zu Boden fallen. „Ich halte mehr von einem aktiveren Vorgehen."

Sie wackelt in einer eindeutigen Einladung mit dem Po.

Beim Schicksal, ich will das hier so viel weitertreiben, als ich gehen werde. Bilder davon, wie ich sie ganz ausziehe und mich hart von hinten in sie ramme, blitzen in meinem Kopf auf.

Doch stattdessen lasse ich meine Hand auf ihren Höschen-verhüllten Hintern krachen.

„Ooh!" Sie macht einen Satz.

Habe ich sie zu hart geschlagen?

Ich recke den Hals, um ihr ins Gesicht zu blicken. Sie beißt sich auf die Lippe, ihre Wangen sind gerötet, die Augen glasig.

Es gefällt ihr.

Ich verpasse ihrem niedlichen Arsch noch einen Hieb. Und noch einen.

Und dann klingelt die gottverdammte Türglocke.

~.~

*FOXFIRE*

TANK VERSTEIFT SICH. Er lässt mich blitzschnell los und reißt mir das Oberteil über den Kopf. Nachdem er mir bedeutet hat, dass ich mich nicht vom Fleck rühren soll, geht er zur Tür.

Also schlüpfe ich natürlich schnell in meine Jeansshorts und folge ihm. Er stoppt im Flur.

„Es ist ein Mann", sagt er leise. „Ich kann ihn riechen."

Ich rümpfe die Nase. Ich kann noch nichts so Spezifisches riechen. „Ist vermutlich nur Benny. Er sollte irgendwann vorbeikommen, um sein Zeug abzuholen."

Er packt meinen Arm. „Wirst du dich benehmen?"

Ich rolle mit den Augen. „Keine Sorge. Ich werde jetzt nicht wegrennen. Du bist der Einzige, der mir sagt, dass ich nicht verrückt bin."

„So weit würde ich nicht gehen."

„Ha, ha. Ich bin gleich wieder zurück. Lass dich nicht blicken." Ich scheuche Tank in die Küche und er geht mit steinernem Gesicht.

Sollte ich meinen Ex vor ihm herumparadieren? Er dreht bereits wegen meiner Hotpants am Rad.

Die Glocke klingelt erneut.

„Komme", singe ich und öffne die Tür.

Es ist nicht Benny, sondern ein Kerl, der einen Trenchcoat trägt. Es ist noch früh an einem Sonntagmorgen und meine Nachbarschaft ist ziemlich ruhig. Normalerweise kommen keine Vertreter hierher.

„Kann ich Ihnen helfen?"

„Foxfire Hines?"

„Das bin ich", trällere ich. „Kann ich Ihnen helfen?"

„Ja." Der Mann zieht seine Hand aus seiner Tasche und richtet eine Pistole auf mich.

~.~

*Tank*

ICH RIECHE DIE PISTOLE, bevor mir Foxfires Angst in die Nase steigt, bitter und kräftig. Mein Wolf knurrt.

Ich schleiche durch ihren „Pflanzenlampen-Raum". Vielleicht kann ich mich schnell genug bewegen und ihn erwischen, bevor er sieht, was auf ihn zukommt.

Meine Lippen ziehen sich zurück. Mein Wolf ist bereit für die Jagd.

„Was zum Kuckuck soll das?" Meine regenbogenhaarige Elfe stemmt die Hände in die Hüften. Ich stöhne. *Nein, Foxfire. Benimm dich.*

„Geh einfach rein, Kleines. Wir werden es gemeinsam besprechen."

„Wer sind Sie?", verlangt sie zu wissen. „Wer hat Sie geschickt?"

Was ist das nur an ihr, das sie dazu bringt, angesichts von Gefahr die Klappe so weit aufzureißen? Jetzt ist nicht der richtige Zeitpunkt. Denkt sie, die Pistole ist nur ein Spielzeug?

Ich will ihr den Hintern von neuem versohlen.

Der Mann drängt sich ins Haus und sie stolpert und fällt mit einem leisen Schrei.

Ich sehe rot. Fünf Sekunden später liegt der Eindringling zu meinen Füßen auf dem Boden. Ich trete die Pistole weg.

„Foxfire. Schließ die Tür."

Sie kommt hastig auf die Füße, um zu gehorchen.

Der Mann ist bewusstlos. Angesichts dessen, wie hart ich ihn geschlagen habe, wird er vermutlich eine Weile weggetreten sein. Er hat Glück, dass ich ihn nicht getötet habe. Vielleicht werde ich es noch tun.

Ich benutze eine Decke, um mir die Pistole zu nehmen, und dann reiße ich sie auf und leere die Kammer.

Nicht gekennzeichnet. Waffe vom Schwarzmarkt. Jetzt mein. Mein Wolf knurrt. Ich konzentriere mich auf die Pistole, um meinen Wolf davon abzuhalten, den Mann in Stücke zu reißen.

„In meiner Tasche ist eine Rolle Klebeband", informiere ich sie. Sie nickt und beeilt sich, es zu holen. Ich fessle den Mann und klebe seinen Mund zu.

Foxfire ist blass und zittert. Ich hole tief Luft und kriege meinen Zorn unter Kontrolle. Dem Mann die Glieder nacheinander auszureißen, wird auch nichts lösen und sie nur erschrecken.

„Komm her." Ich öffne meine Arme. Sie stürzt in sie. Ihr Körper ist so winzig. Ich schwinge sie nach oben und trage sie zum Sofa, wo ich sie trösten und den Verbrecher im Auge behalten kann.

„Was will er?" Foxfire erschaudert.

„Ich weiß es nicht, Baby." Ich reibe meine Nase an ihrer Kehle. Sie lebt. Sie ist in Sicherheit. Sie ist in meinen Armen. Foxfire und ihre verrückten Haare. Ich greife mit der Hand in diese, um ihren Kopf sachte nach hinten zu ziehen, und erobere ihren Mund. Sie schmeckt nach Melone und Erdbeeren, süß und warm, und nach Foxfire.

Meine Lippen streichen über ihre trotz des bewusstlosen Mannes auf dem Boden. Sie ist mein. Ihre Nippel richten sich unter dem dünnen Top auf und ich bin kurz davor, sie auf den Boden zu legen und für mich zu beanspruchen. Als ich zurückweiche, hat sie Sterne in den Augen. Ich habe sie dorthin gezaubert. Mein Wolf ist zufrieden.

„Es wird alles gut werden", versichere ich ihr.

Sie starrt mich mit großen Augen an. „Was machen wir jetzt mit ihm?"

Normalerweise würde ich einige Anrufe machen. Aber dieser Auftrag hat sich zu etwas entwickelt, das niemand erwartet hat. „Ich werde mir etwas überlegen. Ich werde zusehen, dass er keine Gefahr mehr für uns darstellt und versuchen, einige Antworten aus ihm rauszukriegen. Kannst du in dein Zimmer gehen und eine Weile arbeiten?"

„Ja. Ähm, Tank? Kann ich dein Handy benutzen, um meine Nachrichten abzurufen?"

„Sicher, Baby."

Nachdem sie gegangen ist, knie ich mich neben den Gangster. Er hat das Aussehen eines ehemaligen Kämpfers, raue Hände, bullige Stärke, der Bauch ist leicht weich geworden. Einheimische Muskeln-zum-Mieten. Nicht gerade helle. Er hätte mit Verstärkung kommen sollen. Aber er dachte sich, dass er eine kleine, unbewaffnete Frau überrumpeln würde. Mit mir hat er nicht gerechnet.

Ich trete einen Moment in die Küche, während mein Wolf tobt.

Foxfire. Fuck. Sie hätte getötet werden können. Oder –

„Tank!"

Ich wirble herum, als sie auf mich zueilt. Irgendetwas stimmt nicht. Ihr Gesicht ist sogar noch blasser, als es das zuvor war. Ihre Augen sind weit aufgerissen und panisch.

„Ich glaube, ich weiß, wer er ist. Wir müssen gehen, jetzt." Sie dreht sich um und will zur Tür hasten. Ich erwische sie und halte sie still, als sie sich wehrt.

„Erzähl es mir, Baby. Was ist los?"

Sie hält mein Handy hoch. „Meine Mom hat angerufen. Sie steckt in Schwierigkeiten."

~.~

*FOXFIRE*

„HÖR DIR DAS AN." Ich halte Tank das Handy hin.

„Foxfire?" Die Stimme meiner Mom dringt durch den Lautsprecher. „Ich wollte mich nur vergewissern, dass es dir gut geht. Ich stecke in einigen Schwierigkeiten und musste mein Handy wegwerfen. Es könnte sein, dass ein paar Männer vorbeikommen, die nach mir fragen. Sag ihnen einfach, dass ich die Bezahlung beschaffe, wenn ich kann. Pass auf dich auf, Schatz."

Tank spielt die Nachricht erneut ab, während ich mir auf die Lippe beiße. „Klingt, als schuldet sie den falschen Leuten Geld."

„Ach ne, ehrlich?", zische ich. Sein Gesicht wird zu Stein und ich erinnere mich daran, dass es Wölfen nicht gefällt, wenn man sie infrage stellt. Tja, Pech gehabt. Das ist meine *Mom,* über die wir hier reden. „Sie hat mir letzte Nacht eine Nachricht hinterlassen, aber ich hab sie nicht bekommen, weil du mein Handy zerstört hast. Verflucht! Das ist deine Schuld!"

Er reibt sich sein Kiefer. „Das tut mir leid. Das tut es wirklich. Und ich verstehe, dass du wütend bist, aber schalt die Aufmüpfigkeit einen Gang runter, Baby, oder mein Wolf kriegt noch das Gefühl, er müsste dich daran erinnern, wer hier das Sagen hat."

Das noch frische Erlebnis, in welcher Form diese Erinnerung verabreicht werden wird, kommt mir wieder in den Sinn, eine funkelnde Verlockung. Aber jetzt ist nicht die

Zeit dafür. „Egal." Ich verschränke die Arme vor der Brust.

Ja, er hat mir gerade den besten Kuss meines Lebens gegeben und einen Gangster K.O. geschlagen, um mich zu retten.

Egal. Ich bin trotzdem noch sauer.

„Ich muss gehen", informiere ich ihn.

„Wohin gehen?"

„Ihr helfen gehen! Ich muss das in Ordnung bringen."

Tank schaut von dem Verbrecher, der auf dem Boden liegt, zu mir. „Und wie genau wirst du das anstellen?"

„Ich werde mir schon was einfallen lassen."

Er fängt meinen Arm ein. „Du wirst nirgendwo hingehen, Baby."

„Oh bitte. Ich werde wohl kaum jemandem dein kleines Geheimnis verraten. Ich bin eine von euch, schon vergessen?"

„Psst." Er zieht mich in die Küche. „Du musst darüber Stillschweigen bewahren."

„Nun, das tue ich. Ich bin jetzt eine eurer kleinen Gang, oder? Die Fellies?"

„Du kannst nicht einfach so losrennen. Es ist nicht sicher."

„Warum nicht? Du hast den Kerl, den sie mir auf den Hals gehetzt haben, bereits ausgeschaltet. Er stellt keine Bedrohung mehr dar."

„Ich meine nicht ihn. Ich meine andere Gestaltwandler."

„Was?"

Tank flucht und steckt seinen Kopf in das andere Zimmer, um nach Mr. Bewusstlos zu schauen. Daraufhin kehrt er zurück und zerrt mich weiter in die Ecke. „Du gehörst zu keinem Rudel. Du hast keinen Schutz. Wenn du einem Gestaltwandlerrudel über den Weg läufst, könnte es sein, dass sie dich verfolgen."

Ich blinzle. „Was? Warum? Und woher werden sie es überhaupt wissen?"

„Dein Geruch. Er wird kräftiger. Jedes Mal, wenn du dich verwandelst, bis andere Gestaltwandler ganz genau wissen, wer und was du bist. Und du wirst gar keinen Schutz haben. Du hast keine Menschen um dich. Du bist allein."

*Meine Güte.* Als bräuchte ich es, dass er mir meine Lebensgeschichte noch einmal erzählt. Ich schüttle ihn ab. „Tja, egal. Das bin ich gewohnt."

Er presst seine Lippen zusammen und mustert mich. Ich begegne seinem Blick mit gerecktem Kinn. Ich war schon immer eine Außenseiterin, ein Freak. Er kennt mich seit einem Tag und denkt, dass ich mich in ein Häufchen Elend verwandeln werde, weil ich mich meinen Problemen allein stellen muss?

Scheiß auf ihn. Ich war immer auf mich allein gestellt.

„Ich gehe." Ich mache Anstalten, zur Tür zu gehen.

„Das tust du nicht", knurrt er und packt mein Handgelenk.

„Du hast hier nichts zu vermelden."

„Du hast dich vor mir zum ersten Mal verwandelt. Dadurch bin ich für dich verantwortlich." Er scheint diese Entscheidung gerade erst getroffen zu haben. Seine Worte schockieren mich so sehr, dass ich stehen bleibe. „Du willst nicht allein dort rausgehen. Glaub mir."

„Nun, hier bleibe ich jedenfalls nicht. Meine Mom

steckt in Schwierigkeiten. Der Schlägertyp im anderen Zimmer ist der beste Beweis dafür."

„Noch ein Grund mehr, warum du nicht allein sein solltest. Er kam hierher in der Annahme, dass er es mit einer eins fünfzig großen, hundert Pfund schweren Frau zu tun bekäme, die er mühelos überwältigen könnte. Und er hätte es auch getan, wenn du allein gewesen wärst."

„Zum Glück war ich das nicht. Und ich wiege hundertzwanzig Pfund, vielen Dank auch."

Er schüttelt den Kopf. „Du gehst nicht allein. Es ist nicht sicher."

„Na schön." Ich grinse freudlos. „Dann kommst du mit mir."

„Ich –" Er stoppt. „Fuck." Er blickt nach unten auf sein Handy, als sei es ein Orakel, das die Antwort für ihn hat.

„Ich gehe. Du kannst entweder mit mir kommen oder hier bei meinem unerwünschten Gast bleiben." Wir schauen beide auf den nach wie vor bewusstlosen Verbrecher. Werwölfe schlagen ganz schön hart zu.

„Oder ich könnte dich ans Bett fesseln."

Ich würdige diese Aussage nicht mit einer Antwort. Spaß und Sexspiele sind ja schön und gut, bis man einen Besuch von einem Gangster und einen panischen Anruf von seiner Mom bekommt.

Tank liest das von meinem Gesicht ab und seufzt. „Na schön. Aber ich habe das Sagen."

Ich blinzle. Ich hätte nie erwartet, dass er mir Rückendeckung geben würde. Erleichterung durchströmt mich. „Okay, ja. Daran gewöhne ich mich allmählich."

„Geh packen." Tank ruckt mit seinem Kopf zu meinem

Schlafzimmer. „Ich werde mich um diesen Kerl kümmern.“

„Was wirst du mit ihm machen?“

„Ihn aufwecken und versuchen, ihn zu befragen. Ich will dich nicht hier drin haben.“

„Willst du, dass ich eine Plastikplane besorge? Für den Fall, dass es blutig wird.“

„Nein. Ich –“

Ein Geräusch an der Tür sorgt dafür, dass wir beide erstarren. Jemand versucht reinzukommen. Schlüssel klirren und ich höre einen Fluch.

Scheiße. Das ist Benny. Wie gut, dass ich die Schlösser ausgetauscht habe.

Tank geht in Richtung Tür, die Schultern gefährlich gestrafft. Er wird Benny bewusstlos schlagen.

„Warte.“ Ich packe seinen Arm. „Du kannst nicht – das ist mein Ex-Freund.“

„Was?“

Die Türglocke läutet. „Foxfire?“, jammert Benny. „Ich weiß, dass du dort drin bist.“ Er klingelt noch ein paar Mal und klopft. Drecksack.

„Er hat Zeug von sich hiergelassen. Ich liege ihm schon eine Weile in den Ohren, dass er es abholen muss“, erkläre ich schnell.

„Fuck.“

Der Mafiamann liegt noch immer ausgestreckt auf meinem Teppich. Fuck ist richtig.

„Ich kann ihn hinhalten –“, fange ich an, als sich der Gangster zu rühren beginnt. Wenigstens, bis Tanks Faust nach vorne schießt und ihn am Kiefer erwischt.

„Das ist wahrscheinlich nicht gut für ihn.“

„Er hat eine Pistole auf dich gerichtet", sagt Tank. Das Feuer in seinen Augen verrät mir, dass man in seiner Welt keine Pistolen auf Frauen richtet. Man pinnt sie an eine Wand und versohlt ihnen den Hintern, wenn sie unartig sind. Sie ist ein ziemlich interessanter Ort, Tanks Welt.

„Foxfire!", nörgelt Benny laut.

„Komme schon!", brülle ich und trete vor das Fenster für den Fall, dass Benny beschließt, zwischen den Vorhängen hindurch zu spähen. „Gib mir eine Minute." Ich drehe mich zu Tank um. „Was werden wir –"

Tank hat den Eindringling bereits in meinen Teppich gerollt und trägt ihn ins Hinterzimmer.

„Nein, nicht dort rein", flüstere ich. „Dort bewahre ich Bennys Zeug auf. Hinten raus."

Tank geht in die Küche.

Die Türglocke läutet unablässig.

„Geh zur Tür", befiehlt Tank. „Beschäftige ihn und halte ihn von den Fenstern fern."

Ich eile zur Tür, reiße sie auf und schlüpfe nach draußen, bevor ich sie hinter mir zuziehe.

„Was zur Hölle?" Mein Ex blickt mich aus zusammengekniffenen Augen an. Es ist noch nicht einmal zehn Uhr. Früh für ihn. Im Tageslicht sieht er beinahe anämisch aus.

„Was willst du, Benny?" Vogelgesicht, dürr, Kiffer. Ich habe keine Ahnung, was ich überhaupt in ihm sah.

„Ich bin hier, um meine Sachen zu holen. Wessen Truck ist das?" Er schaut finster drein und deutet auf den großen grauen Truck mit abgedeckter Ladefläche in meiner Einfahrt. „Er steht auf meinem Platz."

„Du hast keinen Platz, Benny. Dieses Haus gehört mir und wir haben uns getrennt."

„Du hast einen Mann dort drinnen?" Er starrt düster zur Tür.

„Geht dich nichts an. Ich weiß, dass du wegen deiner Sachen hier bist, aber ich bin gerade mit etwas beschäftigt. Komm später zurück." Aus dem Augenwinkel sehe ich Tank an der Hausseite auftauchen, den Teppich in den Armen tragend. Er ist auf dem Weg zur Einfahrt und seinem Truck.

„Aber wenn ich es mir so recht überlege, ist jetzt ein guter Zeitpunkt." Ich ziehe Benny ins Haus, bevor er Zeit hat, eine Frage zu stellen. „Hier ist dein Zeug."

„Was ist mit deinem Teppich passiert?" Er blickt auf die neue kahle Stelle mitten auf meinem Wohnzimmerboden.

„Termiten", platzt es aus mir heraus. „Teppichtermiten." Ich schnappe mir die Lavalampe aus der Ecke. „Hier." Ich reiche sie ihm. „Die gehört dir."

Benny starrt sie böse an, was bedeutet, dass er nicht aus dem Fenster blickt, wo Tank gerade einen Mafiamann, der in einen Teppich gewickelt ist, hinten auf den großen grauen Truck lädt. Hoffentlich bemerkt es auch keiner meiner Nachbarn.

„Ich will diesen Scheiß nicht", sagt Benny. „Ich will meine Lampen."

„Was?"

„Die Pflanzenlampen."

„Für meine Tomaten?"

„Nein, du Idiotin, für mein Gras."

Ich hole scharf Luft. Ich wusste, dass er Gras raucht, aber nicht, dass er es anbaut. „Hast du es etwa hier angebaut?"

Benny verdreht die Augen. „Wo sind sie?"

Ich deute zum Hinterzimmer. „Aber, was ist mit meinen Tomaten?"

Benny läuft um mich und beginnt mit diesem ätzenden, abfälligen Tonfall, den er immer benutzte, wenn er dachte, ich sei zu hohlköpfig. „Hör zu, Dumpfbacke –"

Ehe ich mich versehe, steht Tank vor mir. Er hat Benny am Kragen gepackt und hebt ihn von den Füßen.

„Hast du sie gerade Dumpfbacke genannt?"

Benny stottert. „Alter –"

„Du kennst dieses Arschloch?", knurrt Tank.

„Ja, Tank! Es ist okay. Er ist mein Ex-Freund."

Ein lauteres Knurren, dieses Mal kommt es tiefer aus seinem Bauch. Sein Wolf.

*Hallo, Wolfie.*

„Entschuldige dich bei Foxfire." Als Bennys Augen aus ihren Höhlen quellen, er aber nichts sagt, bleckt Tank seine Zähne. „Entschuldige dich."

„Meine Fresse, es tut mir leid, okay?"

Tank lässt Benny fallen, der stottert, zurückweicht und röchelt. „Was zur Hölle?"

„Hat er irgendein Anrecht auf dieses Haus?", fragt Tank, die Augen auf meinen Ex geheftet.

„Was? Nein. Es gehört mir. Er sollte es allerdings reparieren." Das ist vermutlich der einzige Grund, aus dem ich ihn gedatet habe. Das und dass er blieb. In der Anfangszeit brachte er mich zum Lachen. Danach war er einfach eine Gewohnheit, eine, die ich schon vor langer Zeit hätte loswerden sollen.

„Er hat mich angegriffen!", brüllt Benny und deutet auf Tank.

„Ja, ich weiß", spotte ich. „Ich stand genau hier. Jetzt geh, Benny. Lass dir von deiner neuen Freundin neue Pflanzenlampen kaufen."

„Ich werde die Cops hierherschicken."

„Was?", keuche ich. „Du hast das Gras angebaut, nicht ich."

„Das wissen sie nicht. Wie du so schön sagtest, gehört dir das Haus."

„Hol die Lampen", murmelt Tank, der nach wie vor nicht den Blick von Benny abwendet.

Ich trotte zum Hinterzimmer, wobei ich meinen wiedergekehrten Teppich bemerke, der zerknittert und ohne den Mafiamann auf dem Boden liegt. Ich schnappe mir die Lampen und kehre zurück, woraufhin ich die zwei Männer in meinem Leben mitten in einem Starrwettbewerb vorfinde. Wenn wir Punkte aufgrund taffer, autoritärer Großartigkeit vergeben, gewinnt Tank.

„Hier." Tank nimmt mir die Lampen ab und drückt sie Benny in die Hände.

„Ruf die Cops und ich werde dich finden", warnt Tank.

„Yeah, was auch immer Mann."

Tank schlägt ihm die Tür vor der Nase zu.

„Dieses Ding hast du gedatet?"

„Ja."

„Hast du mit ihm Schluss gemacht?"

„Ähm, ja. Er war schlecht im Bett. Und dann fand ich heraus, dass er mich betrogen hat."

„Er hat dich *betrogen*?", sagt Tank, als hätte ich gerade behauptet, der Himmel sei pink.

Ich nicke.

„Wenn er dir noch mal Probleme macht, ruf mich."

„Okay. Was machen wir wegen dem Mafioso?“

„Er ist in meinem Truck.“

„Was ist mit seinem Auto?“

„Ich werde mich darum kümmern. Hol deine Sachen.“ Tank zückt sein Handy. „Hey, Nox? Yeah, ich brauche einen Abschleppwagen… Warte kurz.“ Er hält das Handy von seinem Ohr weg und schlägt mir auf den Po.

Ein frisches Kribbeln beginnt dort und rast direkt zu meinen Füchschenteilen.

„Was habe ich dir gerade gesagt?“

Ich rolle mit den Augen. „Herrisch! Ich gehe ja schon, ich gehe.“ Ich mache auf dem Absatz kehrt und haste ins Schlafzimmer, um meine Tasche zu holen, wobei ich Tanks Blick den ganzen Weg auf meinem prickelnden Hinterteil spüre. Ich weiß nicht, warum meine Füchschenteile so feucht werden, wenn er mir sagt, was ich tun soll, aber egal.

Zwanzig Minuten später hilft mir Tank in seinen Truck und stopft meine Tasche hinter den Sitz. Der Mafiamann befindet sich auf der abgedeckten Ladefläche hinter uns, wie ein Paket mit Klebeband verschnürt.

„Bist du dir sicher, dass er dort hinten okay ist?“

Tank nickt und schaltet den Truck an. Er erwacht brummend zum Leben, riesig und kraftvoll wie sein Besitzer. Tanks große Hände drehen das Lenkrad. Freudige Erregung überkommt mich, nur weil ich ihm dabei zusehe, wie er aus meiner Einfahrt fährt.

Ich hüpfe leicht auf meinem Sitz auf und ab. „Roadtrip!“

Tank schweigt. Wir fahren geradewegs zum Highway.

„Können wir für Snacks anhalten?“

„Nein."

„Okay." Wenigstens habe ich eine Wasserflasche. Obwohl, ich sollte sie mir besser für die dreißig Minuten, bevor wir einen geplanten Boxenstopp einlegen, aufheben. Ich habe eine Blase in der Größe einer Erbse.

Ich erzähle das alles Tank. Seine Lippen zucken, aber er wendet den Blick nicht von der Straße ab oder verzieht seine Miene.

„Wie wäre es mit Musik?" Ich halte meinen iPod hoch. „Ich habe eine spitzen Playlist. Hast du eine Möglichkeit, wo ich ihn einstecken kann –"

„Nein."

„Das ist okay, ich habe hier irgendwo Lautsprecher –"

„Nein. Keine Musik."

„Alles Klärchen, Big Daddy."

„Nicht…" Sein Daumen und Finger berühren seine Brauen und er schließt kurz die Augen.

Ich grinse ihn an und sende *niedliche* Schwingungen aus. Mit denen komme ich immer aus allen möglichen Schwierigkeiten.

Tank seufzt.

Das wird so ein Spaß werden.

~.~

*Tank*

.  .  .

WIR SIND ERST eine halbe Stunde unterwegs und ich will sie schon erwürgen. Nun, nicht wirklich. Ich will einfach nur diese freche Klappe mit meiner Zunge zum Schweigen bringen. Nein, mit meinem Schwanz. Tatsächlich hätte mein Schwanz nichts dagegen, auch andere Teile von ihr gründlich zu erobern. Jede verfügbare Öffnung. Das wäre so ziemlich das Einzige, das meine schlechte Laune etwas aufhellen könnte. Und meine blauen Eier.

Aber so heiß ich Foxfire auch finde, so sehr mein Wolf auch auf sie steht, ich kann mich nicht ganz auf diese Frau einlassen. Zum einen ist sie ein bisschen gaga. Niedlich gaga, aber trotzdem. Sie gehört zu der Sorte, vor der mich mein Dad gewarnt hat. Er hat mir seine Variante von Bruder vor Luder so viele Male eingebläut, dass ich die Anzeichen erkenne, wenn ich von einer Frau von den Füßen gefegt werde.

*Stelle niemals eine Frau vor das Rudel, Sohn. Sie wird alles für dich ruinieren.*

Ich fürchte, er hat recht. Ich treffe wegen ihr bereits schlechte Entscheidungen. Garrett befindet sich im Moment in einer Krise und ich bin sein Vize. Ich sollte eigentlich die Stellung halten, nach dem Eklipse sehen und mich für Befehle bereithalten. Stattdessen habe ich einen Gangster in einen Teppich gewickelt und auf meinen Truck geladen und fahre vier Stunden nach Flagstaff.

Wegen einer Frau.

Zugegeben sie ist eine sehr heiße, faszinierende Frau mit einem Mund, der zum Vögeln einlädt wie noch kein anderer, den ich jemals gesehen habe. Aber das kann ich mit ihr nicht machen.

Leise summend legt Foxfire ihre Beine auf mein

Armaturenbrett. Sie sind eine Meile lang und scheinen nur aus köstlicher, nackter Haut zu bestehen, weil sie noch immer diese gottverdammten Hotpants trägt. Ich bin mir ziemlich sicher, wenn sie die Beine dort oben lässt, werde ich den Truck in den Straßengraben lenken bei dem Versuch, mich rüber zu beugen und sie zu lecken.

„Beine runter", befehle ich. Ich klinge verdrießlicher, als ich es beabsichtigt habe.

Doch es tangiert sie kein bisschen, abgesehen davon, dass sie sogar noch eine Schippe drauflegt. „Alles klar, Big D." Sie schiebt sie unter sich und grinst, als würde sie dafür leben, mich auf die Palme zu bringen.

„Mach es dir nicht zu bequem", warne ich sie, aber eigentlich rede ich nur mit mir selbst. „Wir werden nach Flagstaff fahren, den Kerl befragen und nach deiner Mom sehen." Und zurück sein, bevor sich mein Rudel wundert, wohin ich verschwunden bin.

Ich habe Garrett eine Nachricht hinterlassen und es bei Jared und Trey probiert, aber ich habe noch immer nichts von ihnen gehört. Das ist ein wenig besorgniserregend. Aber sie sind große Wölfe, die auf sich selbst aufpassen können.

In der Zwischenzeit muss ich nun diesen Roadtrip mit der kleinen Miss Sunshine hinter mich bringen. Wie habe ich mich nur dazu überreden lassen?

Ach ja. Weil mein Wolf sie nicht allein lassen will. Ich kann es nicht ertragen, dass ein menschlicher Mann sie berührt, geschweige denn sie bedroht. Und das haben bereits zwei Menschen in der vergangenen Stunde getan. Ein Wolfgestaltwandler, sogar einer aus meinem Rudel? Vergiss es.

„Das ist so aufregend. Mein erster Roadtrip mit einem Werwolf." Sie hüpft auf ihrem Sitz auf und ab. Sie hat ihren Hoodie ausgezogen und ihre Nippel drücken sich gegen den dünnen Stoff ihres Tops.

Mein Schwanz will mit ihr hüpfen.

„Beruhig dich", knurre ich. Was habe ich mir nur dabei gedacht, als ich zustimmte, mit ihr auf einer vierstündigen Fahrt allein zu sein? Sie ist eine hübsche Fuchsdame und ich bin ein heißblütiger Wolf. „Wir müssen vorsichtig sein. Es ist keine gute Idee meinen Wolf zu sehr aufzuregen."

„Was? Warum?"

„Vollmond."

„Was passiert dann?" Ihre Stimme senkt sich. „Wenn du deine Tage hast?"

Ich schnaube wegen ihrer Bezeichnung dafür. „Wir müssen uns nicht verwandeln, aber wir wollen es. Die Weibchen werden normalerweise läufig."

„Im Sinne von, sie werden richtig geil?"

„Yeah."

„Ich kapier's. Du hast Angst, dass du mich bespringen wirst. Wo liegt das Problem?"

~.~

*F*OXFIRE

.   .   .

SEINE HÄNDE UMKLAMMERN das Lenkrad so fest, dass er noch Abdrücke hinterlassen wird, wenn er nicht aufpasst. „Das wird… nicht passieren.“

„Ja. Ich höre schon, dass du es nicht tun willst. Was ist schon groß dabei?“ Vorhin in meinem Zuhause dachte ich, er könnte so gut einstecken, wie er austeilen kann.

Er flucht leise irgendetwas.

„Warte, hast du irgendwo eine Frau versteckt? Kleine Tank Babys?“ Meine Stimme ist locker und täuscht über den heftigen Schmerz hinweg, der mein Herz packt.

„Nein.“

Erleichterung. Ich versuche, sie mir nicht anmerken zu lassen. Ich lehne mich mit einem Lächeln zurück.

„Schau mal, das hier ist kein Date. Du bist ein Gestaltwandler und deine Mom steckt in Schwierigkeiten. Wir könnten sehr gut direkt in eine gefährliche Situation rennen. Wir müssen beide einen klaren Kopf bewahren.“ Er schaut mich an, als wäre er sich nicht sicher, dass meiner jemals klar ist. Es ist ein Blick, an den ich gewöhnt bin.

Er muss den Schmerz kurz auf meinem Gesicht gesehen haben, denn sein Blick wird sanfter. „Ich denke, wir können sie darüber befragen, dass du eine Gestaltwandlerin bist, und dich zu deiner Sippe bringen.“

Sippe. Das kann ich immer noch nicht fassen.

Die Highwayschilder sausen nur so an uns vorbei. Wir nähern uns Phoenix.

„Was ist mit deinem Rudel?“, frage ich nach einigen Minuten des Schweigens.

„Was ist mit ihm?“

„Ich meine, es ist wie deine Familie, stimmt's?“

„Näher als Familie. Rudel ist Blut. Blut ist Rudel", rezitiert er.

„Richtig. Warum rufst du sie nicht zur Hilfe? Du weißt schon mit –" Ich deute zur Ladefläche des Trucks, wo der Gangster gefesselt und geknebelt liegt.

„Ich brauche sie nicht, um mich um das hier zu kümmern."

„Aber was ist mit Garrett? Musst du ihm keinen Bericht erstatten oder so was?"

„Garrett ist beschäftigt. Eines unserer Rudelmitglieder ist verschwunden und er sucht nach ihr. Und nein, ich brauche seine Erlaubnis nicht. Er ist der Alpha, aber er vertraut mir. Ich stehe so weit oben in der Rudelhierarchie, dass ich mich nur vor ihm verantworten muss."

„Es gibt eine Hierarchie."

„Jepp. Je dominanter dein Tier ist, desto höher steigt man für gewöhnlich im Rudel auf."

„Wo würde ich dann im Rudel sein?"

„Ganz unten. Du bist klein und eine schwache Gestaltwandlerin."

Ich sacke leicht in mich zusammen.

„Das ist nichts Schlechtes. Alle Rudel brauchen devote Wölfe. Sie halten das Rudel zusammen. Dominante Wölfe, wir kämpfen die ganze Zeit, finden unseren Platz. Deswegen wird in stabilen Rudeln auch streng auf die Einhaltung von Rollen geachtet. Ansonsten würden wir uns gegenseitig in Stücke reißen. Devote Wölfe stellen für dominante Wölfe nicht diese Art von Bedrohung dar. Wir wollen sie beschützen."

„Willst du mich beschützen?"

Seine Kiefer verkrampfen sich und er antwortet nicht.

Er muss es auch nicht tun – ich weiß es bereits. Er hat das Gefühl, als *müsste* er mich beschützen. Aber er *will* es nicht tun. Mein Spielchen, ihn zu nerven, war erfolgreich. Ich sollte mich freuen, stimmt's? Das ist eine Masche, die ich mein ganzes Leben angewandt habe. Mich noch verrückter verhalten, als ich ohnehin schon eingeschätzt werde. Ihnen zuvorkommen, mich einen Freak zu nennen. Dazu stehen.

Irgendwie sorgt es im Moment jedoch nur dafür, dass ich mich ein wenig schlecht fühle. Welche Art von Frau zieht Tank vor? Ich stelle mir eine große, blonde Wölfin vor. Ich will sie töten. Vielleicht bin ich nicht so devot, wie er denkt.

Ich verstumme, hauptsächlich, um ihm eine Pause zu geben.

Als wir durch Phoenix fahren, folgt Tank den Schildern, um auf die I-17 in nördlicher Richtung nach Flagstaff zu gelangen. Er räuspert sich. „In ein paar Stunden werden wir in Flagstaff sein. Wo wohnt deine Mutter?"

„Ähm…"

Er nickt zum Navi. „Gib die Adresse ein."

„Das ist ja die Sache." Ich kräusle die Nase. „Sie zieht sehr oft um."

„Wo ist ihr Haus?"

„Sie hat keines. Nachdem ich auszog, hat sie sich auf einen Airstream Wohnwagen verkleinert. Du weißt schon", beeile ich mich zu erklären, als mich Tank ausdruckslos anschaut, „diese silbernen Wohnwagen, die die Leute zum Campen im ganzen Land benutzen –"

„Ich weiß, was ein Airstream ist. Willst du mir etwa

sagen, dass deine Mutter in einem wohnt, das ganze Jahr über?“

„Mmhmm.“

„Was arbeitet sie?“

„Sie ist Künstlerin, hauptsächlich.“

Tank gibt einen schweren Seufzer von sich.

„Ich werde den letzten Stellplatz eingeben, an dem sie meines Wissens nach war. Sie sollte irgendwo in der Nähe von Flagstaff sein. Manchmal parkt sie in der Nähe des Grand Canyon, um dort Kunst an die Touristen zu verkaufen.“

„In einem ausgewiesenen Campingplatz?“

„Ja klar“, sage ich in einem Tonfall, der *vermutlich nicht* bedeutet.

Noch ein Seufzen.

„Was wirst du mit diesem Kerl machen?“ Ich rucke mit einem Daumen hinter mich und deute auf die Ladefläche und den lahmgelegten Verbrecher.

„Ihn befragen.“

„Er ist schon eine ganze Weile weggetreten. Vielleicht hast du ihn zu heftig geschlagen.“

„Ihm geht's prima.“

Tank zieht sein Handy heraus.

Eine schroffe Männerstimme antwortet.

„Tank hier. Haben wir noch immer das Safe House in New River? Danke. Ich benutze es die nächsten zwei Stunden. Ich erkläre es später.“ Er legt auf und die nächsten Meilen sieht er so grimmig aus, dass ich es nicht wage, ihn irgendetwas zu fragen. Ich hoffe, dass er keinen Ärger mit seinem Rudel hat.

Dreißig Minuten außerhalb von Phoenix klopft etwas auf der Ladefläche. Und klopft immer weiter.

„Oh oh", sage ich, während Tank flucht. „Ich glaube, der Mafiamann ist aufgewacht."

„Zu früh. Ich hab ihn nicht hoch genug dosiert."

„Ihn dosiert?"

„Warte kurz." Das Hämmern fährt fort, während Tank die Ausfahrt nimmt.

„Das war eine verdammt dämliche Idee", flucht er.

Ich rolle mich auf meinem Platz zusammen. „Wohin bringen wir ihn?"

„In ein Safe House. Privat."

Wir sind jedenfalls mitten im Nirgendwo.

Das Klopfen hat aufgehört. Für den Moment. „Hast du wirklich erwartet, dass er die ganze Zeit bewusstlos bleibt?"

„Ich hab ihn betäubt."

„Ihn betäubt?"

„Beruhigungsmittel."

Meine Augenbrauen kriechen hoch bis zu meinem Haaransatz. „Du trägst dieses Zeug mit dir herum?"

„Yeah." Er blickt hinter meinen Sitz, wo seine schwarze Tasche wohnt, voller Klebeband und starker Beruhigungsmittel. „Werwölfe haben nicht immer die Kontrolle über sich. Manchmal macht ihr Wolf… komische Dinge."

„Wirklich?"

„Yeah. Deswegen treffen wir Vorkehrungen."

„Hast du… schon mal jemanden betäubt?"

„Yeah." Er sieht aus, als wäre ihm das Thema unangenehm.

„Nicht nur Wölfe", rate ich. „Menschen?"

„Die Welt darf nicht von uns wissen."

Ich lecke mir über die Lippen. „Tank? Wirst du deinem Rudel von mir erzählen?"

„Yeah. Mein Alpha ist im Moment nicht in der Stadt, aber irgendwann werde ich es ihm melden. Ich muss es tun. Er wird dich an mir riechen und wissen wollen, was passiert ist."

„Was wird er tun? Wird er mich in die Gang lassen?"

„Es gibt keine Gang. Nur das Rudel."

„Und?"

„Foxfire, ich weiß es nicht. Du bist kein Wolf, Baby. Um in ein Rudel einzutreten, brauchst du einen Sponsor. Jemanden, der für dich bürgt. Ansonsten bist du verdächtig. Eine schüchterne Gestaltwandlerin wie du –"

„Ich bin nicht schüchtern."

„Deine Füchsin ist schüchtern", stellt er klar. „Gestaltwandler haben einen Rang im Rudel. Ein neuer Gestaltwandler hat keinen Rang. Das bedeutet, dass sie Freiwild für Dominanzangriffe sind." Er wagt einen kurzen Blick zu mir. „Ich werde später mehr dazu erklären."

„Okay. Aber wenn du deinem Alpha von mir erzählst… könntest du dann nicht mein Sponsor sein?"

Seine Finger trommeln auf das Lenkrad. „Vielleicht."

Sein Widerwille tut mir mehr weh, als ich mir eingestehen will. Ich habe mein ganzes Leben damit verbracht, das irre Mädel zu spielen, gerade weil ich weiß, dass mich niemand in seinem Club haben will. Ich bin anders. Wenigstens weiß ich jetzt, *warum* ich anders bin. *Inwiefern* ich anders bin. Aber ich schätze, es ist zu viel verlangt, zu glauben, dass ich zu den anderen Gestaltwandlern passe, nur weil ich einen Schwanz habe. Sie wollen mich trotzdem nicht.

Wir biegen auf eine versteckte Auffahrt. Tanks Schultern entspannen sich einen Bruchteil. Das Hämmern setzt wieder ein. Während wir über die Schotterstraße holpern, höre ich gedämpfte Schreie. Der Gangster muss das Klebeband über seinem Mund gelockert haben.

Wir fahren in einem Wald um eine Biegung und eine winzige Holzhütte kommt in Sicht.

Ich keuche. „Das ist so hübsch."

„Eigentlich sollte niemand außer dem Rudel von diesem Ort wissen."

„Wirst du Ärger kriegen, weil du mich hierhergebracht hast?"

Anstatt zu antworten, schnappt sich Tank seine schwarze Tasche und steigt aus dem Auto. Ich beeile mich, ihm zu folgen, aber als wir die Ladefläche erreichen, streckt er seine Hand aus. „Bleib zurück, Baby."

Ich trete einen Schritt zur Seite.

Er beginnt, die Ladeklappe zu öffnen und hält inne. „Stell dich dort drüben hin." Er deutet auf einen Felsen einige Schritte entfernt.

„Warum?"

„Du weißt warum. Es ist nicht sicher."

„Er hat mich bereits gesehen."

Tank wirbelt herum, hebt mich hoch und trägt mich, bis mein Rücken auf einen Baum trifft. Er drückt seinen harten Körper an meinen. „Baby, wirst du genau hierbleiben, während ich ihn mir vorknöpfe, oder muss ich dich an diesen Baum fesseln?"

Meine Füchschenteile pochen und meine Brustwarzen

ziehen sich zusammen. *Fessel mich, großer Mann.* Meine Lippen teilen sich, doch kein Laut kommt heraus. Ich starre seine Lippen an, die so sinnlich sind in Anbetracht dessen, was für ein männlicher Mann er ist. Ich will, dass er mich küsst.

Er tut es.

Es ist ein harter, strafender Kuss und als er zurückweicht, leuchten seine Augen gelb. Er deutet mit einem Finger auf mich, seine Lippen zucken. „Bleib."

Ich verdrehe die Augen, aber gehorche, froh darüber, einen Platz in der ersten Reihe zu haben. Ich beobachte aus sicherer Entfernung, wie Tank die Ladefläche öffnet, den Kerl bei den Füßen packt und rauszieht.

Mein Magen verkrampft sich, als Tank mit seinem Gefangen ringt, aber er ist einen halben Kopf größer und fünfzig Pfund schwerer als der große Gangster. In Nullkommanichts ist der Mann auf seinen Knien und wieder mit Klebeband gefesselt.

„Was zum Henker?", schimpft der Gangster.

„Halt die Fresse." Tank klebt ihm eine. „Siehst du diesen Ort?" Er deutet um sich. Der Truck steht zwischen dem Mann und der Hütte, weshalb er nur Wildnis und eine verlassene Straße sehen kann. „Wir sind hier mitten im Nirgendwo. Du hast keine Rechte. Was wolltest du von der Frau?"

„Foxfire Hines?"

Tank schlägt ihn abermals. Ich gehe leicht in die Hocke, obwohl ich weiß, dass die kontrollierte Wut auf Tanks Gesicht nicht auf mich gerichtet ist.

„Du sprichst ihren Namen nicht aus. Soweit es mich

betrifft, existiert sie nach diesem Moment nicht mehr für dich.“

„Okay, okay! Es war ein Auftrag, Mann, ein Auftrag.“ Der Verbrecher brabbelt einige Sekunden, bis Tank ihn unterbricht.

„Welcher Auftrag?“

„Ich weiß es nicht. Ich erhielt Befehle – hol das Mädel, fessle sie, steck sie in den Kofferraum und bring sie zum Treffpunkt.“

„Wen noch?“

„Niemand sonst. Nur das Mädel. Und ich sollte ihr nicht wehtun, sie nur zu dem Treffpunkt bringen, lebend. Mehr weiß ich nicht, ich schwöre.“

Je länger der Gangster redet, desto mehr sieht Tank aus, als würde er ihn gleich ermorden. „Wo ist der Treffpunkt?“, knurrt er mit einer Stimme, die kaum noch menschlich klingt.

Der Verbrecher nennt eine Adresse.

Ich beeile mich, sie aufzuschreiben. Als mein Stift über das Papier kratzt, reckt der Gangster seinen Kopf in meine Richtung.

Tank verpasst ihm noch einen Schlag und stülpt eine Haube über den Kopf des Mannes, die er mit Klebeband befestigt. Der Mann wehrt sich, aber landet auf dem Boden, an allen vieren gefesselt und hilflos. Tank lässt ihn auf dem Boden liegen und kommt zu mir.

„Geh und warte in der Hütte. Der Schlüssel liegt unter der Fußmatte.“

„Wirst du ihn foltern?“, flüstere ich.

„Nein. Ich werde ihn betäuben und am Stadtrand absetzen. Er weiß nichts. Ich habe seine Nummernschilder und

Daten bereits an jemanden geschickt, der mehr Informationen über ihn besorgen kann. Er ist ein einheimischer Gangster und er sagt die Wahrheit.“

„Woher weißt du das?“

„Ich kann es riechen, wenn er lügt.“

Ich erschaudere.

„Baby, geh und warte in der Hütte.“

Als Tank reinkommt, um mich zu holen, telefoniert er mit jemandem namens Jackson, wobei er die Adresse vorliest, die uns der Verbrecher gegeben hat. „Du kannst mir simsen, was du findest.“

Ich folge ihm nach draußen und er bedeutet mir, in den Truck zu steigen. Der Gangster ist bereits drinnen, die schwarze Tasche hinter meinem Sitz. „In Ordnung. Danke.“

„Wer war das?“, frage ich, als er auflegt.

„Freunde. Sie sind gut darin, Sachen im Internet aufzustöbern. Sie werden tiefer graben und mir sagen, was los ist.“

„Werwölfe?“

„Yeah, aber nicht aus meinem Rudel.“

„Du hilfst sehr viel“, stelle ich fest, als Tank einsteigt.

Er grunzt und wühlt in der furchteinflößenden schwarzen Tasche herum. Ich halte die Luft an, aber er wirft mir nur einen Proteinriegel zu.

„Danke. Hast du Wasser?“

Tank bietet mir eine Flasche an, aber zieht sie weg, als ich danach greife.

„Wir stoppen nicht vor Flagstaff“, warnt er.

Ich grinse. „Ich habe gerade gepinkelt, aber danke für die Warnung.“ Er rollt mit den Augen, während ich feixe, aber ich nehme nur wenige Schlucke aus der Flasche, bevor ich sie schließe. Es macht keinen Sinn, anzuhalten, während wir einen betäubten Kerl hinten drin haben.

Wir fahren jetzt nicht mehr auf der Hauptstraße, sondern nehmen Nebenstraßen. Bäume sausen vorbei. Wie viele Wölfe streifen wohl durch diesen Nationalwald? Kojoten? Füchse?

„Du hast vorhin gesagt, dass meine Füchsin schüchtern ist?", frage ich.

„Ich denke, sie hat sich versteckt, bis sie wusste, dass es sicher war, rauszukommen."

„Woher wusste sie, dass es sicher war?"

Er antwortet nicht.

„Lag es daran, dass sie deinen Wolf gespürt hat? Oder dass sie vor deinem Wolf Angst hatte?"

Weitere Meilen fliegen vorbei. Tanks Profil verändert sich nicht. Anscheinend sind, einen Gangster einzuschüchtern und meiner Mutter zur Rettung zu eilen, nicht die Bindungserfahrungen, für die ich sie hielt. Wenn überhaupt wirkt er noch verschlossener.

„Schau mal", seufze ich. „Ich weiß, dass du mich hasst, aber –"

„Ich hasse dich nicht."

„Dann hältst du mich eben für nervig."

Sein Kopf ruckt von links nach rechts, um ein *Nein* anzudeuten.

„Was ist es dann? Warum redest einfach nicht mit mir?"

„Es ist besser so", brummelt er.

Ich lege meine Hand auf sein Bein und er fängt mein Handgelenk ein. Glassplitter durchbohren meinen Bauch.

Ich bemühe mich, es zu verbergen, aber Tank blickt zu mir und sein Griff wird weicher, als er meine Enttäuschung erkennt.

„Baby, es liegt nicht an dir", sagt er. „Es ist besser, wenn wir nicht miteinander involviert sind."

„Tank, wir fahren mit einem Verbrecher im Kofferraum zu meiner Mom nach Flagstaff. Du hast die letzte Nacht bei mir verbracht. Du hast gesehen, wie ich mich zum ersten Mal verwandelt habe. Du hast dich meinem Ex gestellt und mir ein Werwolf Safe House gezeigt." Ich lehne mich schnaubend zurück. „Es ist zu spät, um nicht involviert zu sein." Ich befreie meine Hand und mache um *involviert* Gänsefüßchen in der Luft.

Er schüttelt den Kopf, aber seine Lippen biegen sich leicht nach oben. Meine kleine Tirade hat ihn zum Lächeln gebracht.

„Sowieso was ist so falsch daran, wenn wir involviert sind?"

Falsche Frage. Jedes bisschen Wärme verlässt das Führerhaus. Tank könnte sich genauso gut in Stein verwandelt haben.

„Tank?"

„Es ist nicht sicher", sagt er.

„Was ist nicht sicher? Du und ich?" Ich schnaube. „Das ist lächerlich. Du bist der sicherste Kerl, den ich kenne."

„Nein, das bin ich nicht."

„Willst du mir etwa sagen, dass ich in Gefahr bin? Ich kann mir nicht vorstellen, dass du eine Frau verletzt."

„Nicht irgendeine Frau. Ich bin nur für dich gefährlich."

„Was?“

Er murmelt etwas und ich beuge mich nach vorne. „Das hab ich nicht mitgekriegt.“

„Mein Wolf fühlt sich zu dir hingezogen.“

Ahhh. Wenn ich eine Katze wäre, würde ich schnurren. „Dein Wolf? Oder du?“

Ich lege meine Hand auf sein Bein, wieder.

„Hör auf damit“, sagt er. Aber er schiebt sie nicht weg.

„Ich habe mich nie bei dir dafür bedankt, dass du mir hilfst. Ich wäre ein einziges Chaos ohne dich.“

„Du bist ein einziges Chaos.“

Ich lache, aber es ist ein harscher, bitterer Laut. „Das Wort, nach dem du suchst, ist *Freak*.“

„Du bist kein Freak.“ Er runzelt die Stirn.

~.~

*Tank*

FOXFIRE LEGT ihren Kopf auf die Seite, während sie mich mustert. Ich frage mich, was sie sieht. „Aber du findest mich süß.“

Ich schüttle den Kopf.

„Ach, komm schon. Du magst mich. Gib es zu.“

„Nein.“

Enttäuschung zerknittert ihr Gesicht. Sofort will ich es zurücknehmen. Aber was soll ich schon sagen? *Nerv mich so viel du willst, Baby. Sei nur bereit, dich den Konsequenzen zu stellen.* Fuck. Der Gedanke, sie auf dem Boden zu fixieren und ihr beizubringen, sich zu unterwerfen, veranlasst meinen Schwanz dazu, sich schmerzhaft gegen meine Jeans zu drängen.

Meilen fliegen vorbei. Foxfire schaut bedrückt aus dem Fenster.

„Du bist mehr als süß", gestehe ich. „Du bist rattenscharf."

„Wirklich?" Ihre Stimmung hellt sich auf.

„Yeah. Ich strenge mich wirklich sehr an, meinen Wolf daran zu hindern, dich nicht auf den Boden zu werfen und besinnungslos zu vögeln."

„Fantastisch", haucht sie. Absolut irre. „Ich wusste, dass du mich willst." Sie blickt mich an, den Kopf zur Seite geneigt.

„Was?" Ihr Blick macht mich nervös.

„Wie wäre es mit jetzt?", fragt sie. Sie legt ihre Hand auf meinen Schenkel und schiebt sie langsam nach oben. Der Truck macht einen Schlenker und ich packe das Lenkrad fester.

„Was? Nein."

Aber sie hat ihren Gurt geöffnet und gleitet von ihrem Sitz.

„Foxfire. Nein. Geh zurück. Ich meine es ernst."

„Ich habe mich nie bei dir dafür bedankt, dass du mir hilfst", säuselt sie. Indem sie sich nach vorne beugt, öffnet sie den Knopf meiner Jeans.

Mein Schwanz zuckt. Fuck, werde ich sie das tun lassen? Wir befinden uns auf einer Nebenstraße mitten im Nationalwald, keine Autos in Sichtweite, aber trotzdem.

Die Chancen, dass ich das Auto gegen einen Baum fahre in der Sekunde, in der sie mich berührt, sind überirdisch hoch.

Kleine Hände zerren an meiner Jeans. Ich rutsche hin und her, um Platz für ihre Finger zu machen, bevor ich weiß, was geschieht.

Ich werde langsamer, aber auf diesem Straßenabschnitt gibt es keinen Seitenstreifen. In der Zwischenzeit packt sie meinen Schwanz.

Fuck. Das passiert wirklich.

„Ich kann nicht", krächze ich. Kann nicht die Kontrolle behalten. Kann den Truck nicht fahren und ihren süßen kleinen Mund an meinem Schwanz haben. Kann mich nicht davon abhalten, sie besinnungslos zu vögeln. Ich packe ihr Handgelenk mit festem Griff, nicht zu fest, ich will ihr schließlich nicht wehtun.

„Bitte, großer Mann", flüstert sie und ich lenke den Truck fast von der Straße.

Sie blickt von ihren Knien zu mir hoch, während ihre schlanken Finger meinen Schwanz streicheln.

„Bitte." Sie leckt sich über die Lippen. „Ich will es so sehr. Lass mich dir das geben."

Als ob irgendein lebender Mann jemals zu ihr Nein sagen könnte, wenn sie so bettelt. Ihre süßen kleinen Nippel sind hart, während sie nach meinem Schwanz fleht. Sie beugt sich nach vorne und bläst ihren heißen Atem über meine Männlichkeit. Meine Eier ziehen sich so sehr zusammen, dass es schmerzhaft ist. Ich bin so verdammt hart. Ich bin hart, seit ich sie zum ersten Mal sah.

Die Straße vor mir wird breiter. Fuck sei Dank. Ich

lasse das Auto ausrollen, stoppe und hebe meine Hüften. „In Ordnung. Hol ihn raus."

Sie massiert meinen Schwanz langsam. Ihre kleine Hand kann ihn kaum umfassen.

Ich lege den Park-Gang ein und packe ihre Haare. Wenn wir das tun, tun wir es auf meine Weise. „Ich will deinen Mund an mir haben."

„Okay, Daddy." Es ist so verdorben, dass sie mich so nennt, aber mein Wolf liebt es. Er will sich um sie kümmern, sie beschützen und ihr zeigen, was es bedeutet, ihr Daddy zu sein – im dominanten fester Freund Sinne, nicht im väterlichen Sinne.

Sie taucht nach vorne und schluckt meinen Schwanz in ihren heißen Mund. Genau die richtige Menge Druck, während ihre Zunge kreist. Es ist perfekt, aber ich will sehen, wie weit sie mich vordringen lässt und wie sie auf meine dominante Seite reagiert.

Ich rucke an ihren Haaren und ziehe sie von mir. „Leck hoch und runter."

„Ja, Daddy-o", haucht sie. Okay, das ist definitiv falsch. Aber fuck, wenn es mich nicht noch härter macht. Sie leckt mich mit einer Menge Zunge und befolgt meine Anweisungen. Sie hat einen gierigen kleinen Mund. Ich will das hier so lange wie möglich hinauszögern. Aber sie macht es mir nicht leicht.

„Blas mich", befehle ich.

„Mmmmh." Sie stülpt ihre Lippen über meinen Umfang und saugt kräftiger, während sie an meinem Schaft hoch und runter gleitet.

Ganz und gar devot. Mein Wolf ist am Durchdrehen. Er will sie hier und jetzt markieren.

*Sie ist die Eine*, heult er.

„So ist's richtig, Baby, nimm ihn so weit auf, wie du kannst."

Sie schluckt mich tief, dann weicht sie keuchend zurück.

„Braves Mädchen." Ich streichle ihre Haare und erlaube ihr, sich Zeit zu nehmen, bevor sie es noch einmal versucht.

Ich schiebe eine Hand unter ihr Oberteil und ihren BH nach unten, um ihren Busen zu umfangen. Sie ist weich und warm, ihre Titten eine perfekte Handvoll. Ich streichle mit meinem Daumen über ihren Nippel und sie rutscht ruhelos hin und her.

Ich drücke ihren Busen. „Blas mich."

Ihr Kopf bewegt sich rhythmisch hoch und runter.

„Das ist perfekt, Baby. Ich bin nah dran."

Sie widmet sich der Aufgabe mit noch mehr Elan.

„Fass meine Hoden an. Umfang sie." Sie tut es und spielt leicht mit ihnen. Sie kribbeln und ziehen sich zusammen.

„Fuck, ich werde kommen. Bist du bereit, Baby?"

Ich erwarte, dass sie ihren Mund entfernt, aber sie saugt weiterhin wie wild an mir. „Mmhmm", stimmt sie zu.

Fuck. Fuck. Mein Sack zieht sich zusammen. Lichter explodieren hinter meinen Augen.

Foxfire. *Fuck.*

Ich pumpe in ihren Mund. Sie schluckt alles, wobei ihr gierige, leise Laute entwischen.

„Fuck, Baby", keuche ich. „Das war gut."

Sie lächelt zu mir hoch, ein kleiner Engel mit

zerzausten regenbogenfarbenen Haaren. Ihre Lippen glänzen.

Sie ist so gottverdammt hübsch. Ich will sie auf meine Motorhaube legen, ihre Beine öffnen und den Gefallen erwidern.

„Jederzeit", sagt sie, gerade als eine Sirene hinter uns aufheult. Blaue und rote Lichter fluten das Auto.

Die Cops. Fuck.

~.~

*FOXFIRE*

*UH OH.*

Ich rutsche auf meinen Platz und wische mir über den Mund. Das war so heiß, ich hätte allein davon kommen können, ihn zu blasen. Verrückt.

Tank zieht den Reißverschluss seiner Hose hoch, während er weiterhin wie ein Rohrspatz flucht. Der Cop steigt aus dem Auto.

„Gurt", befiehlt Tank, während er seine Fahrzeugpapiere und Führerschein hervorholt. Ich schnalle mich an und frage mich, wie offensichtlich mir meine vorherigen Aktivitäten anzusehen sind wegen meiner feuchten Lippen und zerzausten Haaren. Egal. Das war es wert.

Ich setze mein unschuldiges Gesicht auf, als sich der Cop nähert. Hoffentlich wacht der Gangster nicht auf und der Cop beschließt nicht, die abgedeckte Lagefläche zu durchsuchen.

Wir müssen uns nur natürlich verhalten.

„Hi, Officer." Ich winke, während sich der Polizist zum Fenster hereinbeugt.

Tanks Kiefer verkrampfen sich, aber er sagt nichts.

„Macht der Wagen Probleme, Sohn?"

„Nein." Tank schaut den Polizisten nicht an. Seine Hand zuckt auf dem Lenkrad. Die Augen des Cops werden schmal, als er die Tattoos erfasst, die riesigen Muskeln und den mangelnden Respekt vor seiner Autorität.

„Überhaupt keine Probleme", zwitschere ich, während ich meine Haare glattstreiche. „Es ist ganz allein meine Schuld, dass wir anhalten mussten." Der Polizist heftet seine Augen auf mich. „Ähm… ich hab eine Kontaktlinse fallen lassen. Es ist albern, aber ich habe mich nach unten gebeugt, um danach zu suchen. Er hat angehalten, um mir zu helfen." Ich klimpere mit den Wimpern. Der Cop blickt von mir zu Tank und wieder zurück. „Also ist es meine Schuld. Er war zuerst auch nicht glücklich", flüstere ich, als würde ich dem Cop ein Geheimnis anvertrauen. „Ich verliere sie irgendwie ziemlich oft." Ich zucke mit den Achseln, lege den Kopf zur Seite und kichere. Niedliches, ahnungsloses, irres Elfen-Träumer-Mädchen – das bin ich!

„Sie müssen angeschnallt bleiben, Miss."

„Oh ich weiß." Ich nicke mit großen Augen. „Er hat mir nicht erlaubt, nach unten zu rutschen, bis er angehalten hat."

Tank seufzt wie aufs Stichwort. Ich erkenne den Moment, in dem der Cop Mitleid mit ihm zu haben beginnt, aber auch ein wenig eifersüchtig wird.

„Wie auch immer, er hat schlechte Laune", plappere ich weiter. „Ich hab ihm versprochen, dass ich ihm ein großes Abendessen kochen werde, aber wie es aussieht, werden wir stattdessen zu einem Drive-in fahren müssen. Ich werde es später gutmachen müssen." Noch ein Schulterzucken und ahnungsloses Kichern.

Jetzt kämpft der Polizist gegen ein Grinsen an. Er wirft einen Blick auf Tanks Papiere und gibt sie ihm zurück. „Dieser Seitenstreifen ist nur für liegengebliebene Autos. Sie fahren jetzt besser weiter."

„Okay, Dankeschön, Officer." Ich nicke, wobei meine Haare auf meinen Schultern wippen. Der Polizist klopft mit der Hand an die Truckseite. „Sichere Fahrt."

„Ja", murmelt Tank, nicht ganz so respektvoll.

„Vielen Dank." Ich winke so heftig, dass meine Möpse wackeln.

Sowie der Polizist wieder in seinem Auto ist, sacke ich nach hinten auf meinen Sitz. Krise abgewendet. Und das nicht dank dem mürrischen Werwolf neben mir.

„Er war süß", sage ich, als Tank auf die Straße fährt. Er bedenkt mich mit einem Blick, der einen Geringeren in Stein verwandeln könnte.

Ich lächle nur. „Aber nicht wirklich mein Typ." Ich lege meine Hand wieder auf seinen Schenkel und streichle den harten Muskel durch seine Jeans.

Er schüttelt den Kopf. „Baby, du bedeutest eine Menge Ärger."

„Mmm hmm. Wirst du mich bestrafen?"

Er schaut ungläubig zu mir, als wäre es viel zu früh, dass ich Witze mache. Seine Augen rutschen nach unten. Meine BH-Körbchen befinden sich noch immer unter meinen Brüsten, wodurch sie zu einem hübschen Dekolleté nach oben gepusht werden. Die Träger sind halb meine Arme nach unten gerutscht.

Kein Wunder, dass uns der Cop so einfach davonkommen hat lassen.

„Ich werde dich *definitiv* bestrafen, Baby." Sein Tonfall lässt mich erschaudern.

Ich mache mich daran, meinen BH zu richten, und Tank knurrt: „Lass es."

In Ordnung, dann eben nicht. Irgendetwas verrät mir, dass ganz egal, was für eine *Bestrafung* es sein wird, sie heiß sein wird. Auch wenn Tank ein bisschen furchterregend sein kann, mache ich mir keine Sorgen.

Außerdem, seine Miene der Glückseligkeit, als er in meinem Mund kam… das war es so was von wert.

ank

ICH STOPPE KURZ, um den schlafenden Gangster in dem Wald hinter einer Tankstelle abzulegen. Ich stecke ihm etwas Geld in die Brieftasche und lehne ihn an einen Baum.

Foxfire schweigt, während ich den Truck in die Richtung des letztbekannten Wohnwagenstandortes ihrer Mutter lenke.

Ich komme einfach nicht dahinter, wie es ihr gelingt, mich solch verrückte Sachen machen zu lassen. Wie zum Beispiel, mich beim Fahren von ihr blasen zu lassen. Mit einem Mafiavollstrecker auf der Ladefläche des Trucks. Und einem misstrauischen Cop, der bereit ist, durch das Fenster zu schauen.

Beim Schicksal, es ist ein gottverdammtes Wunder, dass ich jetzt nicht wegen Entführung und Körperverletzung in einer Gefängniszelle sitze. Mein Dad warnte mich immer: „Frauen sind unser Untergang. Merk dir meine Worte, Sohn, damit du es nicht auf die harte Tour lernst." Er erwähnte nicht, wie er es auf die harte Tour gelernt hatte. Das musste er nicht.

„Da ist er." Foxfire setzt sich gerade hin und deutet auf den silbernen, Patronenförmigen Wohnwagen am Rand des Nationalwaldes. „Aber ihr Auto ist nicht da, also vermute ich, dass sie nicht zu Hause ist."

„Im Ernst?", fluche ich. Auf die Seite des Wohnwagens ist ein Mohnblumenfeld gemalt. Zugegeben, die Mohnblüten sind hübsch – sehr zart und künstlerisch – aber trotzdem. Foxfires Mom ist ein richtiger Hippie. Jetzt weiß ich, woher Foxfire ihren Wahnsinn hat.

„Was ist los?"

„Nichts. Wie lange ist sie schon hier?"

„Ein paar Jahre. Sie mag die Energie." Foxfire macht Anstalten, ihre Tür zu öffnen, doch ich bedeute ihr, zu stoppen.

„Warte hier, Baby."

Ausnahmsweise gibt sie mir mal nicht Kontra.

Ich nähere mich vorsichtig und schnuppere in der Luft. Räucherstäbchen, Lavendel oder irgendwelche anderen Hippieöle. Normale menschliche Gerüche vermischt mit dem Duft der Wildnis. Aber noch etwas. Zigarettenasche.

„Ist deine Mom Raucherin?", frage ich, als ich zum Truck zurückkehre.

„Meinst du so was wie Gras?"

„Tabak."

„Auf keinen Fall."

„Wann hast du sie zuletzt gesehen?"

Foxfire denkt eine Weile nach. „Vielleicht letztes Thanksgiving? Oder das Jahr davor. Warte, welches Jahr haben wir?"

„Vergiss es."

Ich öffne ihre Tür.

„Danke." Ihre Wangen röten sich. Ihre Nippel pressen sich gegen ihr Oberteil. Ich muss ihr dickere Klamotten besorgen. Niemand außer mir sollte diesen süßen Körper sehen.

Nicht, dass ich Anspruch auf sie erhebe.

Sie zerrt eine Jacke aus ihrer Tasche und zieht sie an. Sie trägt noch immer ihre Hotpants, weshalb sie absolut lächerlich aussieht. Und heiß.

Als wir uns dem Wohnwagen nähern, schwingt die Tür knarzend auf.

„Mom?", ruft Foxfire.

Ich strecke meine Hand aus, um sie zu stoppen. „Lässt sie die Tür immer so weit offen?"

„Nein, normalerweise nicht, aber sie schließt sie selten ab. Sie sagt, dass jeder, der von ihr stiehlt, es dringender braucht als sie." Foxfire zuckt mit den Achseln. „Sie besitzt nicht viel."

Jede Menge Windspiele und Traumfänger hängen von der Markise und den Bäumen in der Nähe.

Ich laufe in den Wagen. Er ist ein absolutes Desaster. Nicht nur chaotisch, sondern auch zerstört. Ich will Foxfire gerade fragen, ob das die typische Haushaltsführung ihrer Mom ist, als sie ein Schluchzen ausstößt.

„Mom?"

Wir suchen, aber niemand ist da. Ich versuche, einen Geruch des Wagens aufzuschnappen, aber er wird zu sehr von dem Geruch verbrannten Salbeis übertüncht. Ich huste und trete nach draußen, um einen klaren Kopf zu bekommen. Da bemerke ich, was auf der Erde neben der Tür zu sehen ist.

Stiefelabdrücke.

„Hat deinen Mom einen Mann?", frage ich Foxfire, als sie nach draußen tritt. „Jemanden, der raucht?"

„Sie würde niemals einen Raucher daten. Sie hasst die Tabak-Industrie."

Ich zeige ihr die Abdrücke mit der Zigarettenasche. „Jemand war hier."

„Sie sind zu ihr gekommen, um sie zu holen, so wie sie es bei mir machen wollten. Sie steckt in Schwierigkeiten, Tank. Ich weiß es."

„Vielleicht nicht. Du meintest, ihr Auto ist nicht hier, stimmt's? Vielleicht versteckt sie sich irgendwo." Ich schlinge meine Arme um sie. Ich will sie trösten, aber ich kann nur daran denken, dass Foxfire bei mir ist, in Sicherheit, wohingegen sie ansonsten in Gefahr schweben würde.

Es dauert einen Moment, bis ich registriere, dass sie gegen meine Brust drückt.

„Lass mich los", sagt sie und nimmt sich all den Raum, den ich ihr gebe. Sie schlingt die Arme um sich selbst und läuft weg.

Verdammt, sie gibt mir die Schuld. Ich verhinderte letzte Nacht, dass sie den Anruf ihrer Mom bekam.

„Foxfire –" Ich jogge, um ihren Arm zu packen, aber sie windet sich aus meinem Griff.

Ich lasse sie los und weglaufen. Ich will ihr nicht wehtun. Ich will sie trösten.

„Lass mich in Ruhe", faucht sie und rennt zu den Kiefernbäumen.

„Foxfire, *nein*." Ich benutze jedes Fünkchen Alphabefehl, das ich aufbringen kann. Sie kann sich nicht in einen Fuchs verwandeln. Nicht hier – Autos fahren nur wenige hundert Meter entfernt mit Höchstgeschwindigkeiten vorbei.

Ich finde sie am Waldrand, einem Baum zugewandt, die Fäuste geballt.

„Komm schon", flüstert sie. „Komm schon."

Sie ruft ihre Füchsin, aber ihr Tier wird nicht hervorkommen. Nicht bis ich es erlaube.

„Foxfire, es ist okay. Wir werden sie finden."

„Sie ist meine *Mom*. Sie ist die einzige Familie, die ich habe. Wenn ihr etwas zustößt, habe ich niemanden. Niemanden. Dann bin ich ganz allein."

„Schh." Ich ziehe sie in meine Arme und hebe sie hoch, um sie zurück zum Truck zu tragen. Ohne nachzudenken, küsse ich ihre Schläfe. „Du hast mich."

~.~

*FOXFIRE*

ICH BEOBACHTE, wie der Wohnwagen meiner Mom hinter uns verschwindet, als wir wegfahren. Es ist kühl, aber das ist nicht der Grund, aus dem ich zittere.

Ich konnte mich nicht verwandeln. Meine Füchsin sitzt in mir und wartet, aber sie kam nicht raus und erlaubte mir nicht, meiner Panik für einen Moment zu entfliehen.

War ja klar. Ich bin als Mensch ein Freak, warum sollte also mein Fuchs nicht auch kaputt sein? Foxfire, eine Gestaltwandlerin, die sich nicht einmal verwandeln kann.

Ich bemerke kaum, wohin Tank fährt, bis er auf einer Waldstraße parkt. Wir sind nicht in Flagstaff oder in der Nähe von Zivilisation.

„Komm", sagt er.

„Wohin gehen wir?"

„Wir gehen rennen."

„Hier? Jetzt?"

„Das hier ist ein Nationalwald."

„Es dämmert bereits."

Er zieht sein Shirt aus und wirft es auf den Vordersitz. „Wir werden im Mondlicht rennen." Er schlüpft aus seiner Jeans. Mein Mund wird trocken. „Kommst du?" Er ist fast nackt.

„Du solltest deine Kleider vorher ausziehen. Weniger Verschleiß. Glaub mir."

Ich schenke ihm ein kleines Lächeln.

Es ist kühl in der kalten Frühlingsluft.

„Komm her." Er nimmt mich in seine Arme.

Er ist so stark und warm. Super warm. Nach einer Minute entspanne ich mich an ihm.

„So ist's recht, Baby", murmelt er.

Ich schließe die Augen und schmiege mich in seine kräftigen Arme. Eine Barriere zwischen mir und der Welt. Eine Frau könnte sich daran gewöhnen. Wenn ich klug bin, werde ich das nicht tun.

„Bist du bereit?"

„Ich kann nicht. Ich kann es nicht tun."

„Ich weiß. Ich hab dich vorhin mit einem Alphabefehl gestoppt. Du warst in Panik und es war keine gute Idee. Aber hier sind wir in Sicherheit."

Sicher. Bei Tank.

„Ich… ich weiß nicht –"

„Ruf sie, Baby. Ruf deine Füchsin. Entspann dich einfach."

„Was, wenn sie nicht kommt?"

„Sie wird." Er senkt seinen Kopf und küsst mich. Als sich seine Lippen von mir lösen, funkeln seine Augen bernsteinfarben. *„Jetzt, Foxfire."* In seiner Stimme schwingt die gleiche Autorität, die er zuvor benutzte.

Mein Körper erschaudert bei dem Befehl und Tank tritt weg.

Die Welt verändert sich. Die Kälte und meine kühle Haut wirbeln davon. Ich bin auf allen vieren, tief auf dem Boden, aber es fühlt sich richtig an.

Ich blinzle den großen schwarzen Wolf mit den gelben Augen an, der mir zugewandt ist. Er trottet zu mir und leckt mir über die Schnauze, bis das Kribbeln aus meinen Gliedern verschwindet. Ich mache einen Schritt, zögere. Tank stupst mich in die Seite.

Und wir sausen los. Rennen. Manchmal ist Tank an der Spitze, manchmal ist er hinter mir.

Ich rase, aber ich muss viele Schritte machen, um mit einem einzigen, seiner ausholenden Schritte mithalten zu können.

Ich entdecke einige enge Stellen, an denen ich mich verstecken kann, doch er findet mich jedes Mal.

Die Sonne geht unter und der Mond auf. Die Kälte dringt durch mein Fell, aber es fühlt sich gut an. Weckt in mir den Wunsch, zu jagen und zu fressen, bevor ich mich in meiner Höhle verstecke und einrolle.

Tank rennt neben mir und rempelt leicht gegen meine Schulter. Er will, dass ich umdrehe. Ich täusche eine Bewegung an und weiche ihm aus und renne weiter. Er wirft mich von den Füßen und stellt sich über mich. Sein Knurren rumpelt durch mich.

Ich rolle mich auf den Rücken., biege meinen Hals nach oben und biete unterwürfig meine verletzliche Seite an. Er leckt mein Gesicht ab und hebt seinen Kopf. Mit einem Stöhnen verwandelt er sich in einen Mann, wobei er nach wie vor über mir hockt.

„Komm", sagt er. „Zurück zum Truck."

Noch immer in Fuchsgestalt erhebe ich mich auf die Füße. Einen Augenblick ziehe ich in Erwägung, in die Dunkelheit zu huschen. Er könnte mir nicht folgen.

Eine große Hand packt das Fell in meinem Nacken und ich fiepe. Tank hebt mich hoch und fixiert mich mit einem dominanten Blick. Ich hänge so schlaff wie ein Kätzchen nach unten.

„Zurück zum Truck", befiehlt er abermals und lässt mich auf alle viere fallen.

Ich trotte gehorsam neben ihm und hüpfe auf die Truckladefläche, als er sie öffnet. Nachdem er seine Jeans angezogen und eine Decke auf dem kalten Metall ausgebreitet hat, klettert er hinter mir auf die Ladefläche.

„Verwandle dich, Foxfire", befiehlt er und mein Körper gehorcht. Einen brutalen Moment lang verzerrt sich die Welt und jeder Zentimeter von mir verändert sich mit einem Schock plötzlichen Schmerzes, der beinahe so schnell verschwindet, wie er kam. Letztes Mal hatte ich den Schmerz nicht bemerkt. Als er fort ist, liege ich auf der Decke und meine Gliedmaße zucken von den Empfindungen.

„Es ist okay, Baby", murmelt er, aber fasst mich nicht an. Ich bin dankbar. Meine Haut ist so empfindlich.

Er zieht ein Stück Trockenfleisch hervor und hält es mir hin, damit ich davon abbeißen kann. Er reicht mir eine Wasserflasche und zieht sich fertig an, während ich daran nippe.

Endlich finde ich meine Stimme.

„Kalt." Ich erschaudere.

Er legt meine Kleider neben mich und zieht mich in seine Arme.

„Du hast das gut gemacht, Baby."

Zwanzig Minuten später sitze ich an einem Picknicktisch in einem Grillrestaurant, während Tank bestellt. Er kommt zurück und trägt genug Essen für sechs Personen auf einem Tablett, einschließlich zusätzlicher Fleischgerichte.

Ich schnappe mir sofort eines und falle darüber her, ohne mir die Mühe zu machen, Soße hinzuzufügen. „So gut." Meine Füchsin ist glücklich. Tank folgt meinem Beispiel und isst stetig den Inhalt eines Fleischbehälters, ehe er sich über ein Sandwich hermacht. Er wirft die Brötchen weg. Falls irgendjemand zuschaut, denkt er bestimmt, dass wir halb verhungerte Wanderer auf irgendeiner verrückten Protein-Diät sind.

Tank öffnet den letzten Behälter und meine Augen leuchten bei dem Anblick der Rippchen auf. Er wartet, bis ich genug gegessen habe, bevor er mir bedeutet, den Behälter rüberzuschieben. Er durchsucht ihn, reißt den Rest des Fleisches ab und nagt an den Knochen, während ich zufrieden meine Finger ablecke.

„Voll", informiere ich ihn und er gibt ein zufriedenes Grunzen von sich. Er beobachtet mich, während er die Rippchen verputzt, und ich gewinne den Eindruck, dass er mich verschlingen will.

Freudige Schauder.

Ich gehe meine Hände waschen und fülle mein Glas auf. Als ich zurückkehre, zieht er mich an seine Seite. Er sitzt breitbeinig auf der Bank und positioniert mich so, dass mein Rücken an seine Vorderseite gelehnt ist. Ich protestiere leise, als er sich einen Schluck von meinem Drink klaut, aber hauptsächlich lehne ich mich glücklich zurück.

Vor dem Fenster scheint ein runder Mond und ein Himmel voller Sterne.

Tank ist groß und solide unter mir. Seine Hand spreizt sich auf meiner Taille und streichelt sie geistesabwesend. Ich kuschle wirklich gern mit ihm.

„Ich hätte nie gedacht, dass du so anschmiegsam bist."

„Mmh. Das ist eine Wolfsache."

Ich lächle vor mich hin. Ja, klar.

„Wir mögen Berührungen", fährt er fort. Er spricht mit leiser Stimme, weil Leute in der Nähe sind. Es freut mich tierisch, dass ich in dem *Wir* eingeschlossen bin.

„Ich hab nie wirklich viel vom Kuscheln gehalten."

„Du warst nie von deiner Art umgeben."

„Werde ich jemals in der Lage sein... die Verwandlung... selbst auszulösen?"

„Ein wenig Übung und du wirst prima klarkommen. Für dich ist es schwieriger, weil du nicht in der Nähe deiner eigenen Art aufgezogen wurdest."

„Ich bin froh, dass ich dich habe."

Er sagt nichts.

*Autsch.*

Stimmt ja. Er mag zwar in diesem Moment bei mir sein, aber er macht keine Versprechen.

Mein Magen zieht sich zusammen, aber ich schüttle das Gefühl ab. Ich werde einfach nehmen müssen, was ich kriegen kann. „Ich hatte Spaß heute Abend", erzähle ich ihm.

Er grunzt. „Du bist als Fuchs genauso ungezogen wie als Mensch."

Ich grinse ihn an.

Er schüttelt den Kopf und seine Lippen biegen sich nach oben.

„Wirst du mich bestrafen?"

„Jepp."

*Kreisch!*

oxfire

WIR FINDEN ein Hotel in der Stadt. „Warte hier." Tank läuft zum Foyer. Ich strecke mich und trinke den Rest meines Wassers.

Meine Tür öffnet sich und Tank reicht mir seine Hand. „Zeit, auszusteigen, Baby", murmelt er. Seine Stimme ist ganz sexy tief. Ich will sie wie eine Decke um mich wickeln. Ich liebe es, dass er mich Baby nennt, fast so sehr wie ich es liebe, den Konflikt in seinen Augen zu sehen, wenn ich ihn Daddy nenne. Es ist ein Teil purer Lust, ein Teil Schock, ein Teil Schuld.

„Ich muss einen Anruf machen", sagt Tank, während er die Eingangstür für mich öffnet. „Wirst du brav sein und hierbleiben?"

„Fürs Erste ja." Ich schenke ihm ein verschmitztes Grinsen. Ich mache mich daran, meine Haare nach hinten zu werfen und ziehe stattdessen letzten Endes einige Gras-halme heraus. „Ich will mich ohnehin frischmachen."

Er nickt und überlässt mich mir selbst. Ich beschließe, es richtig krachen zu lassen, indem ich erst kurz dusche und dann meine Haare sorgfältig kämme.

Das Hotel ist in einem altertümlichen Stil eingerichtet mit Bildern von Pionieren und einigen Wagenrädern, die an den Wänden hängen.

Ich entdecke das einzelne Bett. Es ist ein stabiles Ding aus echtem Holz, einzig eine Decke fehlt. Ich sollte anbieten, mir ein zweites Zimmer zu nehmen, aber ich kann mich nicht dazu überwinden, es vorzuschlagen.

Tank kehrt mit seiner schwarzen Tasche zurück und stellt sie auf den Boden, während er die Tür mit seinem Fuß zustößt. Er reibt sich übers Gesicht und zieht dann sein Shirt aus.

Plötzlich bin ich hellwach.

„Verdammt. Sind alle Werwölfe so muskulös?"

Tank blick auf sein beeindruckendes Selbst, bevor er sich eine Wasserflasche holt und sie leertrinkt. „Yeah. Unser Metabolismus macht das."

„Ihr solltet das Eklipse zu einem männlichen Stripclub umfunktionieren. Ihr würdet ordentlich Kohle machen."

Tank macht ein finsteres Gesicht.

„Ich sag ja nur. Ich würde dort arbeiten… umsonst."

„Du wirst dir keinen anderen Wolf anschauen", knurrt er. „Nicht, während du mit mir zusammen bist."

Ich blinzle. Mir war nicht klar, dass ich mit ihm zusammen bin, aber ich höre es gerne.

„Zum Beispiel, das Flirten mit diesem Cop heute Nachmittag. Großes Tabu."

Ich verberge ein Lächeln und täusche Unschuld vor. „Aber –"

„Ich meine es ernst." Sein strenger *böse Foxfire* Blick lässt mich erschaudern.

Werwölfe sind besitzergreifend. Gut zu wissen.

„Tatsächlich handelst du dir eine Bestrafung ein, wenn du mit irgendjemandem vor mir flirtest."

Ich lecke mir über die Lippen. „Diese Bestrafung. Wird sie mir gefallen?"

Seine Lippen zucken. „Yeah, Baby, du wirst sie lieben. Du bist devot, durch und durch."

„Woher weißt du das?"

Seine Stimme wird tiefer. „Ich kann deine Erregung von hier riechen." Er schlendert langsam zu mir.

Ich setze mich auf die Bettkante und presse meine Beine zusammen, um mir Erleichterung zu verschaffen.

Als er mich erreicht, packt er meine beiden Knie und schiebt sie weit auseinander. „*Diese Pussy.*" Er starrt auf die Stelle zwischen meinen Schenkeln, als könnte er durch meine Jeansshorts blicken. Die Jeansshorts, die ich in Tucson hätte lassen sollen, weil ich mir in den höheren Lagen von Flagstaff den Arsch abfriere.

Ich falle nach hinten auf meine Ellbogen. Meine Brüste heben und senken sich mit meinen keuchenden Atemzügen. „Was ist mit ihr?", wispere ich.

Er geht in die Hocke und auf Augenhöhe mit dem Zwickel meiner Shorts. Beugt sich nach vorne und benutzt seine Zähne an meiner empfindlichsten Körperstelle. „*Diese Pussy* ist jetzt gerade feucht, weil ich dich herumkommandiere. Ist es nicht so, Baby?"

„Ja", sage ich mit einem Ausatmen, weshalb es wie ein Keuchen klingt.

Er steht auf und drückt meine Knie nach hinten, sodass sie zu meinen Schultern gebogen werden. Ich liege flach auf meinem Rücken und biete ihm das Gut wie ein unterwürfiger Welpe an. Er blickt auf mich hinab und seine Augen leuchten bernsteinfarben auf. „Zeig sie mir."

„W-was?"

„Du hast mich gehört. Ich will sehen, wie die Pussy nach ihrer Bestrafung bettelt."

Oh mein Gott. Hat er gerade meine Pussy personifiziert?

Ich bin über alle Maßen angetörnt. In meinen Ohren ist ein rauschendes Geräusch; mein Sichtfeld verschwimmt. Ich fummle an dem Knopf meiner Jeansshorts herum.

„Braves Mädchen", lobt Tank.

Nachdem ich den Knopf geöffnet habe, schiebe ich den Stoff meine Beine nach unten.

„Hast du… hast du keine Unterwäsche an?", fragt er mit erstickter Stimme. Anscheinend ist ihm das entgangen, als wir uns zum Verwandeln ausgezogen haben. Er übernimmt, als meine Shorts die Mitte meiner Schenkel erreicht, und zieht sie den Rest des Weges nach unten.

„Ich mag sie nicht."

„Ich sollte dich allein dafür bestrafen. Ungezogenes Mädchen. Läufst den ganzen Tag mit einer nackten Pussy so dicht neben mir herum."

„Das ergibt keinen Sinn, Wolfjunge."

„Jetzt ist das Maß voll, kleine Füchsin." Er schiebt seinen Unterarm unter meine beiden Knie und zieht sie nach oben und zur Seite. Ich bin verwirrt, bis seine Hand auf meinen nun entblößten Hintern klatscht. Ich kreische. Er lässt einige weitere Hiebe nach unten sausen, einen auf jede Seite und einen in die Mitte.

*Heiliges Kanonenrohr!* In dieser Position trifft er nicht nur meinen Hintern, sondern auch meine Pussy, die zwischen meinen Beinen hervorragt.

Seine Lippen biegen sich nach oben und ich weiß, dass er die Feuchtigkeit bemerkt hat, die aus meiner Mitte tropft. Er streicht mit dem Daumen leicht über meine Spalte.

Ich zucke zusammen, jedes Nervenende ist in Habachtstellung und empfindlich.

„Fängst du allmählich an, zu verstehen, wie das hier funktioniert, kleine Füchsin?" Er streichelt erneut über meine Mitte.

Ich bin dabei, meinen eigenen Namen zu vergessen. „Wie was funktioniert?"

„Wer hier oben ist? Und wer unten?" Er verpasst einer Pobacke einige weitere Hiebe, aber er hat ein weitaus größeres Interesse daran, mich zum Beben und Zittern zu bringen, während er mich zwischen den Beinen streichelt.

„Ich bin nicht bereit, irgendwelche Zugeständnisse zu machen." Meine Stimme klingt zittrig und in Anbetracht meiner Position bezweifele ich, dass er mir das abkauft. „I-ich habe immer noch Rechte."

„Welche Rechte?" Er feixt. „Ich bin größer als du."

„Das ist nicht fair."

„So funktioniert es aber. Ich werde dich richtig behandeln, Baby. Wenn ich dir Befehle gebe, dann geschieht das nur zu deinem Schutz, nicht weil ich kontrollsüchtig bin. Dominante Wölfe wollen die Schwachen beschützen."

„Also *willst* du mich beschützen?"

„Ich *muss* dich beschützen. Es ist ein Zwang."

Enttäuschung bohrt sich durch den Nebel der Lust. Das ist genau das, was ich befürchtet habe – er will nicht hier bei mir sein, seine Ehre zwingt ihn dazu.

„Wenn ich dir also einen Befehl gebe, gehorchst du."

„Ja, Daddy." Mein Tonfall ist eine Spur abfällig.

Er hebt meine Knie höher und verpasst mir mehrere Schläge, dieses Mal härtere.

Ich kreische. „Tank –"

„Es ist okay, Baby. Akzeptiere deine Bestrafung und ich werde mich um dich kümmern."

„Bitte", keuche ich, als er besonders fest zuschlägt. Es liegt nicht so sehr daran, dass ich es nicht ertragen kann, sondern dass ich super-duper angetörnt bin und nicht so recht weiß, was ich deswegen tun soll.

„Wirst du ein braves Mädchen sein?"

„Ja, bitte. Ich werde so brav sein."

„Wirst du tun, was ich sage?"

„Ja, großer Mann."

„Fuck", flucht er. Sein Penis beult seine Jeans aus. Ich bin nicht die Einzige, auf die das hier eine Wirkung hat.

Er hört auf, mir den Hintern zu versohlen, aber legt seine Hand auf mein Hinterteil, das er geistesabwesend drückt.

„Fuck", wiederholt er. „Ich kann nicht fassen, dass du keine Unterwäsche trägst."

Er streichelt mit seinem Daumen über meine feuchte Mitte und findet den Jackpot. Er streicht mit federleichten Berührungen über meine schmerzende Perle. Ich sauge scharf die Luft ein und er stoppt.

„Habe ich dir wehgetan?“

„Äh nein. Ich… es ist nur –“ Ich bin so empfindlich. Ich arbeitete so viel und konzentrierte mich so lange nur darauf, dass meine Füchschenteile ignoriert wurden. „Es ist lange her.“

„Baby“, murmelt er und senkt meinen Hintern wieder auf das Bett, ehe er meine Knie loslässt.

Als er seine Finger wieder zwischen meine Beine führt, fange ich seine Hand ein und presse meine Finger auf seine. Ich zeige ihm, wie ich es mag, nicht dass er nicht in der Lage zu sein scheint, alles selbst herauszufinden – und noch mehr als das. „Bitte hör nicht auf.“

„Ich werde nicht aufhören.“ Seine Stimme klingt sogar noch tiefer als üblich. „Spiel mit deinen Brüsten“, befiehlt er.

Ich überlasse meine Pussy seiner Fürsorge und schiebe meine Hände unter meinem T-Shirt nach oben und unter die Körbchen meines BHs. Während ich mir vorstelle, dass meine Finger seine sind, zwicke ich meine Brustwarzen, zupfe an ihnen und spiele mit dem Lustschmerz.

Ich verliere meine Hemmungen und lasse mein Becken an ihm kreisen.

„Das ist es“, murmelt er. „Nimm es, Baby. Nimm, was du brauchst.“

„Fuck“, keuche ich. „Ich werde kommen.“ Ich schaukle wilder mit den Hüften und reibe mich an seinen Fingern, während der Orgasmus über mich hinwegspült.

„Bleib, wo du bist“, befiehlt Tank, der aufsteht. Ich strecke mich vor ihm aus, die Beine gespreizt. Er zieht mich an die Bettkante. Ich schlinge meine Beine um ihn, während er seine Jeans gerade so weit nach unten schiebt, dass er seine Härte herausholen und langsam streicheln kann.

„Tank…"

„Berühr dich."

Meine Hand kriecht zwischen meine Beine und ich tue, wie geheißen.

„Sag mir, wenn du nah dran bist." Er packt meinen Knöchel. „Spreiz deine Beine weiter. Leg eine richtige Show hin."

Auf diese Worte hin rollt mein Kopf nach hinten. Fuck, ihm zu gehorchen ist so heiß.

„Tank –"

„Bist du nah dran?"

Ich nicke.

„Stopp und zieh dein Shirt aus. Ich werde dich markieren. Nicht dauerhaft, nur mit meinem Sperma."

Ich weiß nicht einmal, was er mit dauerhaft meint, aber verdammt, das ist so heiß. Ich schlüpfe aus meinem Shirt und BH und rutsche näher zur Bettkante.

„Berühr dich wieder."

Das tue ich, wobei ich den Blick auf seine massive Erektion gerichtet halte. Seine Hand umschlingt sie, aber meine passte kaum um ihn.

Erregung durchfährt mich und ich stöhne.

„Komm nicht. Noch nicht", knurrt er.

„Bitte –"

Er bewegt seine Hand schneller. „Ich meine es ernst, Baby. Wenn du vor mir kommst, werde ich dir deine süße kleine Pussy versohlen."

Plötzlich bin ich nah dran, zu nah. Direkt am Rand des Abgrunds. „Tank –"

Er gibt ein tiefes Stöhnen von sich. Ich komme erneut zum Höhepunkt, als er mich mit seinem Samen bespritzt.

„Fuck", keuche ich.

„Fuck", stimmt er zu.

Ich lache, aber er ist ernst, als er seine Hand ausstreckt und sein Sperma auf meinen Brüsten verschmiert. „Gut, Baby. Bleib."

Ich sacke auf dem Bett nach hinten, während er ins Bad geht. Der Wasserhahn läuft und er kehrt mit einem Lappen zurück und säubert mich. Ich rieche nach ihm. Ich liebe es.

Ich mache Anstalten, mich zu erheben, doch er stoppt mich. „Bleib."

„Ich will Wasser." Scheint, als wäre ich jetzt die ganze Zeit durstig, da ich meine Fuchsseite gefunden habe.

„Ich werde dir welches holen."

Ich setze mich trotzdem auf, wenn auch nur, um den knackigen Hintern des Mannes zu bewundern, der mir gerade den besten Orgasmus meines Lebens geschenkt hat. Er kehrt zurück und ich trinke das Wasser, dann teste ich meine wackligen Beine auf dem Boden. Ich bin entspannt, als hätte ich eine Ganzkörpermassage erhalten. Spanking und Orgasmen. Ein Wundermittel.

Tank säubert sich, indem er mit einem nassen Handtuch über sein Gesicht und Körper reibt. Ich weiß, dass das hier nur eine Affäre ist, aber ich komme nicht umhin, mir vorzustellen, wie es sein würde, jeden Morgen neben diesem Mann aufzuwachen. Nicht zu vergessen, jede Nacht mit ihm ins Bett zu gehen.

Eventuell würde ich das Bett gar nicht verlassen.

Aber er hat ziemlich deutlich gemacht, dass er kein

Interesse an einer Beziehung hat. Und er hat gerade absichtlich nicht das volle Programm durchgezogen, was bedeutet, dass er sich aus irgendeinem Grund zurückhält.

„Hey." Ich berühre sein Bein mit meinem Fuß. „Können Wölfe Füchse schwängern?" Es ist mein alter Schutzmechanismus. Sag das, was sie dazu bringt, die Beine in die Hand zu nehmen. Es funktioniert.

Er erstarrt.

„Ich mache nur Witze", sage ich rasch, aber es ist zu spät. Als er sich umdreht, ist seine Miene ausdruckslos. Die Mauern sind wieder da.

„Foxfire –"

„Tank, ich weiß, dass das hier nur zum Spaß ist." Er sieht verärgert aus, weil er unterbrochen wurde, aber ich rede weiter. „Keine Verpflichtungen. Ich erwarte nichts Langfristiges."

Er beobachtet mich eindringlich. Werwölfe können Lügen riechen. Nun, ich lüge nicht. Ich spreize meine Hände und lege meinen Fall dar. „Ich befinde mich sowieso noch in der Rebound-Phase, weißt du noch? Ich habe gerade erst Schluss gemacht mit... mit... ähm..." Wie war sein Name noch mal? Ich sitze da und blinzle Tank einen Augenblick an, weil mein Kopf wie leergefegt ist, bis ich mich endlich erinnere. „Mit Benny. Wir waren zwei Jahre zusammen, also... ja, das ist eine lange Zeit. Wohingegen das hier", ich wedle mit meiner Hand zwischen uns hin und her, „das hier nur zum Spaß ist."

Ich halte die Luft an und warte darauf, dass er es bestätigt oder leugnet. Das hier ist nicht mehr als eine vorübergehende Affäre... oder? Auch wenn unsere Chemie explosiv ist und ich anfange, mich auf ihn zu verlassen.

~.~

*FOXFIRE*

ICH TRÄUME, dass ich durch das hohe Gras renne und etwas Kleines und Schmackhaftes jage. Das Unterholz teilt sich, um den Blick auf ein Sandwich mit Grillfleisch freizugeben. Eine offensichtliche Falle. Ich schnüffle in der Luft und springe schließlich los. In der letzten Minute schaue ich auf zu dem großen bösen Wolf, der über mir aufragt –

Ich wache auf. Es ist noch früh, aber ich habe gut geschlafen und bin jetzt hellwach.

Tank ist an mich geschmiegt und ein recht großer Teil seiner Anatomie drückt gegen meinen Hintern. Ich kann mich nicht daran erinnern, eingeschlafen zu sein – oder mich in seine Arme gekuschelt zu haben. Er muss mich danach an sich gezogen haben. Außer er ist schon wach?

Ich reibe mein Hinterteil an ihm. Unfassbarerweise wird sein Penis noch größer und härter.

Ich rolle mich herum und nehme ihn in die Hand. „Ich bin erregt", informiere ich ihn.

Seine braunen Augen huschen über mich. Seine Züge sind vom Schlaf ein wenig weicher. Gut aussehend, aber etwas aufgeschlossener.

Ich grinse mit all meinen Zähnen. „Darf ich dich blasen?"

Eine Pause und dann bewegt er sich wie der Blitz. Er dreht mich auf meinen Rücken. „Ich will nicht deinen Mund", knurrt er und spreizt meine Beine. Sein Kopf senkt sich auf meine Pussy.

Er leckt in mich, lange, harte Stöße, die mich zur Orgasmus-Stadt treiben. „Tank", skandiere ich, während meine Knie in der Luft schwingen. „Oh, Tank, oooh." Während Lust durch mich wogt, leckt er jedes bisschen von mir sauber, bevor er nach oben klettert und mir seine Härte präsentiert. *Jetzt* will er meinen Mund. Ich recke den Kopf, um so viel von ihm aufzunehmen, wie er mir erlauben wird.

Er beugt sich hinüber zum Nachttisch. Das Knistern eines Päckchens und er rückt von mir ab, um ein Kondom auf seinen riesigen, perfekten, steifen Penis zu rollen.

Dankeschön, lieber Herrgott.

Er hebt mich hoch und legt meine Beine über seine Schultern. Als er seine Schwanzspitze an meinem Eingang positioniert, bin ich fast in der Mitte zusammengeklappt.

„Bereit?" Sein Blick wandert über mich. Sein Gesicht ist nicht mehr ausdruckslos, sondern vor Lust verzogen und zeigt aktives Interesse.

„Ja. Gott, ja." Ich packe die Bettdecke.

Er rammt sich in mich, ohne Zurückhaltung, ohne Vorspiel. Ich bin klatschnass. Mein Kopf fliegt nach hinten, als er sich in mich bohrt, aber es ist perfekt. Er zieht sich zurück und tut es noch mal, wobei mich die Wucht hinter seinem Stoß in das Bett drückt. Ich greife nach oben und packe das Kopfbrett.

„So ist's recht, Baby. Halt dich fest."

Er vögelt mich hart mit strafenden Stößen, die mich näher zum Orgasmus treiben. Er bewegt sich schneller.

„Genau so. Halt dich fest, Baby."

Er packt meine Beine. Ich habe mich geirrt – er hat sich zurückgehalten. Jetzt hämmert er sich regelrecht in meine untere Hälfte. Sein gigantisches Glied füllt mich vollkommen aus. Mein Orgasmus schwillt an, bereit, mich einzuhüllen.

„Warte auf Erlaubnis", erinnert er mich.

„Bitte, oh, bitte –"

„Nein." Er drückt meinen Hintern. „Halte dich zurück."

„Ich muss –", protestiere ich, da mein Orgasmus so nahe ist, dass ich die Hand ausstrecken und ihn greifen könnte.

„Jetzt, Baby." Und ich komme, kontrahiere, mein Körper steht in Flammen, als wäre ich von einem Blitz getroffen worden.

~.~

*Tank*

FUCK. Foxfire wirft sich unter mir hin und her, ihre Pussy zuckt und packt mich. Sie drückt mich so fest, als würde sie versuchen, meinen Schwanz abzubrechen.

„Das ist es, Baby." Ich rolle ihren Nippel zwischen meinem Daumen und Finger, zwicke ihn leicht. Sie schreit abermals auf.

Ich ziehe mich aus ihr, drehe sie um und bewundere die leichte Röte auf ihrem Hinterteil. Ich verdecke sie mit meinem Körper und ziehe sie mit einem Arm um ihre Mitte näher. „Weißt du, was mit ungezogenen Füchsen passiert?"

Sie schreit noch immer in den Fängen eines Orgasmus. „Sie werden gevögelt – hart."

Ich stoße mich von hinten in sie. Sie ist so feucht, dass ich sofort komplett in sie dringe. Sie festhaltend, lausche ich auf den leisesten Schmerzenslaut, bevor ich mich in sie ramme, wobei ich darauf achte, meine Hüften kreisen zu lassen und jeden Teil von ihr zu füllen.

Ich biege eines ihrer Beine nach oben und dringe tiefer mit meinem Schwanz in sie. Fuck. Ich will in ihr wohnen. Ich halte an, um meine Hand ihre Vorderseite nach unten und zwischen ihre Beine gleiten zu lassen. Ihre Pussy zuckt, als ich ihre Klit finde.

„Oh nein, Tank, bitte. Es ist zu viel."

„Nimm es, Baby", knurre ich. „Komm so oft du willst." Ich ziehe meine Hand weg und drehe Foxfire wieder um. Ich will sie sehen, das Gesicht gerötet, die Haare zerzaust, die großen Augen von Sternen erfüllt, die mich anschauen, als wäre ich ein Held. Sie enttäuscht mich nicht. Sie hat diesen träumerischen, frisch gevögelt Ausdruck im Gesicht, aber ihre Augen heften sich eifrig auf meine und sie beißt sich auf die Lippe. Sie will mehr.

Ich beuge mich über sie und ziehe sie in Position. Ich schließe meine Zähne um ihren Busen und kratze mit den

Zähnen ein paar Mal über ihren Nippel, bevor ich mich erhebe, um ihr zu geben, was sie braucht.

Ich befinde mich nur zur Hälfte auf dem Bett, da ich auf meinem rechten Bein stehe und sich mein anderes Knie in die Matratze bohrt. Ich packe ihre Beine und hebe sie hoch, damit sie mir entgegenkommt. Sie schlingt ihre Beine um meine Mitte.

Ich besorge es ihr wieder, hart. Mit jedem Stoß knallt das Kopfbrett, rumms, rumms, rumms gegen die Wand.

„Warte", befehle ich ihr und sie greift erneut nach den Stangen, kriegt sie aber nicht zu fassen.

„Tank", stöhnt sie. „Ich komme –"

„Komm für mich, Baby", befehle ich und versenke mich tief in ihr. Mein Schwanz pulsiert und füllt das Kondom. Für eine Sekunde wünsche ich mir, dass ich ihre Pussy fülle und meinen Samen tief in ihr vergraben könnte. Sie sollte mein Mal tragen, meine Welpen.

Ich fahre mit einer Hand über mein Gesicht.

Fuck. Weniger als achtundvierzig Stunden und ich bin verloren. Foxfire ist eine Droge und ich bin süchtig.

Wir waschen uns vorsichtig.

Foxfire tapst durch das Zimmer, berührt beliebige Gegenstände und redet leise mit sich selbst. Ich stelle mir vor, dass das Rudel Zeuge eines Moments wie diesem wird. Zwei Dinge passieren auf einmal. Mein Herz zieht sich zusammen, weil eine Woge Beschützerinstinkt und Zuneigung für die Prinzessin des La La Landes über mich schwappt. Und ich sehe es durch die Augen meines Rudels – das verrückte Mädchen, das Tank dazu bringt, den Verstand zu verlieren. Seinen Platz im Rudel zu verlieren.

Genau wie es meine Mom bei meinem Dad tat. Bin ich bereit für diese Konsequenz?

Fuck, nein.

Aber der Gedanke, sie zu verlassen, bringt das Gewicht eines gigantischen Felsbrockens mit sich, der meine Brust zerquetscht.

„Tank?", ruft sie und ich bin bereits auf halbem Weg aus dem Badezimmer, bevor sie ihren Satz beendet. „Das musst du dir anschauen."

Sie kauert neben dem Bett.

Ich ziehe die Zahnbürste aus meinem Mund. „Was? Was ist los?"

Foxfire schaut mit schuldbewusster Miene auf. „Hier." Sie deutet auf etwas. Ich laufe um das Bett, um herauszufinden, was nicht stimmt.

„Was ist?"

Foxfire legt ihre Hand auf den Bettrahmen. „Genau hier." Ein Riss im Holz. Der Lattenrost hängt durch. „Wir haben das Bett kaputt gemacht."

Sie legte ihre Hand darauf und das Ding ächzt und sinkt unter dem Druck knarzend tiefer. Eine Ecke des Bettes sieht tiefer aus als der Rest. Die Bettwäsche ist im halben Raum verteilt. Das Bild über dem Bett hängt schief. In ihren Augen tanzt Heiterkeit.

Das ist es, was sie mit mir gemacht hat. Mein ordentliches, regelgetreues Leben sieht aus, als wäre gerade ein Hurrikan hindurchgefegt.

Wir packen unsere Sachen und verlassen das Hotel, wobei ich ein Bündel Geldscheine auf der Decke zurücklasse, um für den Schaden aufzukommen. Foxfires Mom sollte besser bald auftauchen, denn ich kann nicht die ganze Woche in Flagstaff bleiben. Selbst wenn ich es nicht erwarten kann, noch eine Sexsession mit Foxfire zu haben. Aber ich kann sie nicht weiterhin für mich beanspruchen, als wäre sie mein.

Zur Hölle, wenn sie nur wüsste, wie sehr ich sie in diesem Bett markieren wollte. Ich wollte sie nicht mit meinem Sperma markieren, sondern mit meinen Zähnen. Im Sinne von, sie zu meiner Gefährtin fürs Leben zu machen. Was bedeutet…

Mein Wolf hat sich verliebt, und zwar heftig.

Also warum verspüre ich diesen unterschwelligen Widerwillen, mich auf sie einzulassen?

Ach ja. Wegen meiner Mom.

KAPITEL ACHT

 ank

„OKAY, lass uns herausfinden, wo deine Mom ist“, sage ich, als ich vor ein Diner fahre. Es ist noch vor neun Uhr.

„Ihr Fahrzeug war nicht bei ihrem Wohnwagen.“

„Wo arbeitet sie?“ Ich parke und steige aus.

„Sie unterrichtet Kunst im Gemeindezentrum und macht Schmuck und andere Kunstgegenstände, um sie an Touristen zu verkaufen. Traumfänger, Windspiele, solches Zeug.“

„Damit verdient sie sich ihren Lebensunterhalt?“

Foxfire zuckt mit den Schultern. „Sie verdient genug. Sie hat nie einen Job lange behalten, solange ich sie kenne. Aber so wie sie lebt, braucht sie nicht viel.“ Wir setzen uns und klappen unsere Speisekarten auf.

„Die Gangster, die ihren Wagen auseinandergenommen

haben – sie haben ihr wahrscheinlich Angst eingejagt. Hat sie Freunde, zu denen sie geflohen sein könnte?"

„Ich habe keine Ahnung. Könntest du sie vielleicht erschnüffeln? Du weißt schon", sie senkt ihre Stimme, „in Fellgestalt?"

„In der Öffentlichkeit?"

Sie zuckt mit den Achseln. „Ich könnte dir ein Halsband und Leine besorgen."

„Nein"

„Hast du eine bessere Idee?"

„Wir werden zu Fuß auf Erkundung gehen. Es ist gut für dich, zu lernen, wie du deine Nase einsetzen kannst, um einer Fährte zu folgen, egal in welcher Gestalt."

„Klingt gut." Wir bestellen und das Essen wird gebracht und sie fällt über ihren Teller her. Wir haben uns beide eine zusätzliche Portion Fleisch bestellt.

Unter dem Tisch ruht Foxfires Fuß auf meinem. Als sie ihr Essen beendet, ziehe ich ihr übriggebliebenes Würstchen zu mir und lasse es mir schmecken.

Ihr Fuß gleitet meine Beininnenlänge hinauf und kommt in meinem Schritt zum Halten.

„Vorsicht", knurre ich sie an.

Sie lächelt nur. Die süße Kurve ihrer Lippen macht meinen Schwanz hart. Unartige Füchsin.

Ich frage die Kellnerin, ob der Koch vielleicht so freundlich wäre, uns ein paar Burger zum Mitnehmen zu machen, obwohl sie noch nicht fürs Mittagessen geöffnet haben. Nachdem sie sie gebracht hat, lege ich sie in den Truck. Als ich mich umdrehe, läuft Foxfire zu einem Kunst- und Bauernmarkt. Es ist noch so früh, dass er nur spärlich besucht ist. Die Stände werden noch aufgebaut.

„Sie hat früher hier verkauft. Ich werde nachfragen, ob sie in letzter Zeit hier gesehen wurde", erklärt sie, als ich sie einhole und sie anknurre, weil sie ohne mich losgezogen ist.

Ich frage zuerst. „Entschuldigen Sie mich. Wissen Sie wo Sandra Hines ihren Stand hat?"

Der Mann blickt mich finster an.

„Sunny", fügt Foxfire hinzu. „Sie hört auf den Namen Sunny. Mein Freund hat sie noch nicht kennengelernt." Sie nimmt meine Hand und der Ausdruck des Misstrauens auf dem Gesicht des Mannes verschwindet, als Foxfire ergänzt: „Sie ist meine Mom."

„Oh ja, Sunny. Normalerweise baut sie dort drüben auf. Hab sie allerdings seit Freitag nicht mehr gesehen."

„Dankeschön." Foxfire versucht, ihre Enttäuschung zu verbergen, aber ich kann die Niedergeschlagenheit in ihren Augen sehen.

Fuck. Wir müssen ihre Mom finden.

~.~

*FOXFIRE*

WIR DREHEN eine Runde über den Markt. Ich spreche mit so vielen der Standbesitzer, wie ich kann. Sie sind sich alle einig, dass meine Mom hier oft auftaucht, um Dinge zu verkaufen, aber nicht jeden Tag. Ich gebe ihnen meine

Handynummer und bitte sie um einen Anruf, falls sie sie sehen.

Wir machen eine Pause, um in einen Handyladen zu gehen. Tank kauft mir eines, um das Handy zu ersetzen, das er zerquetscht hat.

„Was jetzt?", frage ich, während wir den Laden verlassen und zum Truck gehen. Ich senke meine Stimme und warte, bis einige Touristen vorbeigegangen sind, bevor ich murmle: „Willst du das vierbeinige Ding durchziehen?"

„Ich bin mir nicht sicher, ob das helfen wird. Deine Mom war überall in dieser Stadt. Ihr Geruch ist hier. Außerdem hast du jetzt ein Handy. Wenn einer ihrer Freunde sie entdeckt, wird er dich anrufen." Er legt den Gang seines Trucks ein. „Lass es uns noch mal bei ihrem Wohnwagen versuchen und schauen, ob wir irgendwelche Hinweise erschnuppern können."

Zurück bei ihrem Wohnwagen verwandelt er sich. Ich halte Wache, während ein großer schwarzer Wolf gewissenhaft überall schnüffelt. Es ist erstaunlich, wie groß er ist. Einfach gigantisch. Echte Wölfe sind ziemlich groß, aber er ist um einen Kopf größer als sie.

Er hüpft auf die Ladefläche des Trucks und wartet mit seiner Rückverwandlung, bis ich sie geschlossen habe. Als er aussteigt, vollständig bekleidet und schwer atmend, als wäre er vier Meilen pro Minute gerannt, halte ich den Burger hoch, den ich für ihn aus dem Papier gewickelt habe.

„Wer ist ein braver Hund?"

Er reißt mir das Sandwich aus der Hand und

verschlingt es mit einem Happs. „Nenn mich nie wieder Hund. Außer du willst einen roten Arsch."

Ich reiche ihm die Tüte mit dem restlichen Essen aus dem Diner. „Wolfie?"

Er schüttelt den Kopf.

Ich lehne mich an die Truckladefläche und bewundere das Spiel seines kräftigen Kiefers beim Kauen. „Ich liebe es, dich zu necken."

„Mach nur weiter so, Baby. Das wird Konsequenzen nach sich ziehen."

„Ich liebe Konsequenzen."

„Das musst du mir nicht sagen. Ich habe gespürt, wie feucht deine Pussy wird."

„Meine Füchschenteile", korrigiere ich. „So wird sie genannt."

Tank schüttelt den Kopf.

„Du weißt, dass du es liebst, Big Daddy."

„Rede nur weiter, Baby. Ich werde heute Nacht trotzdem oben sein."

Ich wende mich ab, um mein glückliches Grinsen zu verbergen. Tank isst zu Ende und benutzt eine Wasserflasche, um seine Hände zu waschen.

Ich lasse mich auf die Ladefläche fallen. „Was jetzt?"

„Da war etwas in dem Wohnwagen. Es roch… ich denke, du solltest es dir anschauen."

Widerwillig folge ich ihm nach drinnen. Ich hätte meine Mutter öfter besuchen sollen. Sie treibt mich in den Wahnsinn, aber darum geht es doch bei Familien. Obwohl ich nie in diesem speziellen Wohnwagen gelebt habe, riecht er wie meine Kindheit. Es gibt einige Dinge, die ich erkenne – das Buntglasfenster, bei dem ich Sunny half, eine kleine Goldstatue von Buddha, das japanische Teeservice, das wir in einem Second-Hand-Laden kauften.

„Hier", ruft mich Tank. Neben einer kleinen Bank, die als Sitzplatz und für Aufbewahrungszwecke genutzt wird, tippt er auf ein Paneel und öffnet ein verstecktes Fach. Ein Stapel Briefumschläge ergießt sich daraus.

Ich schaue sie durch. Sie sind alle an Sunny adressiert, aber als Absender ist nur ein Postfach angegeben. „Sie sind leer."

„Erkennst du die Adresse?"

„Nein. Warum denkst du, dass die hier wichtig sind?"

„Weil", sagt Tank leise, „sie nach Fuchs riechen."

~.~

*FOXFIRE*

ZURÜCK IM TRUCK drehe ich die Adresse zwischen meinen Fingern hin und her. Wir haben einen Umschlag mitgenommen und den Rest zurückgesteckt.

Zum momentanen Zeitpunkt ist er meine einzige Verbindung zu meinem Erbe.

Es ist Mittagessenszeit und als wir für Tacos anhalten, bestellt Tank zwanzig, obwohl er gerade erst gegessen hat.

„Wir könnten es beim Gemeindezentrum probieren.

Herausfinden, ob sie noch dort arbeitet und ob sie jemand gesehen hat."

Ich nicke. Ich denke immer noch über diese leeren Umschläge nach.

„Es ist okay, Baby", sagt er. „Wir werden sie finden."

„Denkst du, jemand hat…?" Meine Kehle schnürt sich zu. Obwohl ich sie nicht oft besuche, ist Sunny meine Familie. Sie ist alles, das ich habe.

„Ich denke, sie haben sie verschreckt. Sie hat eine Nachricht an dich hinterlassen und jetzt versteckt sie sich. Foxfire, sie ist kein Gestaltwandler."

„Aber was ist mit –" Ich hebe den Umschlag hoch.

„Das sind die einzigen Dinge dort drinnen, die nach Fuchs riechen."

„Sie könnte doch eine schlafende Gestaltwandlerin sein. Vielleicht ist ihre Füchsin wie meine – sie fühlte sich nie sicher oder beschützt genug…" Meine Stimme verstummt bei dem Mitleid in Tanks Augen. Ich kann damit umgehen, wenn man mich eine Spinnerin oder Freak nennt, aber bemitleide mich nicht verdammt noch mal.

„Ich glaube nicht, dass sie eine Gestaltwandlerin ist. Ich denke, du hast das Gen auf andere Weise erhalten."

Dann bleibt nur mein männliches Elternteil übrig. Mein verschollenes männliches Elternteil. Ist das möglich? Derjenige, der mich zu einem Fuchs gemacht hat, ist der Vater, den ich nie kennenlernte?

Mir ist nicht bewusst, dass ich das laut gesagt habe, bis Tank antwortet. „Ich denke, das ist die wahrscheinlichste Lösung. Wie auch immer", er tippt auf den Umschlag, „der hier enthält die Antworten."

Ich zeichne erneut die Adresse nach. Große, ungeschickte Handschrift, fast schon kindisch, die auf eine Adresse in Moab, Utah, hinweist. Der Poststempel ist von vor drei Jahren. All diese Zeit und mein Dad war nur sechs Stunden entfernt?

Es spielt keine Rolle, sage ich mir. Das Einzige, das zählt, ist, Sunny zu finden.

„Tank? Was werden wir tun, wenn das alles vorbei ist?"

Sein Gesicht wird ausdruckslos. „Lass uns einfach einen Tag nach dem anderen angehen."

Ich öffne den Mund, um zu protestieren.

„Foxfire?", schwebt eine vertraute Stimme über die Straße.

Eine langhaarige Frau in einer Bauernbluse und Rock läuft durch den Verkehr und bemerkt überhaupt nicht, dass die Autos langsamer machen müssen, damit sie sie nicht umfahren. Eines hupt und ich zucke zusammen.

Meine Mutter bemerkt es nicht. Zumindest glaube ich, dass es meine Mutter ist. Sie hat sich die Haare blond gefärbt mit pinken Strähnen, wodurch sie jünger aussieht. „Du bist es!", keucht sie und eilt zu mir. „Ich dachte, ich würde mit meinem dritten Auge sehen."

„Sunny." Ich renne zu ihr.

„Schätzchen!" Ungefähr hundert dünne Armreife klimpern an ihren Handgelenken, als sie ihre Arme um mich wirft und mich fest umarmt. Sie hüllt mich in den Geruch von Salbei- und Lavendelöl und ihrem eigenen erdigen Geruch. Sie glaubt noch immer nicht daran, Deo zu tragen. Oder ihre Achseln zu rasieren. Meine super Fuchssinne erkennen das sofort. Tank hält seine Hand in die Nähe seiner Nase, einen steinernen Ausdruck im Gesicht. Ich schneide mitfühlend eine Grimasse und setze einen nichtssagenden Gesichtsausdruck auf, bevor mich Sunny aus der Umarmung entlässt.

„Und wer ist das?" Sunny dreht sich mit einem breiten Lächeln zu Tank.

„Das ist Tank."

„Oh, was für ein reizender Name. Seid ihr zwei –?" Sie schaut von mir zu ihm. Ich habe damit gerechnet.

„Ja", sage ich zur gleichen Zeit, wie Tank „Nein" sagt. *Autsch.*

„Wir führen keine traditionelle Beziehung", erkläre ich. „Wir sind nur Liebhaber." Neben mir wird Tank ganz ruhig. Ich will zu ihm schauen, aber ich wage es nicht, das Risiko einzugehen.

„Oh, wie wundervoll." Sunny klatscht ihre Hände in einer klimpernden Armreifexplosion zusammen. „Liebe sollte frei von den Konstrukten der Gesellschaft sein."

Ich greife nach Tanks Hand. „Das haben wir uns auch gedacht. Ich meine, warum dem ganzen einen Stempel aufdrücken? Wir haben nur Sex."

„Oh, gut." Sunny legt eine Hand auf Tanks breite Brust. „Ja, ich verstehe. Deine Chakras sind allerdings im Ungleichgewicht."

Ich huste. „Sie sollten eigentlich im Gleichgewicht sein. Wir haben den ganzen Morgen an ihrer Ausrichtung gearbeitet."

Sunny schließt ihre Augen. „Dein Herzchakra ist beschädigt. Eine frühe Wunde vielleicht? Etwas hat dich dazu gebracht, dein Herz vor der Liebe zu verschließen."

„Ihm geht's prima." Ich schlage ihre Hand von seiner

Brust und sie tritt zurück. Ich rücke näher zu Tank, der verblüfft aussieht. Vielleicht hätte ich mir die Zeit nehmen sollen, ihn etwas besser vorzuwarnen.

„Wo warst du?", frage ich Sunny. „Wir sind zu deinem Wohnwagen gegangen und haben uns Sorgen gemacht."

„Oh." Sie fuchtelt mit der Hand umher. „Das war nur ein wenig Ärger. Ein paar Männer kamen vorbei und behaupteten, ich würde ihnen Geld schulden."

„Nun, hast du das?"

„Ich habe mir vielleicht letztes Jahr ein bisschen was geliehen, um den Bus zu reparieren. Von einem Mr. Biggs. Er ist ein netter Mann, veranstaltet einige Kartenspiele."

„Mom!" Ich ziehe sie in eine Gasse, damit unser Gespräch privat ist. „Du hast dich auf die Mafia eingelassen!"

„Wirklich, Schätzchen? Nun, du weißt ja, die moderne Währung ist nur eine Ausgeburt der Fantasie. Jemand sollte das diesen Kreditgebern wirklich mal erklären."

„Mrs. Hines –", beginnt Tank.

„Oh, Sunny, nenn mich Sunny. Ich bestehe darauf."

„Ihre Tochter hatte einen Besuch von einem Gangster. Wir denken, dass es mit Ihren Schwierigkeiten zu tun hatte."

„Oh!" Ihre Hand flattert an ihre Brust. „Geht's dir gut?"

„Prima, Sunny." Ich seufze. Meine Mom ist manchmal so ahnungslos. Ich muss nach meinem Dad schlagen. „Tank hat sich um ihn gekümmert."

„Wirklich?" Sunnys Miene hellt sich auf. „Schwimmt er jetzt mit den Fischen?"

„Mom!"

„Nein", antwortet Tank. „Wir haben ihn nicht getötet. Wir haben ihn befragt und dann gehen lassen. Haben Sie noch mehr Gangster belästigt?"

„Nein, nicht seit dem ersten Besuch."

„Aber Ihr Wohnwagen wurde verwüstet."

„Ja, ich glaube, dass haben irgendwelche Teenager gemacht. Ich hatte vor, zurückzugehen und ihn aufzuräumen." Sie winkt mit der Hand und ihrem Chor aus Armreifen.

„Sie denken nicht, dass es die gleichen Verbrecher waren?"

„Nein, natürlich nicht. Ich meine, ich habe das Darlehn zurückgezahlt. Mr. Biggs sagte, es wäre alles in Ordnung."

„Warum sind Sie dann nicht zurück zum Wohnwagen gegangen?"

„Negative Energie. Ich hatte noch keine Gelegenheit ihn mit Salbei auszuräuchern und die dunklen Energien zu reinigen, die hereinkamen. Also hab ich die letzten paar Nächte in Daisy geschlafen."

„Also haben Sie sich Geld geliehen, eine Erinnerung erhalten, es zurückgezahlt, aber dann wurde Ihr Wohnwagen verwüstet. Haben Sie die Cops gerufen?", fragt Tank.

„Dazu besteht kein Grund, Schätzchen. Die Männer, die kamen, hatten eine sehr schlechte Energie. Das Karma wird sich schon um sie kümmern."

„Männer? Da war mehr als einer?"

„Ja, zwei", sagt Sunny. „Und sie schienen an dir interessiert zu sein, Foxfire. Deswegen habe ich auch angerufen, um dich zu warnen." Sie blickt zwischen uns hin und her. „Stimmt etwas nicht?"

„Gehen wir zurück zu Ihrem Heim, Ms. Hines. Wir haben einige Dinge zu besprechen."

150

# KAPITEL NEUN

Foxfire

„SORRY", sage ich, während wir im Truck fahren und dem grell bemalten VW Bus folgen, den meine Mom Daisy nennt. „Ich hätte dich vor ihr warnen sollen."

„War sie schon immer so?"

„Als ich sechzehn war, lernte sie den Kerl kennen, der mich zum Prom ausführen wollte. Sie gab ihm eine Schachtel Kondome und eine Kerze, die wie die minoische Fruchtbarkeitsgöttin geformt war."

Tank verzieht das Gesicht. Ich zucke mit den Achseln. „Da war ich schon an sie gewöhnt. Sie glaubt stark an freie Liebe."

„Also, dein Vater…"

„Sie waren Zwillingsflammen." Ich ahme Sunnys leichte Töne nach. „Seelen, die dazu bestimmt waren, einander zu treffen. Sie lernten sich auf einer Art Festival kennen, glaube ich."

„Also könnte er der Gestaltwandler sein."

„Ja", sage ich leise. Der anonyme Samenspender meiner Mom, aka Guter Alter Dad, hat mir mehr vererbt als graue Augen und die Tendenz, in der Sonne zu verbrennen.

Im Wohnwagen räumen Tank und ich auf, während Sunny sich daran macht, Grüntee zu kochen. Ihre Armreife klirren ständig, bis ich sie bitte, sie auszuziehen.

„Tank zieht Stille vor", erkläre ich.

„Meditiert er?"

„Ja", lüge ich.

Der arme Tank hat bisher kein Wort gesagt.

„Die meisten Tage legt er ein Schweigegelübde ab."

Er schnaubt.

„Wirklich", haucht Sunny.

Ich nicke. „Er hat es gebrochen, um mit mir zusammen zu sein. Nachdem ich deine Sprachnachricht erhielt –"

„Ja, es tut mir so leid, Schätzchen. Es hat mich einfach so erschüttert."

„Natürlich." Ich umarme sie. Der Teekessel pfeift unterdessen, aber wir verharren in unserer Umarmung, bis sich Tank räuspert.

„Richtig, Stille", murmelt Sunny. Sie serviert den Tee in dem traditionellen japanischen Service, was bedeutet, dass wir jeder einen Fingerhutvoll bekommen. Tank beäugt seinen Tee misstrauisch und rührt ihn nicht an.

„Also, Sunny, wegen diesen Männern –"

„Sie waren sehr vulgär, Schätzchen. Ich hatte ein schlechtes Gefühl und fuhr sofort im Bus davon, nachdem ich mit ihnen gesprochen hatte. Ich kam zurück, um meine Sachen zu holen und der Wagen –“ Sie wedelt mit den Händen. Meine arme Mom, ganz allein.

„Hast du irgendeine Ahnung, wer sie gewesen sein könnten?“

„Nein, Schätzchen. Ich erkundigte mich bei Mr. Biggs nach ihnen und er meinte, die Sache wäre erledigt, es müsste ein Irrtum vorliegen. Es war alles sehr merkwürdig.“

„Hm“, macht Tank. „Aber Sie sagen, sie fragten nach Foxfire?“

„Ja. Vielleicht dachten sie, sie hätte das Geld, wenn ich es nicht habe.“

„Entschuldigen Sie mich. Ich muss einen Anruf tätigen.“ Mit einem Nicken in meine Richtung erhebt er sich und geht.

„Mom, ich muss dich etwas fragen. Es geht um Dad.“

„Deinen Vater?“

„Ja. Wie hast du ihn kennengelernt?“

„Das Straßenfestival. Er hatte einen Stand in der Nähe von meinem. Wir unterhielten uns oft und, nun.“ Sie zuckt mit den Achseln.

„Hat er dir irgendetwas erzählt? Über sich oder seine Familie?“

„Nur, dass sie sehr privat sind. Er wuchs auf einem Anwesen in Utah auf. Klang ziemlich geheimnisvoll. Sie hießen Außenseiter nicht gerade mit offenen Armen willkommen.“

„Hat er…“ Ich halte inne. Ich weiß nicht so recht, wie ich „sich jeden Vollmond in einen Fuchs verwandelt“ formulieren soll.

Tank kehrt zurück, um sich neben mich zu setzen.

„Ms. Hines, Ihre Tochter ist sehr besonders."

Sunny nickt energisch. „Oh ja. Ich weiß."

„Wir haben uns gefragt, welche Eigenschaften sie mit ihrem Vater gemeinsam haben könnte."

„Meinst du seine wilde Energie?"

Sowohl Tank als auch ich setzen uns aufrechter hin.

„Ja", antworte ich langsam.

„Ihr teilt euch definitiv die gleiche Farbe. Eine Art Rot… mit Gold. Lebhaft. Eine pulsierende Energie."

„Ja, in Ordnung."

Wir werfen einander einen Blick zu. Sie weiß nichts.

„Witzig. Aber wir hatten die wildeste Zeit zusammen."

Ich räuspere mich.

„Einmal feierten wir und er verschwand und an seiner Stelle – nun, an seiner Stelle war sein Seelentier. Zuerst dachte ich, es wäre ein schlechter Trip. Aber dein Vater war sehr stark im Einklang mit sich. Weswegen fragst du das alles?"

Ich versuche, mir eine logische Begründung für diese Fragen einfallen zu lassen, ohne ihr zu verraten, dass ich mich in einen Fuchs verwandeln kann. „Ich will mehr über ihn wissen. In letzter Zeit, habe ich –"

Tank schüttelt den Kopf.

„Ähm, ich mache ein spirituelles Erwachen durch. Suche ebenfalls nach meinem Seelentier."

„Ah." Sunny nickt.

„Ms. Hines", mischt sich Tank ein. „Nachdem Sie angerufen hatten, hatte Foxfire Angst um Sie. Ich dachte, es wäre gut, wenn sie mehr über ihren Vater herausfinden würde."

„Ich will nur wissen, ob ich auf dieser Seite irgend-welche Familie habe. Und ich weiß eigentlich kaum etwas über ihn.“

„Natürlich. Dich hat es nur nie interessiert, etwas über ihn zu hören.“

Ich blinzle. „Ich dachte, du würdest nicht über ihn sprechen wollen.“

„Oh, mich stört es nicht. Dein Vater war sehr beson-ders. Ich bin froh, dass sich unsere Energien verbanden, um ein Kind zu zeugen. Nein, wann immer ich ihn ansprach, wechseltest du das Thema.“

„Er hat uns verlassen“, krächze ich. Meine Kehle ist plötzlich trocken. Ich schlucke meinen Tee und greife nach Tanks. Er schiebt ihn näher zu mir und ich exe auch diesen.

„Das hat er nicht. Sein sensibles Wesen hat es ihm nicht erlaubt, lange in der Gegenwart von Menschen zu leben. Seine gesamte Sippe ist sehr geheimnisvoll. Er war der Einzige, der mutig genug war, zum Markt zu gehen. Der Rest von ihnen lebte vom Land. Bevor er per Anhalter zum Markt fuhr, war er nie in einem Auto gefahren. Aber er war moderner als all seine Verwandten miteinander.“

„Hat er sich je nach mir erkundigt?“

„Ich schickte ihm Nachrichten und einige Fotos. Er schickte bloß Geld zurück.“

Ich ziehe den Umschlag heraus und lege ihn auf den Tisch.

Sunny nickt. „Schätzchen, hätte ich gewusst, dass du ihn kennenlernen willst –“

Ich wende mich von ihr ab. „Ich habe die Adresse nachgeschaut. Sie gehört einem Johnny Red.“

Sunny nickt. „Ja, das ist er."

„Das ist er? Mein Dad? Er war die ganze Zeit in Moab?"

„Nein, Schätzchen. Er zieht ziemlich häufig um. Zumindest hat er das früher getan."

„Aber er hat dort ein Postfach?" Moab. Eine Wüstenlandschaft. Gut für Fuchsgestaltwandler.

Sunny zögert. „Schätzchen, bist du dir sicher –"

„Sag es mir einfach. Wohnt mein biologischer Vater momentan bloß sechs Stunden entfernt von hier?"

Meine Mom beißt sich auf die Lippe und nickt.

Plötzlich ist mir der Wohnwagen mit dem Geruch meiner Mutter und den Gegenständen meiner Kindheit zu nah und zu stickig, um es zu ertragen. „Ich brauche einen Augenblick", flüstere ich und gehe. Tank regt sich, aber lässt mich fliehen.

Draußen ist die kühle Luft ziemlich frisch, aber es stört mich nicht. Ich laufe zügig zum Rand des Waldes und stoppe, kaue auf meiner Lippe. Sunny weiß nicht, dass ich eine Gestaltwandlerin bin. Vielleicht weiß es niemand. Mein ganzes Leben bin ich aus der Reihe getanzt. Doch jetzt bin ich wirklich allein.

Meine Haut juckt, als könnte ich mich verwandeln und rennen. Das Leben ist einfacher als Füchsin.

„Foxfire", ruft Tank. Ich drehe mich nicht um, nicht einmal als seine Hitze meinen Rücken trifft.

Der Wind nimmt zu. Ich schlinge meine Arme um meinen Körper, aber weigere mich, mich zu bewegen.

Tank seufzt. Er steht neben mir, die Augen auf den Wald gerichtet. Sein Profil verschwimmt in meinem Augenwinkel.

„Meine Mom ist auch gegangen“, sagt er. „Als ich neun war. Mein Dad war ein Wolf, hatte eine gute Position im Rudel, aber sie… sie war eine Einzelgängerin.“

Der Wind weht mit einem leisen Heulen am Wohnwagen vorbei. Ich weiß nicht, ob das gruselig oder tröstlich ist.

„Hast du sie jemals wieder gesehen? Nachdem sie ging?“ Meine Stimme ist brüchig.

„Nein.“ Tank bewegt sich und legt seine Hände auf meine Schultern. „Wer auch immer dein Dad ist, du warst ihm wichtig. Er hat all diese Jahre Geld geschickt.“

Meine Wangen sind ein bisschen feucht. Ich reibe über meine Backen. „Ich war ihm nicht wichtig. Er ist nicht geblieben. Er hat mir nicht beigebracht, wer ich bin. Ich hätte nie gedacht…“ Ich höre zu reden auf, denn natürlich hatte ich nie gedacht, dass mir so etwas passieren würde. Ich lebte sechsundzwanzig Jahre als Mensch. Ich akzeptierte meinen Wahnsinn. Ich hätte nur nie gedacht, dass ich tatsächlich ein Freak bin.

„Komm her.“ Tank umschließt mich mit seinen Armen. Er ist so groß, dass ich für einen Moment vollständig eingehüllt und von der Welt versteckt werde.

„Es tut weh“, flüstere ich an seiner breiten Brust.

„Baby.“

„Er hätte hier sein sollen. Er hätte mir helfen sollen.“ Ich wische mir verärgert über die Augen. Ich habe mich nie groß um meinen Dad geschert. Er ging. Warum sollte ich etwas für einen Mann empfinden, der offensichtlich nichts für mich empfand?

„Ich kann nicht fassen, dass er nicht versucht hat,

Kontakt mit mir aufzunehmen und mir zu erzählen, dass er ein Fuchs ist."

„Vielleicht war er sich nicht sicher, dass du einer bist."

„Was meinst du?"

„Kinder von Gestaltwandlern und Menschen sind nicht immer in der Lage, sich zu verwandeln. Vielleicht hielt er es für das Beste, dich in Ruhe zu lassen, dich ein normales Leben führen zu lassen."

„Normales Leben? Großgezogen von Sunny?", spotte ich.

„Dann eben als Mensch."

„Nun so viel dazu", murmle ich, aber es tut mir nicht leid, dass ich eine Füchsin bin. Ich weigere mich, die magische Anwesenheit meines Tiers in meinem Leben zu bereuen. Es ist nicht ihre Schuld, dass mein Leben so verkorkst ist und meine Eltern ein Witz sind.

Tank mustert mich, aber es liegt kein Mitleid auf seiner Miene. Nur eine Zärtlichkeit, die mich wieder stark machen wird, wenn ich es zulasse.

Er umfängt meine Wange. „Was willst du tun?"

Ich hole tief Luft. „Ich will ihn finden."

„Okay", sagt er und einfach so fühle ich mich besser. Aber ich lasse ihn nicht los. Tank ist mein Fels, beschließe ich. Ich klammere mich an ihn, solange er es mir erlaubt.

~.~

*FOXFIRE*

. . .

„BIST DU DIR DIESBEZÜGLICH SICHER, Baby?" Wir verbrachten die letzten Minuten damit, Sunny über unsere Pläne in Kenntnis zu setzen und alles für unsere Abfahrt fertig zu machen. Tank hat seine Arme wieder um mich gelegt. Ich habe den vergangenen Tag mehr stärkende Umarmungen gebraucht als in meinem gesamten Leben.

„Ja. Meine Füchsin… sie braucht ihre Sippe."

Er nickt.

Die Wohnwagentür knallt auf und treibt uns auseinander.

„Das wird so ein Spaß werden", trällert Sunny von der Eingangstreppe. Sie schleift eine große Reisetasche hinter sich her.

„Was wird ein Spaß?"

„Roadtrip!" Sie klatscht die Hände zusammen.

Ich verdrehe die Augen. Mom kann so lächerlich sein. Ich komme definitiv nach meinem Dad.

„Wo wollt ihr das haben?" Sunny hebt ihre Tasche hoch.

„Nein", sagt Tank.

„Was?"

„Ähm, Mom", beeile ich mich, zu sagen, „uns war nicht klar, dass du mitkommen würdest."

„Nun, natürlich tue ich das, Dummerchen. Wie sollst du deinen Vater sonst erkennen?"

Ich schaue zu Tank, der sich über die Stirn reibt. „Ich habe keinen Platz in meinem Truck."

„Oh, ich kann hinten mitfahren." Sunny wedelt mit einer Hand zur Ladefläche.

Tank schüttelt den Kopf.

„Oder wir können Sunnys Bus nehmen", schlage ich vor. Wir drei drehen uns um, um zu Daisy zu schauen. Sie ist ein alter VW Bus. Die Teile, die nicht verrostet sind, sind lila gestrichen und mit weißen Gänseblümchen bemalt.

„Was für eine wundervolle Idee!", kräht Sunny.

Tanks Kiefer verkrampfen sich, während er die Augen schließt.

oxfire

ZUR MITTAGSZEIT SIND wir auf der Straße. Tank bestand darauf, zu fahren, obwohl er zweimal so groß ist wie der Sitz. Seine großen Hände sehen auf dem Lenkrad wie Monsterhände aus. Bevor wir gingen, pochte Sunny darauf, Salbei und Zedernholz im gesamten Fahrzeug zu verbrennen, um es für unsere Reise von negativen Energien zu befreien. Das Innere riecht nun nach verbrannten Kräutern und verschütteter Farbe von ihren Kunstprojekten. Obwohl Tank kein Wort gesagt hat, kann ich erkennen, dass er mit den Nerven bald am Ende ist.

Ich beschließe, mich zu meiner Mom nach hinten zu setzen, um als Puffer zu fungieren.

„Er hat so eine maskuline Energie", erzählt mir Sunny in einem lauten Flüsterton. „Denkst du, er wird mir erlauben, ihn zu malen?"

Mom malt Aktgemälde. „Nein, ich denke nicht. Er ist ein sehr zurückhaltender Mensch.“

Sunny denkt darüber nach.

„Ich würde ihn nicht fragen“, füge ich hinzu. „Er wird manchmal… mürrisch.“

„Du weißt auf jeden Fall, wie du mit ihm umgehen musst.“

Ich? „Da bin ich mir nicht so sicher. Er ist irgendwie herrisch.“ Vor allem im Bett. Nicht, dass ich mich beschwere.

„Ich mag ihn“, beschließt Sunny.

Ich lasse Sunny meine Hand lesen. Sie hat schon immer Tarotkarten gelegt, aber Handlesen ist etwas Neues für sie.

„Interessant, interessant. Du wirst ein langes Leben führen, Schätzchen, und eine große wahre Liebe haben. Du wirst entlang des Weges einige Herausforderungen überwinden müssen, aber letzten Endes wird sich alles richten.“ Sie lässt meine Hand fallen und schaut erwartungsvoll zu Tank.

„Wie wäre es mit einer Kartenlesung?“, frage ich, bevor sie seine Hand packen kann. So wie ich sie kenne, wird es sie nicht kümmern, dass er ein Auto mit manueller Schaltung fährt und seine Hand braucht.

Meine Forderung kauft uns einige weitere Minuten der Stille, in denen Sunny in ihrer riesigen, sackähnlichen Handtasche nach dem Kartendeck wühlt, das sie immer bei sich trägt. Dieses Mal sind es keine traditionellen Tarotkarten, sondern eine Art Engelkarten.

„Du wirst auf eine große Reise gehen – nicht in Bezug auf Entfernung, sondern in Bezug auf Wichtigkeit.“

„Ergibt Sinn", stimme ich zu.

„Du wirst dich einem großen Feind stellen." Sunny runzelt die Stirn.

„Ich wollte schon immer einen Erzfeind haben", sage ich geistesabwesend.

„Schätzchen, das ist sehr ernst."

„Oh, ich weiß. Ich fürchte jedes Mal, wenn ich aufs Klo gehe, um mein Leben. Toilettenschlangen."

„Was sind Toilettenschlangen?", fragt Sunny.

„Das sind Schlangen, die aus der Toilette kommen, während du darauf sitzt, und dich beißen."

Sunny keucht.

„Foxfire", brummt Tank.

„Was?", frage ich unschuldig.

„So etwas gibt es nicht."

„Oh, das weiß ich", erwidere ich. „Aber ich habe trotzdem Angst vor ihnen."

Seine Lippen zucken.

„Apropos Toilettenschlangen…", sagt Sunny.

Tank seufzt und nimmt die nächste Ausfahrt zu einer Raststätte. Als Mom und ich zu den Toiletten gehen, zückt er sein Handy. Ich beeile mich auf dem Klo und lasse Sunny zurück, die irgendwelche Wandmalereien bewundert.

Tank telefoniert noch und ich nähere mich langsam, um ihm Raum zu geben, bis er sich bei demjenigen bedankt, mit dem er redet, und auflegt.

Sofort landen seine Augen auf mir.

Ich winke leicht und hüpfe an seine Seite.

„Ich habe gerade einige Gefallen eingefordert", informiert er mich. „Ich habe Leute darauf angesetzt, nach dem

Aufenthaltsort deines Vaters zu suchen. Bis wir Moab erreichen, sollten wir mehr wissen."

„Danke."

„Nichts zu danken."

„Was ist mit Garrett?"

„Hab nichts von ihm gehört."

„Immer noch nicht? Ist es normal, dass er so schwer zu erreichen ist?"

„Nein." Er reibt sich den Nacken. „Ich hab da so ein Gefühl – irgendetwas geht vor sich."

„Musst du gehen?"

„Ich werde das hier zu Ende bringen."

Ein freudiger Schauder durchläuft mich. Das sollte es nicht. Er zieht mich nicht dem Rudel vor, nicht für immer. Aber es fühlt sich trotzdem gut an.

„Danke."

Er nimmt mein Kinn einen Augenblick in die Hand und mustert mein Gesicht. Er nimmt all diesen Ärger auf sich. Ich hoffe, dass es das wert ist.

Ich hoffe, dass ich es wert bin.

Aber selbst wenn ich das bin, hat er letzten Endes keine Versprechen gemacht.

„Also… meine Mutter."

Er schüttelt nur den Kopf.

„Es tut mir wirklich, wirklich leid", beginne ich. „Sie meint es gut."

Er packt mich im Genick, zieht mein Gesicht zu seinem nach oben und erobert meinen Mund. Sein Kuss ist dominant, fordernd. Ich kann die Bedeutung nicht entziffern. Ist das eher eine Bestrafung? Ein Versprechen?

„Entschuldige dich nicht noch einmal, Baby. Du kannst

nichts dafür, wer deine Mom ist. Niemand von uns kann das.“

Mein Mund verzieht sich zu einem schiefen Lächeln. „Nun, meine Mom glaubt, dass alle Babys ihre Eltern von der anderen Seite aus wählen. Wir wählen sie für bestimmte Lektionen, die wir lernen wollen, oder so etwas.“

Er setzt ein finsteres Gesicht auf und Rollläden rasseln wieder vor seinem Gesicht nach unten. Er muss an seine eigene Mom denken. Welche Lektionen – oder Narben – hat sie ihm hinterlassen?

„Denkst du, sie weiß etwas? Ich meine, tief in ihrem Inneren? Sie hat mich immerhin Foxfire genannt.“

„Ich weiß es nicht, Baby.“ Er legt seine Hand in meinen Nacken und knetet ihn leicht. Mir war nicht bewusst gewesen, wie sehr ich mich verspannt hatte. „Ich habe keinen blassen Schimmer, was in ihrem Kopf vor sich geht.“

„Ich werde das sagen. Sie ist freundlich. Sie hat noch nie jemanden getroffen, den sie nicht mochte.“ Sunny steht gerade an einem Picknicktisch mit einer Gruppe Touristen. Sie hat ihr Astrologiebuch herausgeholt und erstellt Horoskope. „Stehst du deinem Dad nahe?“

„Yeah. Wir waren einige Jahre auf uns allein gestellt, bevor wir das Rudel von Garretts Dad fanden.“

„Muss hart gewesen sein.“

„Er ist nie so richtig darüber hinweggekommen, was meine Mom ihm angetan hat.“

„Dass sie gegangen ist?“

„Nicht nur das. Als sie ging, stahl sie vom Rudel. Geld. Jedes Rudel hat eine Zentralkasse, in die jeder für Notfälle einzahlt, um für ein Safe House zu bezahlen, solche Dinge. Ein kleiner Prozentsatz, aber es summiert sich. Als meine Mom ging, nahm sie fast fünfzig Riesen mit."

„Whoa."

„Yeah. Aber das ist noch nicht das Schlimmste. Mein Dad war der Vize des Rudels. Die Finanzen unterstanden seiner Verantwortung. Er war der Grund, dass sie Zugang zu dem Geld hatte. Als sie ging…"

„Wurde ihm die Schuld gegeben."

„Wir fielen in Ungnade. Dad wurde von der Position des Vizes zum Rangniedrigsten des Rudels degradiert. Jeder wollte gegen ihn kämpfen. Er hatte Angst um mich, weshalb wir gingen und eine Weile umherwanderten, bis wir ein neues Rudel fanden. Ein gutes in Phoenix – das von Garretts Dad geleitet wird. Sie hießen uns willkommen, aber Dad hat sich nie davon erholt."

*Ein neuer Gestaltwandler hat keinen Rang*, hatte Tank gesagt.

„Musste dein Dad nicht wieder um Dominanz kämpfen?"

„Das Rudel, das er wählte, zwang ihn nicht dazu, um seinen Platz zu kämpfen. Aber Dad versuchte auch nicht, seine Dominanz zu etablieren. Er nahm einen niedrigen Rang ein und machte sich nicht die Mühe, zu kämpfen. Es war fast so, als wäre es ihm egal geworden." Tank reibt sich die Stirn. „Wie auch immer. Das war vor langer Zeit."

„Eltern." Ich schüttle den Kopf. „Man kann nicht mit ihnen leben, man kann nicht ohne sie leben."

„Man kann Familie nicht ersetzen", sagt Tank leise.
Schmerz durchfährt mich.

„Wie war es so, auf dich allein gestellt zu sein, nur mit deinem Dad?"

„Stressig. Die meisten einsamen Wölfe sind Ausgestoßene. Rudel versuchen, sie aus ihrem Revier zu verjagen. Ich war erst neun, aber mein Dad bemühte sich darum, mir das Verwandeln und Kämpfen beizubringen. Er wusste, selbst wenn wir uns einem anständigen Rudel anschließen könnten, würde ich stark sein müssen, um kämpfen zu können und meinen Platz zu behaupten. Er lehrte mich die Regeln, solche Dinge."

„Das erklärt eine Menge."

„Was?"

„Du bist einfach so… regeltreu."

„Regeln sind wichtig."

„Genauso wie Spaß haben."

„Regeln sorgen für die Sicherheit der Rudelmitglieder. Wölfe, die sie nicht befolgen, werden verbannt."

Ich hole scharf Luft. Ist es das, worum er sich bei mir Sorgen macht? Dass ich mich einem Rudel anschließen und wegen meiner fabelhaften Foxfire-keit rausgeschmissen werde?

„Ich bin mir sicher, du bist ein perfekter Rudelbürger", brummle ich. „Eine Stütze der Gesellschaft."

„Das war ich anfangs nicht, als ich mich dem Rudel anschloss."

„Oh bitte." Ich schniefe. „Du hast garantiert nie in deinem Leben einen Fauxpas begangen. Ich dagegen, ich bin ein laufender und redender Fauxpas."

„Yeah, du machst das aber mit Absicht."

„Was meinst du?" In meiner Brust wird es eng. Ich bin mir nicht sicher, worauf er damit hinauswill.

Er zupft an einer Strähne meines Haares. „Das hier schreit geradezu, *bemerkt mich.* Aber das ist es nicht, was du willst, oder?" Er spielt weiterhin mit meinen Haaren. „In der Wildnis können knallige Farben bedeuten, dass etwas giftig ist. Du färbst dir die Haare so wild, um zu sagen, *halt dich fern, ich bin ein Freak.*"

„Nun, das bin ich."

„Nein, das bist du nicht."

Ich zucke mit den Achseln. „Die Leute werden mich ohnehin für verrückt halten. Da kann ich sie genauso gut dazu ermutigen."

„Du stößt die Leute von dir."

„Oh, weil du emotional so zugänglich bist? *Ich bin Tank*", ahme ich seine tiefe Stimme und seinen ernsten Blick nach. „*Ich esse Trucks zum Frühstück. Warum? Nein, ich bin kein Werwolf. Ich werde dich bestrafen, wenn du das noch einmal sagst.*" Am Ende kichere ich.

Er schüttelte den Kopf über mich.

„Ich kenne dich", necke ich ihn. „Du kannst dich nicht vor mir verstecken."

„Du musst dich auch nicht vor mir verstecken", sagt er. Bevor ich ihn fragen kann, was er damit meint, ruft er: „Sunny, wir fahren weiter."

oxfire

VOR DER ABENDDÄMMERUNG checken wir in ein Hotel ein. Zwei Zimmer. Eines mit einem King-size Bett, eines mit zwei Doppelbetten. Ich nehme meine Sachen und folge Sunny.

„Ich hab auf dem Weg hierher einen hübschen Marktplatz gesehen", plappert Sunny, während wir das Zimmer mit den Doppelbetten betreten. „Ich glaube, ich hatte dort früher einen Stand, in den Achtzigern. Wir sollten dort runtergehen und ihn uns anschauen. Meinst du, Tank wird uns gehen lassen?"

„Ich denke, Tank braucht seinen Freiraum." Ich stelle meine Tasche ab. „Tatsächlich hatte ich gehofft, mit dir reden zu können. Warum hast du mir nichts über Dad erzählt?"

„Du wolltest nie etwas wissen."

„Aber… ich bin wie er. In vielerlei Hinsicht.“

„Ich weiß, Schätzchen. Aber Johnny ist ein Freigeist. Er würde wollen, dass du deinen eigenen Weg findest.“

„Ich weiß. Das habe ich. Ich will nur wissen, dass ich nicht die Einzige bin, die wie ich ist. Ich will Teil von etwas sein. Einer Familie.“

„Das bist du, Foxfire. Du hast mich und den heißen Adonis, der sich vermutlich wünscht, dass du jetzt in seinem Hotelzimmer wärst.“

„Tank hält mich für verrückt.“

Sunny lächelt nur.

„Er ist so anders als ich, Mom. Es ist komisch. Und dennoch…“ Es funktioniert. Zumindest, glaube ich, dass es das tut. Er hat das alles getan, um mir zu helfen.

„Ich mag ihn.“

„Ich bin so froh.“ Ich verberge mein Augenrollen, als sie mich umarmt.

„Ich bin so froh, dass wir dieses Gespräch hatten.“ Sie geht zum Badezimmer.

Vielleicht hat Mom recht. Wir machen unsere eigene Familie, Gemeinschaft. Vielleicht kennt Dad ja noch einige andere Füchse oder Tank kann mich mit jemandem bekannt machen. Aber auf jeden Fall habe ich meine Mutter. Vielleicht sollte ich mehr Zeit mit ihr verbringen.

Die Badezimmertür öffnet sich. Sunny läuft heraus, wobei die blonden und pinken Haare um sie wogen. Sie ist splitterfasernackt. „Zeit fürs Yoga“, trällert sie.

„Ähm, du hast deine Klamotten vergessen.“

„Ich mache den Sonnengruß immer nackt.“ Sie öffnet die Vorhänge, damit das Licht hereinfluten kann und

breitet ihre Yogamatte aus. „Wenn wir die Sonne begrüßen, brennen die Strahlen immerhin alles Künstliche –"

„Ich werde einfach ähm… nachfragen, was Tanks
Freund über Johnny rausgefunden hat."

Ich eile zur Tür. Mein Ziel ist es, dort rauszukommen,
bevor sie den herabschauenden Hund macht.

Tanks Zimmer ist nur ein paar Türen von unserem
entfernt. Betend, dass sich keine Menschenmenge versammeln wird, um meine Mutter dabei zu beobachten, wie sie
ihre Asanas nackt macht, klopfe ich an die Tür.

„Es ist offen", sagt Tank.

„Woher weißt du, dass ich es bin?"

Ich trete ein. Viel dunkler. Tank ist wahrscheinlich kein
Sonnengruß-Typ. Als sich meine Augen an die Schatten
gewöhnt haben, erkenne ich, dass er in einem Sessel sitzt,
aus dem sein riesiger Körper hängt. Er hat sein Shirt
ausgezogen und seine Haare sind feucht, als hätte er sie
nur mit einem Handtuch abgetrocknet. Wassertropfen
perlen über seine straffe Brust.

„Ich kann dich riechen." Er hat eine Papiertüte in
seiner Hand und hebt sie an seine Lippen. Er muss losgezogen sein und sich eine Flasche von etwas gekauft haben.

„Kannst du einen Schluck davon entbehren?"

Er bietet mir die Flasche an.

„Mom macht gerade ihre Version von Hot-Yoga.
Nacktes Hot-Yoga. Sie hat die Vorhänge geöffnet."

Tank schneidet eine Grimasse.

„Ja", stimme ich zu und hebe die Flasche, um einen
Schluck zu nehmen. Ich huste leicht, als sich die Flüssig-
keit durch meine Kehle brennt. Ich setze an, um die

Flasche erneut an meine Lippen zu heben, doch er nimmt sie mir aus der Hand und zieht mich auf seinen Schoß.

Ich kuschle mich an ihn. Er legt sein Kinn auf meinen Kopf.

„Irgendein Glück mit dem Aufenthaltsort meines Dads?"

Er schüttelt den Kopf und meiner bewegt sich mit ihm.

„Danke noch einmal für das alles. Ich schulde dir was."

Er streichelt meinen Rücken und schiebt seine Hand unter mein Shirt, um mit meinem BH-Träger zu spielen. Sein Schwanz wächst an meinem Bein.

„Du hast dich um mich gekümmert. Jetzt ist es an der Zeit, dass ich mich um dich kümmere." Ich rutsche zwischen seinen Beinen auf die Knie.

Er erlaubt mir, seine Jeans nach unten zu ziehen und meinen Mund auf ihn zu drücken. Ich atme seinen Geruch ein, schlucke ihn und gebe leise flehende Laute von mir, vor allem nachdem er seine Finger in mein Oberteil gesteckt hat und meinen Busen drückt. Ich tauche seine Länge hinab, würge leicht und lasse ihn keuchend aus meinem Mund ploppen.

Er zieht mich nach oben, bevor ich es noch einmal tun kann.

Ich schlinge meine Arme um seinen Hals. Er taucht seine Hand in meine Jeans.

„Fuck", murmelt er wie ein Gebet, als seine Finger auf meine feuchten Schamlippen treffen. „Schon wieder kein Höschen? Böses Mädchen." Er findet meine kleine Perle und massiert sie.

Ich hebe mich auf meine Zehenspitzen. Im Nu keuche

ich und sacke gegen seine breite Brust. Ich lecke seinen Hals und schmecke Salz. Meine Hand findet seinen Schwanz und streichelt ihn langsam, aber es bringt nichts. Ich werde kommen.

Jemand klopft an die Tür.

„Schätzchen! Wie sehen unsere Pläne fürs Abendessen aus?"

Ihre Worte kommen kaum bei mir an, bis Tank seine Hand aus meiner Hose reißt.

„Äh, gib uns ein paar Minuten, Sunny", rufe ich. „Wir sind nackt."

Tank gibt ein ungläubiges Geräusch von sich.

„In Ordnung, Süße, ich werde allein nach unten gehen. Vergesst nicht, Kondome zu benutzen!"

Tank seufzt schwer.

Ich kichere. „Komm." Ich ziehe ihn hoch. „Lass uns zusammen duschen."

~.~

*Tank*

ICH WICKLE ein Handtuch um Foxfire und manövriere sie aus der Dusche. Sie ist gerötet und benommen von dem harten Sex, den wir gerade an der Duschwand hatten. Ich weiß nicht, ob ihre Beine sie tragen können, weshalb ich sie zum Bett führe und dort hinsetzen lasse.

Es wird sowohl einfacher als auch schwieriger, mit ihr zusammen zu sein. Ich habe gerade jedes Fünkchen Selbstkontrolle, über das ich verfüge, aufgebraucht, damit ich nackt mit ihr sein und sie vögeln konnte, ohne sie zu markieren. Die ganze Zeit, die wir gemeinsam in dieser Duschkabine verbrachten, waren meine Fangzähne ausgefahren, bereit, ihre Haut zu durchbohren und meinen Geruch dort zu hinterlassen, sodass jeder andere Mann riechen kann, dass sie mein ist. Stattdessen reagierte ich mich an ihrer Pussy ab. Ich hämmerte mich in diese Süße, bis sie sich heiser schrie. Und ich will schon wieder Runde zwei, in der sich diese langen Beine erneut um meine Taille schlingen und ihre Fingernägel in meinen Rücken bohren sollen.

„Was werden wir wegen dem Abendessen machen?"

„Ich hab schon genascht."

Sie schlägt mich und kichert.

„Bestell, was du willst." Ich reiche ihr die Speisekarte des Zimmerservices.

„Bist du dir sicher?"

„Yeah, Baby." Ich lege mich zurück und schiebe meine Arme unter meinen Kopf. So genieße ich ihren Anblick mit dem aufklaffenden Handtuch und ihren Nippeln, die von meinem Bartschatten leicht wundgerieben sind. Sie sieht so glücklich aus, dass es mir egal wäre, wenn sie Essen im Wert von fünfzig Dollar bestellt und alles allein aufisst. Sie plappert ohne Unterlass über alles und nichts und es ist mir egal. Ich könnte sie den Rest meines Lebens anstarren.

Mein Handy vibriert und ich gehe dran, ohne nachzusehen.

„Sohn?“

„Ja, Sir.“ Ich richte mich auf, als könnte mich mein Vater sehen, obgleich er einige hundert Meilen entfernt in Phoenix ist. Als wir gemeinsam einsame Wölfe waren, führte er unsere zwei Personen-Einheit wie ein Rudel, sodass ich daran gewöhnt war, einem Alpha zu folgen. Theoretisch bin ich jetzt dominanter als er, aber alte Angewohnheiten lassen sich nur schwer ablegen.

„Ich wollte nur nachfragen, wie es dir geht, und mich vergewissern, dass alles okay ist. Mein Alpha hat von einem Menschen namens Amber gehört. Sie sagte, Garrett stecke in Schwierigkeiten.“

Fuck. „Ich weiß es nicht. Meine letzten Informationen lauteten, dass Garrett auf dem Weg nach Mexiko ist.“ Ich zögere, weil ich nicht weiß, wie viel Garrett anderen Rudeln verraten wollen würde. Garretts Vater ist der Alpha meines Vaters.

„Um nach Sedona zu suchen. Das hat diese Amber behauptet.“

„Das stimmt.“ Ich zwicke meinen Nasenrücken. „Schau mal, ruf Trey oder Jared an, aber wenn sie nicht drangehen, solltet ihr besser dort runtergehen. Ich konnte sie auch nicht erreichen.“

„Mein Alpha ist bereits auf dem Weg. Ich wollte nur fragen, wo du in dem ganzen Schlamassel steckst.“

„Ich habe einen anderen Auftrag.“

„Tank, hast du meinen BH irgendwo gesehen?“, ruft Foxfire aus dem Bad. „Ich kann ihn nicht finden.“

Fuck. Ich halte das Handy an mein Shirt, bis ich das Hotelzimmer verlassen habe. „Garrett hat mir befohlen, einem Streuner zu folgen. Ansonsten wäre ich bereits dort unten."

„Das ist… okay, Sohn", sagt mein Dad.

Ich zucke unter der Wucht seiner Missbilligung zusammen. „Es ist nur ein Auftrag. Ich sollte ihn bald zu Ende gebracht haben. Ich habe nur darauf gewartet, von Garrett zu hören, aber wenn etwas schiefgelaufen ist –"

„Nein, nein, du musst deine Befehle befolgen."

„Ich will dort sein."

„Du bist der Vize des Rudels. Dein Alpha verlässt sich auf dich. Tu nichts, um das aufs Spiel zu setzen." *Vor allem nicht für eine Frau.* Er könnte es genauso gut laut aussprechen.

„Ja, Sir."

Er legt auf und einen Augenblick frage ich mich, ob ich einfach alles packen und nach Mexiko fahren sollte.

„Alles in Ordnung?", fragt Foxfire. Sie steht in der geöffneten Zimmertür, trägt ein Paar Skinny Jeans sowie ein enges T-Shirt und hat den Kopf zur Seite gelegt.

„Yeah, Baby."

„Du siehst aus, als hättest du schlechte Nachrichten erhalten."

Sollte ich ihr erzählen, was im Rudel los ist? Sie wird es wissen wollen, insbesondere da es so klingt, als wäre Amber involviert.

„Ich kann dich aufmuntern, großer Mann." Sie kommt her, um mich zu umarmen.

„Nein", weise ich sie zurück. Foxfire bleibt wie angewurzelt stehen. Sie mag zwar das kleine Dummerchen spielen, aber sie ist tatsächlich extrem sensibilisiert auf meine Stimmungen, weswegen ich mich sogar wie ein noch größerer Mistkerl fühle. „Hier geht es um Rudelange-legenheiten. Ich muss einige Anrufe machen. Warum suchst du nicht deine Mutter?"

Foxfires Lächeln ist erzwungen, ihr Geruch ein verwirrender Wirrwarr. Frauen. So kompliziert. Und jetzt sind meine Gefühle genauso kompliziert. Mein Dad hat recht.

„Schau mal", versuche ich es erneut, „einige Leute im Rudel stecken in Schwierigkeiten. Ich meine nicht –"

„Nein, es ist alles okay." Sie nimmt einen Hotelschlüssel und steckt ihn in ihre Tasche. „Ich werde gehen. Sunny wollte den Markt besuchen. Ich werde mich erkundigen, wann er morgen aufmacht – das wird eine gute Ablenkung für sie sein, während wir nach Johnny suchen."

„Okay. Danke, Baby."

Noch ein paar Anrufe und ich werde die stärksten Mitglieder aus Garretts Rudel mobilisieren, damit sie seinem Dad runter nach Mexiko folgen. Wenn ich schon nicht persönlich dort sein kann, kann ich wenigstens helfen.

~.~

*FOXFIRE*

ER SCHLIEßT MICH AUS. Schon wieder. Nicht, dass ich ein Recht dazu hätte, überhaupt erst drinnen zu sein. Er hat das sehr deutlich gemacht: ich gehöre nicht zum Rudel. Nicht, dass es mich kümmern würde.

Ich wandere über den leeren Marktplatz und schnuppere zwischen den Ständen in einem halbherzigen Versuch, Sunny zu finden. Ich erhasche eine Wolke eines vertrauten Geruchs, aber kann ihn nicht zuordnen. Der Mond geht auf und ich laufe zurück zum Hotel, wobei ich langsamer werde für den Fall, dass Tank noch mit seinem Rudel telefoniert. Er will nicht, dass ich ein Teil seiner Welt werde.

Vielleicht bin ich einfach dazu bestimmt, allein zu sein, nur ich und meine Füchsin. Ich halte in einer verlassenen Gasse an und versuche, mich zu verwandeln. Aber ich kann es nicht. Nicht einmal, wenn ich das Mondlicht anstarre.

Klasse. Jetzt hat mich sogar meine Füchsin verlassen.

Zurück bei seinem Hotelzimmer klopfe ich an, aber niemand ist da. Tank muss gegangen sein, um eine Besorgung zu machen. Ich lasse meine Jacke an und gehe nach draußen, um mich im Mondlicht an die Balkonbrüstung zu lehnen.

Ja, und? Dann bin ich eben allein. Ich bin daran gewöhnt. Aber meine Füchsin will sich in der Gegenwart von Gestaltwandlern aufhalten. Ich kann damit umgehen, dass mich eine Gruppe nicht will, aber das ist das erste Mal, dass ich Teil einer sein wollte. Ich hasse es.

Dämliche Füchsin. Warum konnte ich kein Wolf sein?

„Foxfire?"

„Ich bin hier", rufe ich.

Er kommt und umarmt mich stumm. Er wird mir nicht sagen, was los ist, aber er hält mich, als bräuchte er mich.

„Ist alles in Ordnung?"

Er grunzt eine unverbindliche Antwort.

„Du weißt, dass du mit mir reden kannst?"

Er beugt sich nach unten und drückt seinen Mund auf meinen. Der Kuss ist lang und innig und fühlt sich wie eine Entschuldigung für etwas an. Ich wünschte, ich wüsste wofür.

„Heute Nacht ist Vollmond", murmle ich.

„Nein, Baby, das war letzte Nacht."

Ich drehe mich in seinen Armen, während er mich umarmt.

„Denkst du, dass ich mich jemals selbstständig verwandeln werde können?"

„Selbstverständlich. Es braucht nur Übung."

„Ich denke nicht." Meine Stimme zittert. „Ich weiß nicht, ob ich es tun kann."

„Versuch es." Er führt mich zurück ins Zimmer.

„Okay." Ich ziehe meine Kleider aus, hole tief Luft und wünsche mir mit aller Kraft, dass ich mich verwandle.

„Entspann dich, Baby. Das Ganze ist natürlich. Lass sie einfach raus."

Als ich dieses Mal tief Luft hole, verändert sich die Welt sofort. Ich falle auf vier Pfoten und belle Tank an.

„Das ist gut, Baby", knurrt er lobend. Sein Geruch ist eine Zuflucht, kräftig und sicher. Aber da ist noch ein Geruch, der meine Nase kitzelt. Ich trotte zum Balkon und belle, damit er mir folgt.

„Nein, Foxfire." Er kommt auf mich zu. „Du solltest drinnen bleiben."

Bevor er mich erreichen kann, sprinte ich durch die Tür und springe vom Balkon.

~.~

*Tank*

FOXFIRE VERSCHWINDET über den Rand des Balkons. Ihre weiße Schwanzspitze blitzt immer wieder auf, während sie den Hügel hochrennt und im Wald verschwindet.

„Gottverdammt." Ich ziehe meine Klamotten rasch aus und rufe meinen Wolf. Die Welt neigt sich, während ich mich drehe. Sowie ich mich aufrichte, renne ich ihr hinterher. Ihre Fährte ist ganz frisch und einfach zu verfolgen.

Ich bleibe in den Schatten, während sie mich ins Herz der Stadt führt. Die Leute mögen einen kleinen Fuchs nicht bemerken, aber einen großen Wolf werden sie definitiv wahrnehmen. Zum Glück sind keine Autos unterwegs. Ich ziehe den Kopf ein und galoppiere über den Asphalt und hoffe, dass niemand einen Wolfspelz vor seinem Kamin haben will. Normale Kugeln können einen Werwolf nicht töten, aber sie tun trotzdem weh.

Fahr zur Hölle, kleine Füchsin. Mein Herz schlägt in meiner Kehle, als ich an all die Dinge denke, die hier draußen schiefgehen könnten, weil wir unsere Tiere in der Öffentlichkeit zeigen. Jemand ist dort draußen und sucht nach Foxfire und wir sind in einer Stadt, in der es noch andere Gestaltwandler geben könnte. Es ist gefährlich für sie, in Fuchsgestalt herumzurennen.

Sie führt mich zum Marktplatz, der in der Nacht

verlassen daliegt. Als ich sie einhole, schnüffelt sie an einem der Stände.

Ich belle sie an. Sie kauert sich automatisch zusammen und zieht den Kopf ein. Ihr Fuchs kennt Unterwerfung, selbst wenn mein hübsches Mädel manchmal dagegen ankämpft.

Ich trotte zu ihr und der Geruch schlägt mir entgegen, umgibt mich. Fuchs. Und nicht Foxfire – sondern ein anderer Gestaltwandler. Ein Fuchsgestaltwandler war hier, an diesem Stand. Foxfire wendet sich mir zu, ihre Ohren sind aufgerichtet und ihr Schwanz wedelt.

*Siehst du?*, scheint sie zu sagen.

Ich rucke mit dem Kopf zum Hotel. *Geh zurück.* Sie protestiert nicht. Wir rennen gemeinsam zurück, wobei mein größerer Körper einen Schatten auf ihren kleineren wirft. Zwei Tiere mögen Aufmerksamkeit auf sich ziehen, aber nicht ganz so viel wie zwei nackte Menschen. Zum Glück befindet sich ein kleiner Hügel unter unserem Zimmer im ersten Stock und niemand sonst steht auf seinem Balkon. Indem ich Anlauf nehme, bevor ich abspringe, erreiche ich die Brüstung und segle darüber. Ich drehe mich um und warte darauf, dass die kleine Füchsin kommt. Ihr Sprung ist nicht so hoch und ich erwische sie im Genick. So trage ich sie ins Zimmer und setze sie ab, ehe ich sie mit einem finsteren Blick bedenke.

Sie hat überhaupt keine Angst vor mir. Natürlich nicht, merkt mein Wolf an. Sie ist unsere Gefährtin. Ich verwandle mich zuerst, wobei ich wegen der Wucht und Geschwindigkeit der Verwandlung grunze. Anschließend marschiere ich zur Balkontür und schließe sie.

„Verwandle dich, Foxfire. Jetzt."

Das tut sie und krümmt sich einen Moment lang zitternd zusammen. Eine Verwandlung ist immer noch anstrengend für sie. „Hast du es gerochen?", sagt sie, sowie sie wieder Luft holen kann. „Da ist jemand wie ich. Noch ein Fuchs."

„Das ist gut, Baby. Das hast du gut gemacht." Ich knie mich hin, um etwas Wasser in ihren Mund zu kippen, wobei ich die Flasche hochhalte, damit sie sich aufsetzen kann. Es dauert nicht so lange, wie beim letzten Mal. Sie wird stärker. Mein Wolf heißt das gut.

„Haben wir noch Steaks?", fragt sie.

Ich hole das letzte, das vom Zimmerservice noch übrig ist, aus dem Mini-Kühlschrank, setze mich aufs Bett und klopfe mir auf den Schoß. Sie kuschelt sich auf meinen Schoß und ich füttere sie. Es ist eine simple Geste, aber sie befriedigt meinen Wolf zutiefst. Als sie fertig gegessen hat, bewege ich sie dazu, den Rest des Wassers zu trinken. Ich halte sie die gesamte Zeit fest. Sie passt perfekt in meine Arme, als wäre sie für mich gemacht worden.

„Fühlst du dich besser?"

„Ja. Morgen können wir den Gestaltwandler aufspüren, oder?"

„Ja. Aber wir machen es auf meine Weise. Geringere Chancen, Schrotkugeln in den Hintern zu kriegen." Strenger Tonfall.

Sie rutscht hin und her, als würde es sie erregen, dass sie in Schwierigkeiten steckt. „Ja."

Ich nehme ihre Kehle mit meiner Hand gefangen, ohne irgendwelchen Druck auszuüben. „Weißt du, was unartige Füchse kriegen?"

„Eine Bestrafung?" Ihr Puls hämmert an meiner Hand.

In ihrem Geruch schwingt keinerlei Furcht mit. Nur Vorfreude. Und Erregung.

Ich schiebe meine Hand zwischen ihre Beine und streiche mit meinem Mittelfinger über ihre Klit. Sie wirft den Kopf nach hinten an meine Schulter und wölbt ihre Brüste meinem Mund entgegen. Sie ist so verdammt leicht zu erregen.

Ich habe noch nie eine andere Frau – menschlich oder Gestaltwandler – kennengelernt, deren Körper so eindeutig meiner zu befehligen war. Foxfire – das verrückte Hippie-Kind – wird jedes Mal, wenn wir uns berühren, zu einem richtigen Pornostar. Bereit und willig, alles anzunehmen, das ich ihr gebe, ganz gleich wie grob. Auch gewillt, zu dienen. Ich hatte noch nie zuvor eine Frau, die meinen Schwanz so großzügig mit ihrem Mund verwöhnt hat.

„Geh auf Hände und Knie, Baby", weise ich sie an.

Sie beeilt sich, zu gehorchen, und wackelt dabei mit ihrem hübschen Arsch vor meinem Gesicht herum. Ich stelle mich neben das Bett und richte ihre Hüften in meine Richtung aus, bevor ich auf jede Pobacke einen Hieb krachen lasse.

„Ist es das, was du wolltest?" Ich drücke ihre nackte Pobacke und verpasse ihr noch einen Schlag.

„Ja." Ihr Atem verlässt sie in einem Schwall.

„Bist du dir sicher?"

„Ja, bitte", wispert sie, noch nicht ganz ein Flehen.

Ich erkenne das Knurren, das aus meinem Mund kommt, kaum. Ich schiebe meine Finger erneut zwischen ihre Beine und streichle ihre feuchten Falten. „Du bist feucht."

„Nun, jaha. Du bist nackt."

„Ungezogene kleine Füchsin." Meine Hand klatscht auf ihren Po und streichelt abermals ihre Spalte.

„Ja." Sie wackelt hin und her, während ich ihre Perle necke, und ihre Finger krallen sich in die Bettdecke.

Ich sorge dafür, dass sie am Abgrund der Lust tanzt, indem ich leichte Hiebe mit der Stimulation ihrer Klit abwechsle, bis sie vor Verlangen stöhnt. Ich will mich in ihr versenken und sie bis morgen vögeln, aber mein Wolf lauert direkt an der Oberfläche. Letzte Nacht war Vollmond, weshalb der Drang, sie zu markieren, nicht stärker werden sollte, doch das tut er.

Ich hebe sie an den Hüften hoch und drehe sie um, sodass sie mir zugewandt ist. „Blas mich", befehle ich barsch, weil ich die Erleichterung brauche oder ich werde etwas tun, das ich bereuen werde.

Sie öffnet diese sexy Lippen und umschließt meinen Schwanz mit ihrem heißen Mund. „Das ist es, Baby."

Sie legt sich richtig ins Zeug, versucht, mich tief zu schlucken, und macht mich ganz wild.

Ich lasse einen Fluch entweichen.

Sie nimmt ihren Mund von mir und knabbert an meinem Schenkel, die Zähne so scharf wie die eines Fuchses. Ihr Tier ist ebenfalls nah an der Oberfläche.

Ich brülle, mein Wolf ist ganz versessen darauf, sie zu markieren, meine kleine Füchsin zu dominieren und ihr zu zeigen, wer von uns hier das Beißen übernimmt.

Sie stemmt sich auf die Knie und leckt über ihre glänzenden Lippen. „Uups. Sorry." Ihre vorgetäuschte Unschuld ist zu viel für meine Selbstbeherrschung. Um mich daran zu hindern, sie zu nehmen, drücke ich sie mit einer Hand in ihrem Genick auf ihren Bauch und versohle ihren wackelnden Hintern.

Sie windet sich, versucht aber nicht wirklich, zu entkommen. „Versohl mir den Hintern, Tank. Fester."

*Oh, fuck nein*. Hat sie das gerade wirklich gesagt?

Ich wärme ihren Hintern, indem ich fester zuschlage. Ich liebe es, wie sie auf dem Bett bockt, die leisen Grunz- und Wimmerlaute, die sie von sich gibt.

Das nächste Mal, als ich zwischen ihre Beine greife, stöhne ich. „Fuck, Baby, du bist tropfnass."

„Tank", schreit sie, als ihr Orgasmus über ihr zusammenschlägt. Sie drückt ihre Schenkel um meine Finger zusammen. Ich zwinge drei in ihre Pussy und stoße in sie, während ihre Muskeln kontrahieren und zucken.

Ich lege mich neben sie und ziehe sie in meine Arme, während ich versuche, meinen Atem zu beruhigen und den Wolf zurückzudrängen.

Sie rollt sich auf mich und drückt gegen meine nackte Brust. Sie reibt ihre Nase an meiner Haut und ich atme ihren berauschenden Duft ein.

Sie leckt meinen Hals, aber ich glaube nicht, dass sie sich dessen bewusst ist. Ihre Füchsin lauert noch zu nah an der Oberfläche. Nach einem Moment hebt sie ihren Kopf.

„Sorry."

„Es ist okay, Baby. Tu, was du willst."

Sie erkundet mich, indem sie die Kurven der Muskeln nachfährt und jede kleine Narbe findet, wo mich ein Wolfszahn oder -kralle erwischt hat, als ich ein Teenager war und nicht genug zu essen hatte, damit sich mein Körper vollständig heilen konnte.

Sie streicht mit ihrer Zunge über einen flachen Nippel

und ich erschaudere. Sie küsst sich meine Brust hinab und positioniert sich langsam auf ihren Knien zwischen meinen Schenkeln.

Mein Schwanz wippt zustimmend vor und zurück, aber ich sage: „Du denkst, dass du meinen Schwanz verdienst?"

Sie nickt.

Ich fange ihre Haare ein und ziehe daran, sodass sie zu mir aufsieht. „Wirst du ein braves Mädchen sein?"

„Vielleicht. Vermutlich."

„Fuck", flüstere ich. Dieses Mädel treibt mich in den verdammten Wahnsinn.

Ich vergrabe meine Finger in ihren Haaren und beobachte, wie der Regenbogen an Farben und Wellen um sie fällt, während sie ihre Wangen einsaugt und mich bläst.

Mein Sichtfeld verengt sich und meine Hüften spannen sich an, um meinen Schwanz weiter in ihren Mund zu stoßen. Ich will sie nicht zum Würgen bringen, zumindest rede ich mir das ein, als ich sie auf alle viere ziehe und mich hinter ihr positioniere.

Ich denke sogar an ein Kondom, was ein gottverdammtes Wunder ist.

Sie wartet auf mich, ihre Pussy feucht und bereit, die Schenkel zittern vor Verlangen. Ich gleite direkt in sie.

Ich bin nicht sonderlich wortgewandt. Aber jetzt explodieren Worte in meinem Kopf. Die Worte, die ich ihr mit jedem harten Stoß zeige: *Ich besitze dich. Du gehörst mir.*

Ich ramme mich in sie. Sie presst ihre Vorderseite in das Bett und schiebt sich nach hinten gegen mich, kommt mir entgegen und heißt mich willkommen. Ich halte sie nach unten und hämmere mich gegen ihren geröteten Hintern.

„Ja, Tank, ja!" Ihre engen Muskeln packen meinen Schwanz.

Ich drehe sie um, lege ihr Bein über meine Schulter und stoße mich in sie.

„Oh, ich werde –"

„Nimm es, Baby." Ich massiere und drücke ihren Hintern.

Ein Schrei bricht aus ihr hervor, als sie der Orgasmus durchfegt.

Ich verliere den Verstand in der Sekunde, in der sie zu jammern beginnt. Jeder Zentimeter, jede Gliedmaße, jede Zelle vibriert vor weißer, heißer Lust.

„Fuck." Ich falle auf sie, wobei meine Arme das Gewicht tragen, aber mein Körper verdeckt ihren dennoch.

Ich verberge mein Gesicht an ihrem Hals und Schulter. Meine Zähne streifen ihre Haut und sie erzittert, nach wie vor in den Fängen der Ekstase.

Ich hämmere mich in sie, blind vor Verlangen. Meine Hoden ziehen sich zusammen, meine Schenkel spannen sich an. Meine Stöße werden hektisch.

„Fuck, ja, Foxfire!", brülle ich, als ich komme. Als ich loslasse, beiße ich zu. Kräftig.

Kräftig genug, um die Haut zu durchbrechen. Ein Paarungsbiss.

Ich habe sie verdammt noch mal markiert.

 oxfire

ICH WACHE in aller Herrgottsfrühe auf. Tank schlummert neben mir und ich lasse ihn weiterschlafen. Er braucht vermutlich eine Pause, der arme Kerl.

Meine Füchsin ist erpicht darauf, auf die Jagd zu gehen.

Ich werfe einen Blick in den Spiegel, bevor ich gehe. Jepp, Tank hat mich eindeutig gebissen. Der Biss ist tiefer, als ich zuerst dachte. Hat die Haut durchbrochen und alles, aber er ist bereits verheilt. Ich streiche meine Haare nach hinten, um den Biss zu bewundern, und arrangiere dann meine bunten Locken über den Malen, um sie zu verbergen.

Auf dem Weg nach draußen stoppe ich beim Zimmer meiner Mom und presse mein Ohr an die Tür. Ich probiere es mit meiner Nase, aber ich rieche nur Hotelteppich und

Putzmittel. Meine Füchsin ist ungeduldig, weshalb ich nach unten zum Markt eile. Es ist früh und der Großteil der Stände wird gerade erst aufgebaut. Zu meiner Überraschung ist Sunny dort und hält einen Pappbecher in der Hand. Tee nach dem Geruch zu urteilen. Meine Nase wird besser.

„Schätzchen! Hattest du gestern Abend Spaß?"

„Ja. Es war wild", berichte ich wahrheitsgemäß. Ich habe nicht nachgesehen, bevor ich ging, aber ich würde darauf tippen, dass unsere nächtlichen Aktivitäten wieder das Bett kaputt gemacht haben.

„Gut." Sie strahlt. „Du bist früh auf."

„Äh, ja. Es gibt da einen Stand, den ich mir anschauen möchte. Woher hast du den?" Ich deute auf ihren Becher.

„Vom Coffee Shop – willst du einen?"

„Ja, wenn du nichts dagegen hast. Ich wollte einige dieser Stände abschnüffeln – äh, mir anschauen." Ich gebe ihr mein Geld und schlendere weiter.

Der Stand, für den ich mich interessiere, ist bereits aufgebaut worden und der Tisch spärlich mit Produkten versehen. Holzschnitzereien. Gewebte Decken. Honiggläser. Solche Dinge.

Dann kommt die Füchsin in Sicht. Sie trägt einen langen Jeansrock und eine Bluse mit Blümchenmuster, die aussieht, als wäre sie selbstgemacht.

Sowie ich näher komme, versteift sie sich.

„Hey", rufe ich, halte aber einen gewissen Abstand ein. „Kann ich mit dir reden?"

Ihre Nasenflügel weiten sich. Sie hat meinen Geruch aufgeschnappt.

„Ich bin nur zum Reden hier." Ich breite die Hände aus.

Ich trete näher, nehme ein Honigglas in die Hand und tue so, als würde ich es mustern. Red Farm Honig steht auf dem Etikett.

„In Ordnung", sagt sie sanft. „Aber ich muss gleich wieder gehen."

Ich mustere sie. Laut Tank gibt es wenige Fuchsgestaltwandler. Ist es möglich, dass wir verwandt sind? „Ich bin auf der Suche nach Informationen über… jemanden, den meine Mom kannte." Ich deute auf Sunny, die sich vor dem Coffee Shop mit jemandem unterhält. „Sie stellt ebenfalls auf Märkten aus und hatte einen Stand wie diesen neben jemandem. Sein Name war Johnny."

Erkennen blitzt in ihren Augen auf. „Es tut mir leid. Ich kann dir nichts sagen."

Ich starre sie nur an.

„Darüber weiß ich nichts." Sie sieht sich nervös um, als würde sie damit rechnen, dass jemand hervorspringen und sie angreifen wird. „Ich muss gehen." Sie schnellt um den Stand und steigt auf ein Fahrrad, das sie unter dem Tisch hervorzieht.

„Hey, warte", sage ich. „Bitte. Johnny ist mein Vater."

Sie hält inne. Einen Moment glaube ich, dass sie mit mir reden wird.

„Foxfire", schallt Tanks Stimme über den Markt.

Das Blut weicht aus dem Gesicht der Frau. „Wolf", formen ihre Lippen.

„Nein, bitte", rufe ich, während ich zuschaue, wie die einzige Verbindung zu meinem Vater aus der Stadt radelt, als würde sie vor einem Feuer fliehen.

„Wer war das?", brummt Tank hinter mir. Ich wirble herum und er muss die Verzweiflung von meinem Gesicht ablesen. „War sie das?" Ich nicke und er packt meine Hand. „Komm mit." Ich lasse mich von ihm zum Hotelparkplatz ziehen. „Sie ist mit einem Fahrrad unterwegs", sagt er zu mir, während wir in Daisy steigen. „Wenn sie diesen Weg oft nimmt, kann ich ihrer Fährte folgen."

Wir fädeln gerade rechtzeitig in den Verkehr ein, um Sunny zu sehen, die die Straße in unsere Richtung überquert, zwei Pappbecher in der Hand.

~.~

*FOXFIRE*

„ES GIBT NUR EINE STRAßE, die sie genommen haben kann", meint Tank, nachdem ich in die Richtung gedeutet habe, die die Fuchsgestaltwandlerin einschlug. Wir haben Sunny auf dem Markt zurückgelassen und ihr gesagt, dass wir bald wieder zurück sein würden.

Wir fahren in angespanntem Schweigen, lassen sämtliche Gebäude rasch hinter uns und erreichen die offene Wüste. Als wir die Stadt verlassen, fährt Tank an den Straßenrand. „Ich werde jetzt auf allen vieren weitergehen. Folg mir in dem Wagen. Falls mich irgendjemand sieht und Fragen stellt, sagst du demjenigen, dass ich ein Mischling aus Wolfshund und Bernhardiner bin, und pfeifst. Ich werde kommen, wenn du rufst."

Der Gedanke, dass sich Tank wie ein domestizierter Hund benehmen soll, bringt mich nicht einmal zum Lächeln.

Tank duckt sich auf die Ladefläche, um seine Kleider auszuziehen. Innerhalb einer Minute springt ein großer Wolf heraus und trottet den Highway entlang.

Ich umklammere das Lenkrad und fahre langsam hinter ihm her.

Die Fuchsgestaltwandlerin sah so verängstigt aus. Gehört sie wirklich zu meiner Sippe? Was weiß sie über meinen Vater? Sind alle Fuchsgestaltwandler so scheu?

Einige Autos fahren vorbei, aber keines hält an. Tank führt mich zu einer kleinen Abzweigung und verschwindet einen Augenblick hinter den Felsen. Dann steckt er seinen Kopf raus und bellt. Ich schalte das Auto aus, schnappe mir sein Zeug und schließe es ab.

Tank tritt in Menschengestalt hinter den Felsen hervor und zieht seine Kleider an. „Die Spur führt in diese Richtung. Willst du das tun? Wir können auch zurück in die Stadt gehen und auf meinen Kontakt warten, um herauszufinden, was sie über deinen Dad ausgegraben hat."

„Nein", sage ich, da ich mich an das Gesicht der Frau auf dem Markt erinnere, als ich Johnnys Namen erwähnte. Sie kannte ihn. Sie hatte nur Angst. „Das ist die heißeste Spur, die wir haben. Gehen wir."

Wir wandern los. Die rötlich-orangenen Felsen ergeben die perfekte Tarnung für einen Fuchs.

„Sowie sie roch, dass du ein Wolf bist, floh sie", merke ich an. „Denkst du, sie ist eine Einzelgängerin?"

„Ich habe gehört, dass schwächere Gestaltwandler zusammenhalten. Sie sind geheimnistuerisch und es liegt eine gewisse Stärke in der Anzahl. Ich kenne allerdings keine Füchse. Entweder weil es nicht viele gibt, oder weil sie ihre Anwesenheit nicht groß publik machen."

„Oder weil wir nicht wollen, dass ein stinkender Wolf einfach in unser Revier eindringt", erklingt eine Stimme und ich schrecke zusammen, bevor ich nach dem Ursprung der Stimme suche. Ein gigantischer Haufen roter Felsen blockiert uns den Weg, aber es ist weit und breit niemand zu sehen. Ich trete nach vorne und Tank streckt seine Hand aus, um mich zu stoppen.

„Nimm deine Hände von ihr, Wolf", faucht jemand. Ungefähr fünfzehn Männer tauchen hinter den Felsen auf. Manche von ihnen kommen aus dem Gebüsch hinter uns. Sie haben alle Schrotflinten in den Händen und allesamt sind auf Tank gerichtet.

Wir sind umzingelt.

„Bleib, wo du bist, Wolf."

Tank hebt die Hände.

„Nein, schießt nicht." Ich hebe auch meine Hände. „Wir kommen nicht in böser Absicht." An Tank gewandt flüstere ich: „Hast du sie gerochen?"

„Nein."

„Dieses ganze Gebiet riecht nach Fuchs, Junge", sagt der Fuchs, der am ältesten aussieht. Ein Mann mit sandfarbenen Haaren und einem finsteren Gesicht, der die Hände in seine schmalen Hüften gestemmt hat.

Mehr Männer umringen uns. Sie sind von der Sonne gebräunt, klein und muskulös. Sie kommen mir alle bekannt vor. Mehrere sehen gleich aus von den rötlichen Haaren zu den schmutzigen Arbeitshosen.

„Wir sind nicht bewaffnet", sagt Tank.

„Ein Wolf ist eine Waffe. Er braucht keine."

„Schaut mal, er wird euch nicht wehtun", entfährt es mir. „Er hilft mir nur, meine Sippe zu finden."

Der Mann fixiert mich mit schmalen Augen. „Wer bist du?"

„Ich bin Johnnys Tochter."

„Johnny?" Er starrt mich an, als würde er herauszufinden versuchen, wie ich ohne regenbogenfarbige Haare aussehe.

„Die lügt wahrscheinlich, Pa", sagt einer der jüngeren Füchse. Er ist das Ebenbild des älteren Anführers. Tank rührt sich neben mir. Wenn mich irgendjemand bedroht, könnte es sein, dass er durchdreht. Sie werden ihm wehtun.

„Jordy", blafft der Anführer und noch ein Fuchs taucht auf, eine Frau. Sie hält den Kopf gesenkt und die Schultern nach vorne gezogen, aber sie ist diejenige, die ich auf dem Marktplatz sah. „Ist sie das?"

Jordy nickt.

Einer der Männer tritt zu mir und schnuppert. „Sie riecht nach Wolf." Er spuckt auf den Boden.

Tank bewegt sich neben mir und die Schrotflinten werden klickend bereitgemacht.

„Nein, nein, das ist nicht das, was wir wollen", sage ich. „Ich bin hier, weil ich nach meinem Vater suche. Ich habe ihn nie kennengelernt, aber er hat den Kontakt zu meiner Mutter gehalten. Sie ist ein Mensch. Aber ich bin eine Füchsin. Seht ihr?" Ich hebe meine Hand und zwinge sie, sich zu verwandeln. Vielleicht weil ich verzweifelt bin oder vielleicht weil meine Füchsin weiß, dass sie in Gesellschaft ihrer Art ist, verwandelt sich meine Hand zu einer Pfote mit rötlichem Fell.

Ein Murmeln geht durch die Gruppe.

„Du kommst besser mit uns", sagt der Anführer. „Es ist nicht sicher, hier im Freien zu reden."

„Was? Warum?", frage ich, aber die Füchse verschwinden bereits einer nach dem anderen. Pa nickt Jordy zu und sie stellt sich neben mich. „Wegen", ihre Stimme ist kaum mehr als ein Flüstern, „der Drohnen. Sie könnten zuschauen."

~.~

*FOXFIRE*

DIE FÜCHSE BRINGEN uns zu den Hügeln und führen uns in eine der Höhlen, mit denen der rötlich-braune Felsen durchzogen ist. Sie halten an, um darüber zu diskutieren, ob sie Tank die Augen verbinden sollen, bevor einer anmerkt, dass er sie mit seinem Geruchssinn ohnehin finden könnte.

„Ich will euch nichts Böses", verspricht Tank. „Ich bin nur hier, um Foxfire zu helfen."

„Ich werde totumfallen, bevor ich dem Wort eines Wolfes Glauben schenke", sagt einer der jüngeren Männer und spuckt zu Boden.

196

„Jetzt aber, Jason", warnt ihn Pa.

Die Schrotflinten entspannen sich, aber Tank bleibt in meiner Nähe. Die Einzige, die uns gegenüber keine offene Feindseligkeit zeigt, ist Jordy.

„Setzt euch hierhin", wispert sie, als wir in dem Mund der Höhle Deckung gefunden haben. Die Füchse versammeln sich um uns. Ihre Anführer nehmen auf einigen Felsen Platz, die ihnen dabei helfen, Tank um einen Kopf zu überragen.

Sie geben einen Krug mit etwas herum, das so ähnlich wie Tanks Flasche in der braunen Papiertüte riecht, nur einhundertmal stärker. Uns bieten sie nichts an.

„Behandelt ihr alle Besucher so?" Tank beäugt die Flinten.

„Wir bekommen nicht viele Besucher", sagt Jason. Der Fuchs neben ihm, der fast identisch zu ihm ist bis hin zu den Arbeitsstiefeln und dreckigen Hosen, spuckt auf den Boden.

„Warum seid ihr hierhergekommen?", fragt Pa.

„Ich will nur meinen Vater finden. Kannst du mir von Johnny erzählen?"

„Yeah, er war einer von uns", meldet sich Jason zu Wort. „Mein bescheuerter Bruder."

„Also sind wir verwandt?"

„Alle Fuchsgestaltwandler sind miteinander verwandt", antwortet mein Onkel. „Es gibt nicht viele von uns. Und da sind die Wölfe nicht so unschuldig daran."

„Mein Rudel hat nie irgendjemandem Schaden zugefügt", beteuert Tank.

„Das musstet ihr auch nicht. Gestaltwandler

verschwinden überall und es stinkt gewaltig nach Wolf." Jason funkelt uns wütend an.

„Wovon redest du?", frage ich.

„Johnny ist fort", sagt Pa unverblümt. „Er verschwand vor einem Jahr."

Tank und ich wechseln einen Blick. Ich bemerke, dass Jordy angestrengt zu Boden starrt.

„Was? Er ist einfach verschwunden? Habt ihr nach ihm gesucht?"

„Nein. Mussten wir nicht. Die Wölfe haben ihn mitgenommen. Jeb und Joey sind losgezogen und haben sie gewittert." Mein Onkel deutet auf zwei andere Gestaltwandler mit sandfarbigen Haaren, die sich so ähnlich sehen, dass sie Brüder sein könnten. Oder Cousins.

„Vielleicht solltest du deinen Wolf fragen, wo dein Vater ist", schlägt Pa vor.

„Wölfe holen sich keine Leute." Tank verzieht düster das Gesicht.

„Sagt ein Wolf", höhnt Jason.

„Wisst ihr, wohin sie ihn gebracht haben?", unterbreche ich ihren Starrwettbewerb.

„Ich weiß nur, dass sie ihn mitgenommen haben. Haben ihn letzten Sommer vom Markt entführt", antwortet Jeb oder Joey. Bei all diesen J-Namen und ähnlichen Gesichtern ist es schwer, sie auseinander zu halten.

„Johnny hat den Marktstand vor Jordy betreut. Hatte all diese hochtrabenden Ideen, dass Füchse Teil der Gesellschaft sein sollten", sagt Pa.

„Man sieht ja, was ihm das gebracht hat", murrt Jason.

Ich schlucke um den Knoten in meiner Kehle.

„Jetzt betreut Jordy den Stand. Wir wollten es nicht, aber sie bestand darauf."

Jordy erbleicht sichtlich. Sie hat ihre Augen nicht vom Boden genommen. Es ist schwer vorstellbar, dass sie sich für irgendetwas einsetzt.

„Und schau nur, was passiert ist", fährt Pa fort, Jordy zu schimpfen. „Ein Wolf hat uns aufgespürt."

„Es ist nicht ihre Schuld", widerspreche ich. „Ich habe gerade erst herausgefunden, dass ich eine Gestaltwandlerin bin. Meine Füchsin wollte ihre Sippe finden." Ich blicke zwischen den finsteren Gesichtern hin und her.

„Wohnst du allein, Mädchen?" Jason mustert mich von oben bis unten.

„Sie steht unter meinem Schutz." Tank rückt näher zu mir.

Einige Füchse schütteln die Köpfe.

„Bitte, könnt ihr mir sonst noch etwas über meinen Vater erzählen?"

„Johnny war ein schräger Vogel. Ist umhergezogen und hat sich sogar einmal in der Stadt niedergelassen. Ist hierher zurückgezogen, als die Gestaltwandler zu verschwinden begannen."

„Welche Arten von Gestaltwandler?", fragt Tank.

„Grizzlies, Füchse, Adler. Einige Raubkatzen. Hauptsächlich Einzelgänger oder die Schwachen."

„Wer sollte sie entführen?", frage ich.

„Wir wissen es nicht. Wölfe, manche von ihnen."

„Nicht mein Rudel", sagt Tank rasch.

„Spielt es eine Rolle? Ihr seid alle gleich." Wütendes Gemurmel kommt um uns herum auf und die Schrotflinten werden wieder gezückt.

„Und Johnny wusste, dass das geschah?" Ich trete vor Tank in der Hoffnung, meine Sippe daran zu hindern, zu einem wütenden Mob zu werden.

„Er wusste es", antwortet Pa. „Und er wollte dem ein Ende setzen. Hat nicht kleinbeigegeben, bis es zu spät war. Sie nahmen seinen Geruch auf und als er zum Markt ging, holten sie ihn."

„Eine Sippe sollte unter sich bleiben", sagt Jason und einige Füchse wiederholen seine Worte in einem gruseligen Chor. Meine Verwandtschaft fühlt sich mit jeder Sekunde mehr wie eine Sekte an. „Füchse sollten im Geheimen leben", fährt mein Onkel fort. „Johnny hat das nie gelernt. Und jetzt ist er fort."

*oxfire*

ES IST SPÄTER NACHMITTAG, als wir zurück zu Daisy wandern. Die Füchse eskortieren uns bis zur Grenze ihres Reviers, aber nur Jordy läuft mit uns.

„Hey", flüstere ich ihr zu, während wir hintereinander durch ein dichtes Gestrüpp laufen. „Du steckst nicht in Schwierigkeiten, oder? Ich meine, es ist nicht deine Schuld, dass wir euch gefunden haben. Wir hätten euch auf die ein oder andere Weise erschnüffelt."

Sie schüttelt den Kopf, aber ich glaube ihr nicht so recht.

Als wir das Geräusch von Autos auf dem Highway hören, stellen Tank und ich fest, dass wir wieder allein sind.

„Geht's dir gut?", erkundigt er sich, während wir in Daisy steigen.

Ich nicke knapp. Mein Vater ist verschwunden und das schon seit fast einem Jahr. Meine Sippe ist ein rückständiger, wolf-hassender, hinterwäldlerischer Inzucht-Haufen. Wir sahen keine Frauen abgesehen von Jordy, aber wenn sie das Beispiel einer freien Frau ist, will ich nicht einmal wissen, was sie von Hippie-Feministinnen denken, die ihre Haare färben und ihr eigenes Geschäft haben. Kein Wunder, dass Johnny meine Mutter nicht mit nach Hause gebracht hat. Sie würde zwar wahrscheinlich auf selbstgemachte Kleider und das Leben in Höhlen stehen, aber sie könnte niemals auf Coffee Shops und moderne Badezimmer verzichten.

„Foxfire?" Tank ist an die Seite gefahren. Wir befinden uns bei einem Diner am Stadtrand.

„Wir sollten Sunny anrufen", sage ich. Mein Mom macht sich vielleicht Sorgen. Oder so wie ich sie kenne, nimmt sie an, dass wir uns davongeschlichen haben, um den ganzen Tag im Wald Liebe zu machen. Ich ziehe mein Handy heraus und schicke ihr eine Nachricht, in der ich sie frage, ob wir ihr Abendessen mitbringen sollen. Sie antwortet sofort, dass sie sich mit einigen der einheimischen Marktleute angefreundet hat und heute Abend mit ihnen zu einem veganen Buffet und einer Meditationssession geht.

Tank führt mich in das Diner und bestellt Essen. Als es kommt, stochere ich nur darin herum.

Nachdem er seine riesige Bestellung vertilgt hat, stößt Tank meinen Fuß an. „Also, wir haben deine Sippe kennengelernt. Ziemlich klug von ihnen, sich so zu verstecken."

„Wusstest du, dass es… Leute gibt… die so leben?"

„Nein. Aber ich bin nicht überrascht. Es ist gefährlich für die schwächeren Arten. Sie verstecken sich." Er runzelt die Stirn. „Wirst du den Rest deines Burgers noch essen?"

Ich schüttle den Kopf.

„Was machen sie, wenn sie zum Arzt müssen?"

„Gestaltwandler brauchen kaum medizinische Versorgung."

„Was ist mit Essen? Schule?"

„Sie vertrauen keinen Außenseitern. Sie kümmern sich selbst um ihre Leute."

Er winkt der Kellnerin und bittet sie, mein Essen zusammen mit einigen zusätzlichen Bestellungen einzupacken.

Auf halbem Weg zum Auto stoppt er und zieht mich in den Schatten des Gebäudes. Er drängt mich gegen die Wand und nimmt mein Gesicht zwischen seine großen Hände. „Foxfire, rede mit mir."

„Sie wussten nicht, dass er eine Tochter hat", spreche ich trotz zugeschnürter Kehle. „Sie hatten keine Ahnung…"

Tank blickt forschend in mein Gesicht.

„Er wollte mich nicht." Meine Stimme zittert.

„Baby." Er umarmt mich. „Du weißt, dass das nicht stimmt. Er hat deiner Mom all die Jahre Geld geschickt."

„Warum ist er dann nie vorbeigekommen, um mich kennenzulernen?"

„Er dachte, du wärst menschlich, schon vergessen? Vielleicht wollte er dich beschützen."

„Ja."

„Denkst du, er wollte dich mit diesen Menschen bekanntmachen? Riskieren, dass sie Anspruch auf dich erheben und verlangen, dass du unter ihnen aufgezogen wirst?“

Ich schüttle den Kopf. Das Leben mit Sunny war definitiv besser als eines mit den Statisten aus dem Film *Beim Sterben ist jeder der Erste*.

„Klingt, als hätte er selbst versucht, ihnen zu entkommen.“

„Aber was ist damit, was sie erzählt haben?“, frage ich. „Dass Gestaltwandler verschwinden?“

Tank richtet sich auf. Schatten huschen über sein Gesicht. „Ich weiß es nicht“, sagt er schließlich. „Ich kann nicht sagen, ob ihre Behauptungen der Wahrheit entsprechen oder nicht. Dein Vater hätte auch einfach weggelaufen und ihnen entwischt sein können. Wir werden es vielleicht nie erfahren.“

„Es ist einfach beschissen. Ich habe endlich einen Grund, meinen Vater aufzusuchen, und ich bin ein Jahr zu spät dran.“

„Ich weiß, Baby. Ich weiß.“

Ich laufe noch einmal für einen schnellen Toilettengang ins Diner, während Tank das Essen in Daisy lädt. Als ich zurückkehre, ruft eine leise Stimme meinen Namen.

Ich wirble herum und spähe in die Schatten. „Jordy?“

Meine weibliche Fuchsverwandte tritt vorsichtig von der Wand weg, an der ihr Fahrrad lehnt.

„Bist du wegen mir hergekommen?“

„Ich wollte dir das hier geben.“ Sie streckt mir ein kleines braunes Objekt entgegen, einen Geldbeutel. „Er gehörte Johnny. Er versteckte ihn am Marktstand an dem Tag, an dem er verschwand. Ich fand ihn in der abgeschlossenen Geldkassette. Ich war die Einzige, die einen Schlüssel hatte."

Ich klappe das abgenutzte Leder auf und spähe auf den Führerschein. Ein Mann mit ernstem Gesicht, hellen Haaren und Sommersprossen schaut zu mir hoch.

„Johnny", bestätigt sie. „Er war mein Bruder. Einige Jahre älter als ich."

Ich schließe den Geldbeutel und verberge das Foto meines Vaters. „Das macht dich zu meiner Tante."

„Ja." Sie lächelt schüchtern. Sie sieht nicht viel älter aus als ich, vielleicht fünf Jahre.

„Foxfire", ruft Tank. Jordy zuckt zusammen.

"Es ist okay." Ich trete ins Licht und bedeute Tank, eine Minute zu warten. Jordy weicht an die Wand zurück und das Weiß ihrer Augen blitzt in der Dunkelheit auf. „Er beißt nicht, ich verspreche es."

„Wölfe sind so gefährlich", flüstert Jordy.

„Man gewöhnt sich an ihn." Ich zucke mit den Achseln.

Sie schüttelt den Kopf. „Der Clan will ihn nicht in der Nähe haben, auch wenn er dein Gefährte ist."

„Mein was?"

„Er hat dich markiert." Sie ruckt mit dem Kinn zu meinem Hals. Ich lege eine Hand auf die Stelle, an der mich Tank gebissen hat. „Das machen Wölfe, wenn sie ihre Gefährten finden."

„Ja und?", sage ich, weil ich mir nicht sicher bin, was sie mit *Gefährte* meint. „Ich bin trotzdem noch eine von euch."

„Nein, das bist du nicht. Und so sollte es auch sein."

„Aber ihr seid meine Familie."

„Du vergisst uns besser alle. Johnny würde sich das für dich wünschen. Johnny wünschte manchmal, dass er es tun könnte."

„Alles okay hier?" Tank läuft langsam zu uns.

„Ich muss los." Jordy schnappt sich ihr Fahrrad und steigt auf, bereit zur Flucht.

„Wirst du klarkommen?", fragt Tank sie.

„Ja."

Ich füge hinzu: „Du kriegst keinen Ärger, weil du hergekommen bist, um mit uns zu reden?"

„Ich musste kommen. Johnny hätte es gewollt."

„Jordy…" Ich will ihr sagen, dass sie nicht zurückgehen muss, dass sie mitkommen und bei mir wohnen kann. Aber ich weiß nicht einmal, was ich tun werde. Ich dachte, ich würde meinen Vater finden und dann würde alles plötzlich auf magische Weise Sinn ergeben.

„Schreib unsere Nummern auf", beschließt Tank für mich. Ich wühle in meiner Handtasche nach einem Stift und Papier und kritzle die Zahlen darauf. „Wenn du in Schwierigkeiten gerätst, ruf an." Er reicht das Papier Jordy. „Wir werden dich rausholen."

Sie schnappt sich das Papier und faltet es so, dass sie es zwischen ihren Kleidern verschwinden lassen kann, bevor sie wegfährt.

„Bist du okay, Baby?" Seine Hand ruht in meinem Nacken und streichelt ihn.

„Ja", flüstere ich, während ich zuschaue, wie die einsame Gestalt in die Wüste radelt.

~.~

*Tank*

FOXFIRE IST RUHIG, während ich zum Hotel fahre. Jordy hat ihr etwas gegeben. Ich kann es in ihrer Handtasche riechen, aber sie erwähnt es nicht, weshalb ich es nicht anspreche.

Zurück im Zimmer verschwindet sie einige Minuten im Badezimmer. Ich lasse ihr den Freiraum und berühre sie leicht, als sie es verlässt und ich die Gelegenheit wahrnehme, mich zu waschen.

Als ich rauskomme, liegt sie im Bett und starrt an die Decke. Die Tüte mit Essen steht unberührt neben ihr. Es gefällt mir nicht, dass sie so wenig gegessen hat, aber ich verstehe es. Es war ein anstrengender Tag.

Ich lege mich neben sie.

„Was brauchst du?"

Ein leises Seufzen entweicht ihr. Ihr Geruch verändert sich. Bevor ich ihn analysieren kann, rollt sie sich zu mir herum und blinzelt mich mit ihren großen grauen Augen an.

„Mach Liebe mit mir, Tank."

Ich weiß nicht, was ich sagen soll, also schweige ich. Ihre ganze Welt steht auf dem Kopf. Ich bin der Einzige, den sie zum Reden hat. Ich bin gerne für sie da, ich bin mir nur nicht sicher, ob ich ihr Vertrauen verdiene.

„Bitte." Sie rutscht näher und neigt ihren Kopf nach oben zu mir. „Ich muss berührt werden." Sie hebt ihre

Hand, zögert und dann berührt sie meine Haare. „Ich brauche dich."

Ich schlucke schwer. Ich dachte, Foxfire, der verrückthaarigen Sexgöttin, zu widerstehen, sei schwer, aber zu sehen, wie sie leidet, macht mich krank. Nichts auf diesem Planeten könnte mich daran hindern, meiner Gefährtin zu geben, was sie braucht. Auch wenn ich selbst noch nicht verarbeitet habe, dass ich sie markiert habe.

Im Sinne von, sie ist für immer mein. Und ich weiß noch immer nicht, ob das die beste Idee ist.

Was soll ich sagen? Mein Wolf liebt die Idee. Ich habe nur dieses nagende Gefühl in meinem Hinterkopf, wie das Ganze wohl von meinem Rudel aufgenommen werden wird. Ich bin hier oben in Flag, während ich eigentlich ein Auge auf das Eklipse und Garretts Geschäfte in Tucson haben sollte. Habe ich mein Rudel für eine Frau im Stich gelassen, genauso wie es mein Vater tat?

Aber darüber kann ich mir später noch den Kopf zerbrechen. Gerade jetzt braucht mich mein Babygirl. Ich lege meine Hand um ihren Hals, ziehe sie näher und küsse sie.

Wir reden nicht. Das müssen wir nicht.

Dieses Mal bin ich nicht grob. Ich mache süße Liebe mit ihr. Nicht ganz zärtlich – ich weiß nicht, ob das für mich überhaupt möglich ist – aber so zärtlich, wie ich kann. Ich streichle mit meiner Zunge in ihren Mund und sauge an ihren Lippen. Ziehe ihr Shirt aus und die Träger ihres BHs nach unten. Ich verwöhne ihre Nippel, indem ich an ihnen sauge, sie zwicke und küsse. Ich wandere ihren Bauch nach unten und entferne ihre Hosen.

In dem Moment, in dem mein Mund ihre Mitte berührt,

beginnt sie, nach meinem Schwanz zu betteln, und ich bringe es nicht übers Herz, ihren Orgasmus hinauszuzögern. Ich stehe auf und reiße mir die Kleider vom Leib.

„Willst du das hier, Baby?" Ich packe meinen Schwanz.

„Ja, Tank. Ich brauche dich."

Ich steige über sie und reibe mit meinem Schwanz über ihre glänzende Spalte. Ausnahmsweise halte ich mich zurück und dringe langsam in sie, wobei ich mein Bestes gebe, das hier nicht zu einem weiteren Bett-zerbrechenden-Hämmer-Festival zu machen.

Sie wölbt ihren Rücken und drückt mich fest.

Fuck. Vielleicht wird es doch wieder ein Bett-Brecher. Ich stoße mich in sie, während ich ihren grauen Blick halte und meine Finger mit ihren verflechte.

„Ist es das, was du brauchst, kleine Füchsin?"

„Ja", krächzt sie. Sie hebt ihr Becken, um jedem meiner Stöße entgegenzukommen und ihre Perle an meinem Schwanz zu reiben. „Ja!"

Ich sorge dafür, dass unsere Körper miteinander verbunden bleiben, aber rolle uns herum. Überlasse ausnahmsweise mal ihr das Steuer. Sie sitzt rittlings auf mir und ich packe ihre Hüften, lasse sie die Länge meines Schwanzes hoch und runter gleiten. Ihre Brüste hüpfen, Farbe rötet ihre Wangen. Sie lässt ihre Hände auf meine Brust fallen und bohrt ihre Nägel in meine Haut. Ich lasse sie den Rhythmus finden.

Ihre Augen werden glasig, ihre Lippen teilen sich. Sie ist bereits ins Weltall katapultiert worden, aber ich zwinge sie nicht, bei mir zu bleiben. Sie braucht das hier. „Nimm es, Baby. Nimm dir, was du brauchst."

Sie reitet mich schnell und gibt leise sexy Grunzlaute von sich, bis sie kommt. Ich halte ihre Hüften fest und ramme meine nach oben, vögle sie tief, bis ich wie ein Feuerwerkskörper explodiere.

Sie summt und legt sich auf mich, nackt, die Wange an meine Brust geschmiegt. Ich streichle mit meiner Hand ihren Rücken hoch und runter, tröste sie und höre zu, wie ihr Herzschlag langsamer wird.

„Woran denkst du?" Ich stupse sie an.

„Meine Verwandtschaft."

„Ah."

Yeah, für die gibt es keine Worte.

„Wenigstens habe ich sie gefunden." Das ist ein offensichtlicher Versuch, den Silberstreif am Horizont zu finden, und führt dazu, dass sich meine Brust aus Mitgefühl für sie zusammenzieht. „Und ich schätze, jetzt wissen wir, warum ich so ein Freak bin."

„Mach das nicht", sage ich sofort.

„Was soll ich nicht machen?" Sie hebt ihren Kopf.

„*Niemand* nennt dich einen Freak. Wenn ich irgendjemanden dabei erwische, wie er dich beschimpft, werde ich denjenigen bezahlen lassen." Ich wackle mit den Augenbrauen. „Selbst wenn du das bist."

Ihre Lippen biegen sich zu einem widerwilligen Grinsen. „Du wirst mir den Hintern versohlen, weil ich mich selbst beschimpfe?"

„Ja."

Sie schnaubt, aber ich zeige ihr, dass ich es einhundert Prozent ernst meine. Nicht damit, sie zu bestrafen, aber damit, dass ich sie verteidigen werde. Denn trotz des Ratschlags meines Vaters werde ich Foxfire dem Rudel vorziehen, wenn es hart auf hart kommt. Und wenn irgendeiner meiner Rudelbrüder sie verurteilt, wird er meine Faust kennenlernen.

Ich rolle mich auf sie und trage den Großteil meines Gewichts, während ich ihren schlanken Körper dennoch mit meinem verdecke. Sie bewegt sich nicht, atmet nicht, sondern schaut nur zu mir hoch, als hätte ich den beschissenen Mond für sie vom Himmel geholt. Ich will dieses Gefühl für immer in einem Glas einschließen. Die Freude, ihr Liebhaber und Beschützer zu sein.

„Niemand beleidigt mein Baby." Ich reibe meine Nase an ihrem Hals direkt über dem Mal, das ich ihr verpasst habe. Ich habe es ihr noch nicht erklärt. Ich muss es selbst erst noch verarbeiten und sie hat momentan viel zu viel um die Ohren. Aber ich werde es ihr noch erklären.

Sie ist jetzt mein, ob es ihr nun gefällt oder nicht.

oxfire

JEMAND KLOPFT AN DIE TÜR. Tank und ich sind ein Wirrwarr aus Gliedmaßen.

„Geh weg", brummle ich.

„Es ist okay, Baby. Ich kümmere mich darum", flüstert Tank, dessen Finger federleicht über meinen Rücken tanzen, während er das Bett verlässt.

Die Stimme meiner Mutter vermischt sich mit den Träumen, in die Fuchshöhlen zurückzukehren und meinen Vater kennenzulernen, sowie Jordy dazu zu überreden, sich die Haare blau zu färben.

Ich zucke zusammen, als sich Tanks warme Hand auf meine Schulter legt.

„Foxfire, wir haben ein Problem."

Ich schrecke hoch. „Was?"

„Jemand hat letzte Nacht unsere Reifen aufgeschlitzt.

Deine Mom war heute Morgen recht früh draußen und hat es entdeckt."

„Oh nein."

„Die Vandalen haben keine Nachricht oder so etwas hinterlassen, aber die Reifen stinken nach Fuchspisse."

Ich mache Anstalten, aufzustehen, und Tank drückt mich wieder nach unten. „Du bleibst. Ich kümmere mich darum. Ich hab gleich um die Ecke eine Werkstatt gesehen."

„Warum sollten die Füchse das tun?"

„Um eine Botschaft zu schicken. Sie wollen nicht, dass wir sie noch einmal besuchen."

„Indem sie es uns erschweren, zu gehen?"

„Sie sind nicht unbedingt die klügsten Gestaltwandler dort draußen. Dein Vater muss die Ausnahme gewesen sein."

„Es tut mir leid."

„Nicht deine Schuld. Ruh dich aus, Baby. Du brauchst den Schlaf."

Er liegt nicht falsch. In dem Moment, in dem er weg ist, falle ich zurück in meine verrückten, durcheinandergewürfelten Träume.

Als ich schließlich aufstehe, ist Tank noch nicht zurück, weshalb ich dusche und meiner Morgenroutine nachgehe. Unter meinen Augen sind dunkle Ringe und ich sehe aus, als hätte ich abgenommen. Selbst mein normalerweise strahlendes Haar sieht etwas schlaff aus. Vielleicht sollte ich ein Rotschopf werden. Oder blau – vielleicht war mein Traum ein Zeichen.

Der Geldbeutel meines Vaters liegt auf dem Nachttisch, wo ich ihn gestern Abend hingelegt habe.

Ich öffne ihn.

„Hey," erzähle ich meinem Dad. „Schau mal, Sunny behauptet, dass ich nichts von dir wissen wollte, als ich klein war. Das stimmt nicht. Ich wollte wissen, warum die anderen Kinder Dads hatten und ich nicht. Ich wollte dich kennenlernen. Aber wann immer sie das Thema angesprochen hat, da hat sie recht, leugnete ich es.

Sunny hat ihr Bestes gegeben. Ich weiß, du hast das auch getan. Aber ich wünschte, du wärst egoistischer gewesen. Ich war ein taffes Kind. Ich hätte damit umgehen können. Ich wünschte, ich hätte dich gekannt. Ich habe das Gefühl, dass ich dich jetzt nie kennenlernen werde."

Ich klappe den Geldbeutel zu. Warum hat mein Dad seinen Geldbeutel zurückgelassen, bevor er die Stadt verlassen hat? War es eine Nachricht an Jordy?

Ich durchsuche den Geldbeutel, aber außer einigen gefalteten Rechnungen, Wechselgeld und einer Bibliothekskarte gibt es nichts Wichtiges. Doch als ich eine der Innentaschen durchsuche, entdecke ich einen Messingschlüssel. Ein kleines Stück Klebeband markiert ihn mit einer langen Nummer. Ein Code? Ist das der Schlüssel zu einem Safe? Ich stecke den Schlüssel vorsichtig wieder zurück in die Tasche. Tank wird es wissen. Ich schnappe mir mein Handy und rufe ihn an.

Einige Klingeltöne später bemerke ich, dass seine Tasche vibriert. Er muss sein Handy hiergelassen haben. Ich gehe es holen, bereit, nach unten zu rennen und Tank zu suchen und ihm zu erzählen, was ich herausgefunden habe. Er hat einige verpasste Anrufe von gestern Nacht und heute Morgen. Einer ist von Garrett. Da ist sogar eine SMS von einem „Jared". „Lebst du noch?!?"

Ich schätze mal, Tank hat sein Rudel vernachlässigt, um sich meines Dramas anzunehmen.

Während ich dort stehe, das Handy in der Hand halte und mich schuldig fühle, klingelt es. Der Anrufer wird als „Dad" angezeigt.

Auf meine Lippe beißend, nehme ich den Anruf an.

„Tanks Handy. Er ist gerade nicht hier, aber ich kann eine Nachricht ausrichten."

„Wer spricht da?", fragt eine ältere Version von Tanks Stimme.

„Ich bin Foxfire. Wollten Sie mit Tank sprechen? Er hat sein Handy hiergelassen, aber sollte bald zurück –"

„Gibt es einen Grund, weshalb du an sein Handy gehst?"

„Er ist gerade los, um eine Besorgung zu machen und hat es hiergelassen. Ich werde ihm sagen, dass er sein Rudel anrufen soll, sobald er zurückkommt – er war beschäftigt... ähm... mir mit einigen Familienproblemen zu helfen."

Stille. Ich verziehe das Gesicht. So hatte ich mir nicht gewünscht, dass ich Tanks Dad kennenlerne.

„Ich bin eine Fuchsgestaltwandlerin", erzähle ich ihm, dann frage ich mich, ob es so weise war, ihm das zu verraten. „Sind Sie sein Vater? Es freut mich, Sie kennenzulernen –"

„Schau mal", unterbricht mich der Mann. „Ich weiß nicht, wer du bist, und es interessiert mich auch nicht. Tank war mit dir weg, während sein Alpha und seine Rudelmitglieder in Schwierigkeiten waren."

„Was?" Die Luft wird aus dem Raum gesogen.

„Ich weiß nicht, was er mit dir getrieben hat, aber sein

Alpha ist jetzt wieder in der Stadt und will Antworten. Tank muss endlich wieder Verstand annehmen und zu seinen Pflichten zurückkehren."

Jetzt bin ich diejenige, die schweigt.

„Hör zu, ich will nicht gemein zu dir sein. Aber Tank steht an zweiter Stelle im Rudel. Weißt du, was das bedeutet? Sein Alpha verlässt sich auf ihn. Er kann es nicht gebrauchen, dass eine Frau seine Position im Rudel gefährdet."

„Das würde ich nicht tun." Ich zwinge meine Stimme dazu, nicht zu zittern. „Wir haben uns gerade erst kennengelernt, aber ich mag Ihren Sohn sehr gerne."

„Wenn du ihn sehr gerne hast, dann wirst du vorsichtig bei ihm sein. Du sagtest, du bist eine Fuchsgestaltwandlerin?"

„J-ja."

„Gestaltwandler mischen sich nicht mit anderen Arten. Tank braucht eine Gefährtin, die ihn versteht. Er gehört zu seiner Art."

„Ich werde Tank ausrichten, dass Sie angerufen haben", flüstere ich und lege auf. Mein Körper ist taub, als wäre ich auf den Boden geknallt.

*Gestaltwandler mischen sich nicht mit anderen Arten.*

Meine Sippe fuchtelt mit Schrotflinten vor Tank herum.

*Tank braucht eine Gefährtin, die ihn versteht.*

Tank am Lenkrad seines Trucks, während er versucht, mir zu erklären, wie ein Rudel funktioniert.

*Er gehört zu seiner Art.*

Tanks Gesicht erfüllt von Mitleid, als er Jordy anschaut. Mich anschaut.

Die verpassten Anrufe. Sein Beharren, dass er sein Rudel nicht hinzuziehen kann. Die fiesen Worte seines Vaters, nicht wütend, sondern besorgt.

Ich gehöre nicht in seine Welt. Er gehört definitiv nicht in meine. Ich mache nur genau das, was seine Mutter tat und bringe seine gute Rudelposition in Gefahr.

*Egoistisch, egoistisch, egoistisch.* Ich packe meine Sachen und bringe sie in Sunnys Zimmer.

Von Sunny erfahre ich, wohin Tank das Auto hat abschleppen lassen. Wie sich herausstellt, ist es nur einen kurzen Spaziergang vom Hotel entfernt.

Tank tritt um den Bus, als ich mich nähere, und putzt seine ölverschmierten Hände an einem Lumpen ab.

„Die Räder sollten bis zum Mittag hier sein. Ich habe gerade einen Ölwechsel vorgenommen und werde noch einige Dinge überprüfen, bevor wir losfahren." Er betrachtet mich. „Ist alles okay?"

Meine Füße geraten ins Stocken. Ich habe auf dem Weg hierher einstudiert, was ich sagen werde, aber bei seinem Anblick vergesse ich meine Rede. Seine Bizepse dehnen die Ärmel seines Shirts, seine Jeans ist mit Ölflecken übersät, der Beweis dafür, dass er sich das Fahrzeug meiner Mom angeschaut hat, obwohl wir ihn nicht darum gebeten haben, und sie ihn wahrscheinlich nicht bezahlen kann. Tank, der einfach Tank ist.

„Also gehen wir?"

Er zuckt mit den Achseln. „Das liegt bei dir. Ich dachte, wir könnten noch ein paar Tage bleiben und schauen, ob wir irgendwelche weiteren Spuren finden können, die zu deinem Dad führen –"

Ich schüttle den Kopf. Es ist genau so, wie sein Dad

sagte. Ich bin die Sträflingskugel, die ihn festhält und nach unten zieht.

„Du musst gehen", bricht es aus mir hervor. Sein Kopf ruckt zurück und seine Brauen ziehen sich zusammen. „Ich meine… ich denke, es ist das Beste, wenn du zurück zu deinem Rudel gehst. Sie brauchen dich. Meine Sippe wird ohnehin nicht mit mir reden, wenn du in der Nähe bist, und…" Ich zucke mit den Achseln.

Er mustert mich einen Augenblick. „Was ist los, Foxfire?"

Ich hole tief Luft und fahre die schweren Geschütze auf.

„Wann wolltest du mir erzählen, dass du mich als deine Gefährtin markiert hast?"

~.~

*Tank*

FOXFIRE REIBT mit den Händen über ihre Jeans, aber steht ihre Frau. Ihr Geruch ist irgendwie falsch und sie blickt mir nicht direkt in die Augen.

Bis jetzt.

„Nun? Du hast mich markiert, Tank."

Fuck. „Wer hat dir das erzählt?"

„Jordy." Sie zieht ihre Haare zur Seite und entblößt das rote Mal. Es ist bereits gut verheilt. Gestaltwandler heilen schnell, aber das Serum in meinen Fangzähnen, das dazu gedacht ist, eine Gefährtin zu beanspruchen, stellt sicher, dass ein Mal zurückbleibt.

„Foxfire –"

„Warum, Tank?" Ihre Stimme ist hart. Ich habe diesen Tonfall noch nie zuvor von ihr gehört. Wenn ich es nicht besser wüsste, würde ich sagen, jemand hat meine Frau entführt und eine Schauspielerin an ihre Stelle gesetzt.

„Ich habe Mist gebaut", sage ich und reibe mir das Genick. „Ich hatte es nicht vor."

Sie schließt die Augen.

Fuck.

„Erkläre."

„Ich kann nicht. Mein Wolf will dich. Er hat dich immer gewollt. Aber es war falsch von mir, es einfach zu tun. Ich hätte mich besser im Griff haben sollen."

„Wir gehören nicht zusammen", sagt sie. „Du bist ein Wolf und ich bin ein Fuchs."

Ich gehe auf sie zu und sie streckt ihre Hand aus, um den Abstand zwischen uns zu halten.

„Dein Dad hat angerufen."

Ich komme bei dem Themenwechsel nicht mit. Ich registriere, dass sie mein Handy ausstreckt.

„Garrett und die anderen fragen sich, wo du bist. Dein Rudel hatte einige Probleme."

„Wovon redest du?"

„Sie brauchen dich, Tank." Sie holt tief Luft. „Ich brauche dich nicht. Nicht mehr."

Ich blicke forschend in ihr Gesicht. Dort ist nichts von Foxfire zu finden, kein Licht, keine Begeisterung. Steinern und kalt. Ich habe sie ohne ihre Erlaubnis markiert. Sie hat ein Recht, aufgebracht zu sein.

Sowie ich mein Handy entgegennehme, wendet sie sich ab. Sie hat recht. Mein Handy ist voller SMS und Anrufe vom Rudel. Meinem Alpha. Meinem Dad.

„Ich habe einen Anruf von deinem Dad angenommen", sagt sie. „Ich hätte es nicht tun sollen, aber du hast dein Handy zurückgelassen, und ich wollte nicht, dass sie sich Sorgen machen. Jedenfalls hat er mir gesagt, dass dich dein Rudel braucht."

Fuck. Da ist eine SMS von Garrett an das gesamte Rudel. Ein Meeting, heute Abend. „Ich sollte gehen."

„Ich halte es für das Beste." Sie schaut nicht zu mir zurück. „Wir können dich fahren –"

Verdammt. Sie zu verlassen – insbesondere jetzt, wenn sie sauer auf mich ist – geht gegen jeden meiner Instinkte – Gestaltwandler oder Mensch. Aber ich kann mich nicht vor meinen Pflichten im Rudel drücken und sie will mich eindeutig nicht hier haben. Vielleicht braucht sie einfach etwas Freiraum. Ich werde nach dem Rudeltreffen wieder mit ihr in Kontakt treten und sie dazu bringen, mit mir zu reden.

„Die Werkstatt hat ein Motorrad, das ich kaufen und mit dem ich zurück nach Tucson fahren kann. Die Reparaturen sind alle bezahlt und die Reifen sollten vor Ladenschluss montiert sein. Ich werde dich anrufen, wenn ich Tucson erreiche, um mich zu vergewissern, dass du und deine Mom startklar seid."

„Wir werden schon klarkommen", sagt sie knapp. „Es besteht kein Grund, nach uns zu sehen."

Fuck, so ein gottverdammter Scheißdreck. Ich schätze,

sie zahlt es mir mit gleicher Münze heim. Sie hat mich komplett ausgeschlossen.

Meine Instinkte brüllen mich an, nicht zu gehen, aber zu bleiben, macht keinen Sinn. Die lange Motorradfahrt wird mir den Kopf freipusten. Genauso wie die Wiedervereinigung mit meinem Rudel.

~.~

*FOXFIRE*

ICH SCHLENDERE über den Markt und halte am alten Stand meines Dads. Der Geruch von Fuchs verblasst allmählich. Etwas sagt mir, dass Jordy nicht zurückkommen wird, um den Stand zu betreuen. Er ist eine Sackgasse. Der ganze Ausflug war eine.

Ich unterdrücke ein Schluchzen. Der Wind nimmt zu. Alte Zeitungen wirbeln in Böen durch die Luft. Ein Luftstoß trägt den Geruch von Patschuliöl zu mir.

„Foxfire?" Sunny nähert sich. „Ich habe gerade Tank gesehen – er hat ein gebrauchtes Motorrad von der Werkstatt gekauft und ist auf dem Weg zurück nach Tucson. Ist alles in Ordnung?"

Ich breche in Tränen aus.

~.~

ZURÜCK IN UNSEREM Hotelzimmer erzähle ich ihr alles. Alles mit Ausnahme natürlich der Kleinigkeit, dass wir Gestaltwandler sind. Sie schneidet eine Grimasse, als ich ihr Johnnys Familie beschreibe, aber wirkt nicht überrascht. „Er hat mir ein wenig von ihnen erzählt. Genug, dass mir klar wurde, dass ich sie nie kennenlernen will. Alle arbeiteten in dem Familiengeschäft, hatten keine Ziele außerhalb dessen. Die Männer waren dominant, die Frauen eingesperrt. Sehr steife Gesellschaft, sehr patriarchalisch. Dein Vater war überhaupt nicht so."

Ich zeige ihr den Geldbeutel und sie lächelt über das Foto von Johnny.

„Ich hab das hier gefunden." Ich ziehe den Schlüssel heraus. „Ich weiß nicht, was er öffnet, aber er hat ihn zurückgelassen, als er verschwand." Oder geholt wurde. Ich weiß nicht viel über die Gestaltwandlergesellschaft, aber wenn sein Clan denkt, dass er entführt wurde, glaube ich ihnen. Immerhin ist er zuvor schon umhergestreift, als er meine Mutter kennenlernte. Das hier klingt anders.

„Der öffnet vermutlich ein Postfach", sinniert Sunny. „Alles, das er mir geschickt hat, kam von einer Poststelle hier. Ich hab sie bereits besucht – sehr nette Leute. Sie erinnern sich an Johnny."

„Haben sie ihn gesehen?"

„Nicht seit Anfang letzten Jahres."

Als ich den Schlüssel wieder an mich nehme, kann ich das Gefühl von Grauen nicht abschütteln. Mein Vater verschwand und hinterließ seinen Geldbeutel in einer Geldkassette. Vielleicht hatte er vor, zurückzukehren, und hat ihn dort zur sicheren Aufbewahrung deponiert. Oder vielleicht auch nicht.

„S-sollen wir…" Ich stolpere über die Worte, weil es sich anfühlt, als würde ich mit ihnen anerkennen, dass Johnny wirklich fort ist. Für immer. „Sollen wir nachsehen, was der Schlüssel öffnet?"

„Ich denke, dein Vater hat ihn zurückgelassen, damit ihn jemand findet."

~.~

PAPIERE, Papiere und noch mehr Papiere – alles von handgeschriebenen Notizen bis hin zu fotokopierten Zeitungsartikeln. Mein Vater war kein Fuchs, er war ein Hamster.

Meine Enttäuschung vor Sunny verbergend, schütte ich den Inhalt in eine Box, die uns die netten Postmenschen geben, und kehre ins Hotel zurück. Wir breiten alles auf dem Bett aus und ich esse meine Essensreste von gestern Abend, während Sunny sie durchsieht.

„Interessant", sagt sie. „Das sieht wie… Nachforschungen aus. Eine Art Projekt."

Eine Zeitungsschlagzeile fällt mir ins Auge. „Vermisste Mutter", lese ich vor. „Und hier ist noch eine. Vermisster Ortsansässiger."

Ich öffne das Notizbuch meines Vaters und finde eine dazugehörige Liste. Name, Datum und ein Tiername. Ich lese einige, bevor ich realisiere, was das Tier bedeutet.

Grizzly, Löwe, Adler, Rabe – sie sind Arten von Gestaltwandlern.

„Johnny hat das Verschwinden von Leuten erforscht", stellt Sunny fest und beginnt die Zeitungsausschnitte auf einer Seite zu stapeln. Am Ende sind es über dreißig und es sind noch ein paar mehr auf der Liste im Notizbuch vermerkt.

Nicht nur vermisste Leute. Vermisste Gestaltwandler.

Die Füchse hatten recht. Gestaltwandler verschwinden. Und mein Vater sammelte Beweise dafür.

„Was ist das?" Sunny hebt ein Blatt hoch, das von einer Art Karte kopiert wurde. Johnny skizzierte einige Rechtecke darauf, einige große, manche klein, alle mit Beschriftungen in seiner ordentlichen Handschrift.

„Hauptlagerhaus, Käfigbereich, Labor eins, Labor zwei", liest Sunny vor.

„Ein Gelände", sage ich, während ich die Karte mit den Notizen meines Vaters vergleiche. „Es ist in der Nähe der Grenze zu Arizona, gerade außerhalb des Ute Mountain Reservation. Sieht nach völliger Wildnis aus." Ich hole mein Handy hervor und schaue die Koordinaten nach, doch Google Earth zeigt keine Gebäude an. „Es ist eine geheime Einrichtung." Ich hebe den Kopf und begegne den weit aufgerissenen Augen meiner Mutter. „Dort landen die vermissten Leute. Siehst du?" Ich blättere zum Ende des Notizbuches, wo Johnny Daten und Notizen zu Trucks notiert hat, die in das Gelände rein und raus fuhren. Er hat sogar die Nummernschilder notiert. „Lieferung, 26. Oktober. Er fand diesen Ort und spionierte ihn ein Jahr lang aus." Ich deute auf das letzte Datum. 24. April letztes Jahr.

„Er dachte, dass dort etwas nicht mit rechten Dingen zugeht, und das Gelände war der Nullpunkt.“

„Was heißt das?“

„Johnny ist nicht einfach weggelaufen. Genauso wenig wie diese vermissten Leute. Wenn seine Notizen korrekt sind, lösen sie sich nicht einfach in Luft auf.“

„Sie werden entführt.“

# KAPITEL FÜNFZEHN

ank

DAS MOTORRAD WAR HALB VOLLGETANKT, weshalb ich einige Stunden fahre, ehe ich einen Boxenstopp einlege. Bevor ich wieder auf die Straße fahre, simse ich Garrett und einigen anderen. Anscheinend hatten sie ein Abenteuer in Mexiko, aber sie sind jetzt alle sicher zu Hause. Sie werden allen auf dem Rudeltreffen von ihren Erlebnissen erzählen und ich gebe ihnen Bescheid, dass ich rechtzeitig dafür zurück sein werde. Ich werde den ganzen Tag ohne Pause fahren und nur zum Tanken anhalten. Werde der Straße und frischen Luft erlauben, die Erinnerung der letzten Tage, an schräge Hippie-Menschen und Fuchsdamen mit *Looney Tunes* Haaren abzuschütteln.

Foxfire. Fuck.

Dad hatte recht. Frauen sind verrückt.

Ich weiß nicht einmal, was dort vorhin passiert ist, aber

es fühlt sich an, als wäre ein Güterzug direkt durch meine Brustmitte gerast.

Als ich zum Tanken anhalte, schalte ich mein Handy an. Einige verpasste Anrufe, die neuesten von einer unbekannten Nummer und meinem Dad. Ich rufe ihn zurück.

„Sohn?" Die Stimme meines Dads klingt angespannt. Natürlich, mein Rudel hatte mit einigen Problemen zu kämpfen und obwohl ich nicht involviert war, hat er mich nicht an die Strippe gekriegt.

„Yeah, Dad. Ich bin's. Ich bin auf dem Weg zurück nach Tucson."

„Ist alles in Ordnung?"

„Yeah." Ich reibe mir übers Gesicht und fühle mich einhundert Jahre alt. Mein Wolf schweigt, als wäre er krank. Ich frage mich, ob sich mein Dad so fühlte, als meine Mom weglief. Ein Verlust wie der eines Gliedmaßes. „Ich bin allein."

Er zögert.

„Ich habe einen Fehler gemacht", erzähle ich ihm. „Aber es ist zum Besten. Ich werde bald wieder bei meinem Rudel sein."

„Sohn." Er räuspert sich. „Es tut mir leid, dass es nicht funktioniert hat. Ich habe vorhin mit deiner Frau gesprochen."

„Yeah?" Foxfire erwähnte, dass sie mit ihm geredet hatte.

„Ich war vielleicht harscher zu ihr, als ich hätte sein müssen. Ich habe nur versucht, dich zu beschützen."

„Was hast du gesagt? Nein, es spielt keine Rolle. Der Paarungsinstinkt – du hattest recht. Er ist wirklich stark."

„Du... war sie deine Gefährtin?"

„Yeah." Es ist vollkommen verkorkst, aber es lässt sich nicht leugnen, wie mein Wolf für Foxfire empfindet. Wie ich empfinde.

„Das wusste ich nicht", brummt mein Vater.

„Welche Rolle spielt es schon? Paarungsinstinkte bringen einen Wolf durcheinander. Das hast du mir immer gepredigt." Der Tank meines Motorrades ist voll. Wenn ich jetzt weiterfahre, kann ich Tucson noch rechtzeitig zu dem Treffen erreichen. „Wie auch immer, ich muss los –"

„Sohn, es gibt da etwas, das du wissen solltest. Deine Mutter –"

„Sie verriet das Rudel. Sie verriet dich."

„Sie war nicht meine Gefährtin."

„Was?"

„Wir waren dumm und verliebt. Sie wollte, dass ich sie markiere. Aber mein Wolf… er wusste es. Ich versuchte alles, damit es funktionierte."

„Meine Mom war nicht deine Gefährtin?" Mir dreht sich der Kopf. „Aber ich dachte –"

„Ich habe dir gesagt, dass du dich vor dem Paarungsinstinkt in Acht nehmen sollst. Aber im Nachhinein ist mir klargeworden, dass ich ihn bei deiner Mutter nie verspürte. Der Fehler, den ich machte – der geht auf meine Kappe."

Ich weiß nicht, was ich sagen soll.

„Ich habe mein Bestes gegeben, dich richtig zu erziehen", spricht mein Dad weiter. „Ich tat, was ich konnte. Aber du bist jetzt ein Mann. Du kannst deine eigenen Entscheidungen treffen. Und wenn dein Wolf beschließt, dass es an der Zeit ist, sich eine Gefährtin zu nehmen, selbst wenn sie eine Füchsin ist…"

„Gestaltwandler mischen sich nicht. Das hast du mir immer erzählt."

„Ich weiß es nicht. Die Zeiten ändern sich. Dein eigener Alpha hat sich gerade eine menschliche Gefährtin genommen –"

„Was?" Mein Handy piept wegen einer verpassten Sprachnachricht und ich kann es nicht ertragen, mir noch mehr anzuhören. „Dad, ich muss Schluss machen."

„In Ordnung, Sohn. Sei vorsichtig."

Die letzten paar Tage waren verrückt und schon wird meine Realität erneut auf den Kopf gestellt. Mein Dad hat gerade angerufen und mir erzählt, dass es okay ist, sich eine Gefährtin zu nehmen. Ich mag nicht seinen Segen haben, aber wenigstens wird er mich nicht verstoßen.

Zumindest nicht bis er Foxfires Frisur sieht und ihre Mutter kennenlernt.

Mein Handy piept erneut ungeduldig und ich drücke auf den Knopf, um meine Nachrichten abzuhören.

Eine leise Stimme beginnt, zu reden, und ich muss die Lautstärke höher stellen. „Hier ist Jordy. Dachte, du würdest es wissen wollen… Foxfire und ihre Mom kamen vorbei." Ich verspanne mich. „Sie hatten einen Haufen Beweise zu den vermissten Gestaltwandlern und einen Ort –"

Ein Haufen Biker fährt heran und ihre Harleys übertönen Jordys Geflüster. Ich marschiere zum Rand des Parkplatzes, um etwas Ruhe zu haben. „Die Älteren weigerten sich, ihnen zu helfen. Wir packen gerade alles zusammen. Dieser Ort ist nicht mehr sicher für uns." Eine Pause. „Versuch nicht, mich unter dieser Nummer zu erreichen. Wir werden fort sein, bevor Foxfire zu dem Gelände geht, wo die vermissten Gestaltwandler wahrscheinlich festgehalten werden. Sie sagte, du wärst gegangen, und ich weiß, dass sie deine Gefährtin ist. Ich dachte nur, du würdest es wissen wollen."

Ich höre mir die Nachricht noch zwei weitere Male an und drücke anschließend auf die Wahlwiederholungstaste. Und tatsächlich, die Nummer ist nicht mehr belegt.

Fuck.

Ich wähle Foxfires Nummer. Der Anruf landet auf der Mailbox.

„Foxfire. Ruf mich an." Ich texte ihr auch noch und rufe noch mal an, wobei ich „Ruf an, ruf an, ruf an." skandiere.

„Hallo?" Beim Klang ihrer Stimme hebt mein Wolf seinen Kopf.

„Wo bist du?", knurre ich.

Sie sagt nichts.

„Ich habe gerade einen Anruf von Jordy erhalten. Sie sagte, du hättest mehr über die vermissten Gestaltwandler herausgefunden, einschließlich eines Ortes, an dem sie vielleicht festgehalten werden. Also werde ich noch einmal fragen, wo bist du?"

„Was interessiert es dich?"

Das ignoriere ich. „Sag mir nicht, dass du bei dem Gelände bist."

Schweigen.

„Foxfire." Mein Handy knackt, so fest packe ich es. „Dein Vater ist verschwunden. Wenn er entführt wurde, dann sind diese Leute gefährlich."

„Das weiß ich. Ich bin nicht dumm."

„Was wirst du also tun?"

Schweigen.

„Foxfire –"

„Ich werde bis zur Dunkelheit warten und mich dann reinschleichen." Ich höre ein leises Knacken. Meine Handyhülle. Ich lockere meinen Griff. „Was, wenn es Wachen gibt?"

„Ich werde ein Feuer machen und den Feueralarm auslösen."

„Ein Feuer machen?"

„Ja, nur ein kleines."

„Brandstiftung ist kein Plan." Meine Stimme ist so ein tiefes Knurren, dass sie beinahe nicht zu erkennen ist. Ich zwinge mich, mich zu beruhigen, bevor ich mich noch verwandle und Amok laufe. „Baby, bleib einfach, wo du bist. Ich bin bald da."

„Nenn mich nicht so. Ich bin nicht dein Baby. Und ich will definitiv nicht deine Verantwortung sein. Ich kann auf mich selbst aufpassen – das habe ich schon immer getan."

*Verantwortung?* Ich weiß nicht, wovon zum Henker Foxfire spricht, aber wir haben keine Zeit, das jetzt zu diskutieren.

„Gib mir die Adresse, Foxfire. Bring dich nicht in Gefahr. Oder deine Mom. Ich komme zu dir." Ich schwinge mich auf mein Bike, bereit, loszufahren. „Sag mir, wo du bist."

„Geh nach Tucson, wo du gebraucht wirst. Ich will nicht, dass du deinem *Drang*, dich um mich zu kümmern, folgst." Sie legt auf.

Ich lege den Kopf in den Nacken und jaule zum Himmel hinauf. Als ich fertig bin, starren mich die Harley-Fahrer alle an. Ich fauche sie an und stecke mein Handy in meine Tasche. Mein Motorrad hinterlässt Spuren auf dem Asphalt, als ich davonrase.

Einige Meilen die Straße hinab beginne ich klar zu denken. Sie hatte in den vergangenen Stunden Zeit, die Füchse zu besuchen und dann zu dem Gelände zu gehen, wo auch immer das ist. Wenn mir diese Älteren jemals wieder über den Weg laufen, werde ich sie einen Kopf kürzer machen, weil sie sie ohne Schutz zurückgelassen haben.

*Du hast sie als Erster verlassen*, erinnert mich mein Wolf. Und er hat recht. Und jetzt will Foxfire nicht einmal, dass ich komme. Nicht, dass ich mich davon aufhalten lassen werde. Diesen Fehler werde ich nie wieder machen.

Ich fahre erneut vom Highway und mache einen Anruf. Jackson hebt beim ersten Klingeln ab.

„Tank?"

Ich erzähle ihm meine Nachrichten in aller Eile. Jackson ist ein Werwolf und ihm gehört eine Systemsicherheitsfirma, die über eine Milliarde wert ist. Oh, und seine Frau ist eine der besten Hackerinnen der Welt. Ich habe ihn und Kylie bereits gebeten, mir dabei zu helfen, Foxfires Dad aufzuspüren. Ihnen alles zu erklären, dauert nicht lange.

„Was brauchst du?", fragt Jackson. „Ich habe Kylie hier."

„Hey, Tank", dringt eine fröhliche Stimme durch die Leitung. Kylie ist jung für eine solch brillante Hackerin, ein hübscher Nerd, mit der sich Jackson beinahe sofort gepaart hat, nachdem er sie sah. Laut Trey ist sie ein Nerd mit einem Hammerkörper. Wir sagten Trey, dass er das niemals Jackson ins Gesicht sagen sollte, außer er will frühzeitig unter der Erde landen. Jackson mag nicht unser Alpha sein, aber er hat es definitiv in sich, ein Alpha zu sein.

„Danke für all die Arbeit, die du in das Ganze steckst", sage ich rasch, wobei ich so viel Respekt, wie ich kann, in meinen Tonfall lege. „Du hast keine Ahnung, was es mir und meiner Gefährtin bedeutet."

„Kein Problem." Ihre Wärme dringt durch das Telefon. „Ich bin froh, dass ich helfen kann. Aber es gibt da etwas, das du wissen solltest. Ich habe ein wenig gegraben – nicht zu viel. Jackson will nicht, dass mir das FBI wieder im Nacken sitzt."

Jackson brummelt etwas, das ich nicht höre.

„Ich bin ziemlich tief in einige… illegale Kanäle vorgedrungen. Eine Art Stellenbörse für Kriminelle."

„Okay", sage ich, als würde ich ihr folgen. Was ich nicht tue.

„Foxfires Name war dort. Genauer genommen, ein schlecht bezahlter Job, sie zu fangen und an einen anderen Ort zu transportieren – ein Entführungsbefehl."

Schauder jagen mein Rückgrat hoch und runter.

„Es war ein Kopfgeld auf sie ausgesetzt. Eintausend Dollar, wenn sie lebendig abgeliefert wird."

„Was hast du gesagt?"

Kylie wiederholt es, aber ich höre kaum zu. Der Gangster an ihrer Tür. Die Mafiamänner, die ihre Mutter aufgemischt haben. Es ging nicht um Sunny. Sie waren hinter Foxfire her.

„Tank? Bist du noch dran?"

„Yeah. Gib mir einen Moment."

Es gibt Leute, die sich Gestaltwandler schnappen.

Johnny war dem auf der Spur und wurde entführt. Und jetzt sind sie hinter Foxfire her. Warum?

Mein Handy vibriert wegen einer einkommenden SMS. Ich starre sie eine Sekunde an, bevor ich registriere, was ich mir da anschaue.

„Dachte, du brauchst das vielleicht. – Sunny." Gefolgt von einer Adresse. Keine Straßenadresse, sondern nur Längen- und Breitengrade. Was auch immer daraus werden wird, Foxfires Mutter ist auf meiner Seite. Fuck sei Dank für die Königin des La La Landes.

„Wartet kurz", sage ich. „Ich habe eine Adresse." Ich lese Jackson die Koordinaten vor.

„Dort ist nichts", sagt Kylie nach wildem Tippen. „Oh warte. Da war etwas – ein Gebäude oder einige von ihnen. Aber es sieht so aus, als wäre das Bild aktualisiert worden, damit dort nichts zu sehen ist."

„Was heißt das?"

„Irgendetwas ist dort faul. Sehr, sehr faul", sagt Kylie. „Ich bin dran."

„Ich fahre los", informiere ich sie. „Ich glaube, Foxfire ist in Gefahr."

„Wir werden an dem hier arbeiten und uns melden", verspricht Jackson, bevor sie sich verabschieden.

Ich brenne darauf, wieder auf die Straße zu kommen, aber es gibt noch einen Anruf, den ich machen muss. Ich rufe meinen Alpha an.

„Hey, Tank, was ist –"

„Ich brauche Verstärkung", unterbreche ich ihn und beeile mich, die geschockte Stille zu füllen, die darauf folgt. Garrett weiß, dass ich ihn nicht ohne guten Grund unterbrechen würde. „Foxfire ist eine Fuchsgestaltwandlerin. Ihr Vater war auch einer und er wird vermisst. Ihre Sippe wird nicht nach ihm suchen. Sie sagen, er wurde von Gestaltwandlern entführt. Sie haben seinen Geruch zu einem Lagerhaus verfolgt und Foxfire steht kurz davor, dort einfach reinzuspazieren."

„Gestaltwandler-Entführer?"

„Foxfires Dad hat Nachforschungen zu ihnen angestellt, bevor er vor einem Jahr ebenfalls verschwand. Foxfire hat das herausgefunden und jetzt wird sie dort weitermachen, wo er aufgehört hat." Ich schlucke. Mein Alpha wird mich jetzt jede Sekunde unterbrechen und mich nach Hause bestellen. „Ich weiß, das klingt verrückt, aber ich denke, wir sollten helfen. Ich werde es tun, was auch immer du beschließt." Offener Ungehorsam kommt bei Wölfen nicht gut an. Vielleicht werde ich sogar rausgeworfen.

„Foxfire ist eine Füchsin", sagt Garrett langsam.

„Yeah."

„Und ihr Dad wurde entführt."

„Vor einem Jahr. Er lebt vielleicht gar nicht mehr." Ich will meinem Alpha gerade sagen, dass ich Schluss machen muss und mich später den Konsequenzen stellen werde, als Garrett flucht.

„Wir hatten mit diesen Schweinen in Mexiko zu tun. Was auch immer du tust – töte nicht alle."

„Was?"

„Bring deine Frau in Sicherheit. Dann ruf mich an. Warte – Amber hat etwas zu sagen."

Ich brauche eine Sekunde, bis mir einfällt, wer Amber ist. Foxfires Freundin. Der kleine Mensch, um den Garrett herumscharwenzelt ist. Mein Dad sagte, mein Alpha hätte sie als seine Gefährtin beansprucht.

„Tank", erklingt Garrett wieder in der Leitung. „Du musst jetzt losfahren. Amber ist eine Hellseherin und sie sagt, dass du keine Zeit zu verlieren hast. Wenn du nicht bis zur Dämmerung dort bist, wird Foxfire in Schwierigkeiten stecken."

oxfire

ICH HEBE das Fernglas an meine Augen und lasse den Blick erneut die Grenze des Geländes entlangschweifen. Ich bin oben in einem Baum und versuche, das Gelände aus der Ferne auszuspionieren. Wir sind auf einem Hügel etwas entfernt davon. Nicht perfekt, aber der beste Aussichtspunkt, den ich finden konnte, ohne so nah an das Gelände ranzukommen, dass ich erwischt werden könnte.

„Keine Bewegungen", murmle ich. Bisher hat sich der Ort als ziemlich langweilig erwiesen. Dort drinnen sind einige Autos, aber sie sind dort schon den ganzen Tag und abgesehen von einigen Wachen, die jede Stunde patrouillieren, habe ich keinerlei Anzeichen von anderen Personen gesehen.

Heute fahren keine Vans rein und raus, wie es mein Vater in seinem Notizbuch notiert hat. Ich vermute, das ist etwas, worüber ich mich freuen sollte. Keine Vans bedeuten, keine Lieferungen. Keine entführten Gestaltwandler.

Ich klettere nach unten und vermerke eine Notiz im Notizbuch meines Dads, da ich dort weitermache, wo er aufhörte. Der letzte Eintrag ist so lange her. Ich bemühe mich, mir nicht auszumalen, was das bedeuten könnte.

Sunny sitzt im Schneidersitz vor Daisy. Ich rechne damit, dass sie meditiert, aber stattdessen beobachtet sie mich mit gerunzelter Stirn.

„Ich habe noch nichts gesehen. Ich werde ein bisschen herumwandern und schauen, ob ich näher rankommen kann." Ich brauche mehr Informationen, wenn ich dort heute Nacht einbrechen will.

„Denkst du, dass ist weise?"

„Hast du einen besseren Plan?"

Sie presst ihre Lippen zusammen.

„Nein", lege ich mein Veto ein, noch bevor ich weiß, was sie sagen wird.

„Süße, wirklich, wir müssen über Tank reden."

„Da gibt es nichts zu bereden. Er ist gegangen."

„Ich kann sehen, dass du leidest. Er hat dir etwas bedeutet."

„Wir haben uns erst vor ein paar Tagen kennengelernt." Ich kann nicht fassen, dass ich ihn erst seit Samstag kenne. Es fühlt sich an, als hätte ich seitdem mehrere Lebzeiten durchlebt. „Ich kenne ihn kaum."

„Er macht sich Sorgen um dich. Du bist ihm auch wichtig."

Wenn ich ihm wichtig bin, warum ist er dann gegangen? Ach ja, weil ich es ihm befohlen habe. Weil er nicht zu mir gehört. „Wir passen nicht zusammen, Mom. Das ist alles."

„In Ordnung, Schätzchen. Ich bin mir sicher, du weißt es am besten."

„Jepp. Ich will ihn nie wieder sehen."

Sunny holt scharf Luft, als wolle sie gleich etwas sagen.

„Was, Mom?"

„Die Sache ist die… ich habe ihm vielleicht verraten, wo wir sind."

Ich fluche und werfe einen Blick auf mein Handy. Mein Empfang ist nicht gut, weshalb ich wieder auf den Baum klettere. Und natürlich habe ich einen Haufen verpasster Anrufe, manche von Amber. Plus eine SMS von Tank.

„Bleib, wo du bist. Ich komme. Ich habe einen Plan für einen Einbruch heute Nacht. *Geh nicht allein rein.*"

~.~

*Tank*

IN DER DÄMMERUNG erreiche ich das Gelände. Ich drossle die Geschwindigkeit meines Bikes und halte nach einer Straße Ausschau. Und tatsächlich gibt es eine, die sich genau dort durch die Bäume windet, wo die Koordinaten den versteckten Bereich anzeigen.

Ich fahre daran vorbei und kehre zurück, woraufhin ich von der Straße fahre und mein Motorrad zwischen den Bäumen verstecke.

Ich schaue auf meinem Handy nach einer SMS von Foxfire. Nichts. Ich sagte ihr, dass ich einen Plan hätte, aber das war ein kleiner Bluff. Mein Plan ist nicht viel besser als ihrer – sich an das Gelände heranschleichen, einbrechen und herumschnüffeln. Der einzige Unterschied ist, dass es mir lieber wäre, wenn ich derjenige in Gefahr bin und nicht sie.

Als Nächstes wähle ich Jackson und Kylies Nummer.

„Tank?", meldet sich Kylie.

„Ich bin hier", sage ich leise. „Ich bin ungefähr eine viertel Meile von dem Gelände entfernt in den Wäldern."

„Gut. Harre dort aus. Sam wird dir zur Hilfe eilen. Er sollte jetzt bei deinen Koordinaten ankommen."

Ich sehe mich in dem dunklen Wald um. „Woher kennst du meine Koordinaten?"

„Ich habe dein Handy gehackt", erklärt sie ungeduldig. „Er sollte jede Minute da sein. Er kann dir bei dem Einbruch helfen und die Daten besorgen, die ich brauche."

„Was –", fange ich an und wirble bei einem leisen Geräusch mehrere hundert Meter zu meiner Rechten herum. Ich rieche ihn, bevor ich ihn sehe.

„Er ist da", informiere ich Kylie.

„Er wird dir alles erklären. Ruf mich nicht wieder an, außer du benutzt ein Wegwerf-Handy." Sie legt auf.

„Sam."

Sam ist ein junger Wolf, der ein Barkeeper im Club Eklipse ist, aber kein vollständiges Mitglied von Garretts

Rudel, da er an Jackson gebunden ist, der ein einsamer Wolf ist.

„Tank." Er nickt und weicht meinem Blick leicht aus. Ich bin dominanter als er. Wenn ich die Geschichte richtig im Kopf habe, nahm Jackson ihn als Teenager-Ausreißer auf. Er hatte ihn in Wolfgestalt auf einem Berg gefunden – wo er wild umherrannte. Er hatte das schon seit Monaten getan. Hätte Jackson ihn nicht aufgespürt und gezwungen, sich zu verwandeln, hätte Sam seine Menschlichkeit für immer verloren. Wie es aussieht, ist er jedoch immer noch ein Einzelgänger. Klug, aber bleibt für sich, sogar in einer Menschenmenge. Ich bin überrascht, dass Kylie ihn geschickt hat. Normalerweise sind dominantere Wölfe besser im Kampf.

„Kylie sagt, du kennst den Plan?"

Er nickt. „Garrett und Jackson haben ihn ausgearbeitet."

„Garrett?"

„Er hat kurz nach dir angerufen. Sie haben sich alles ausgedacht und mich geschickt."

Sam musste diesem Ort näher gewesen sein als ich, wenn er so schnell hierherkommen konnte. Ich verschwende keine Zeit damit, mich danach zu erkundigen.

„Was werden wir tun?"

„Es gibt ein Hauptgebäude. Wir werden bis 21:00 Uhr warten und uns durch ein Loch im Zaun reinschleichen. Ich habe Bolzenschneider. Du suchst nach irgendwelchen gefangenen Gestaltwandlern, während ich ihr Intranet hacke und ein Maulwurfprogramm installiere, damit Kylie auf ihre Systeme zugreifen kann."

„Du weißt, wie man so etwas macht?“

„Ich wohne mit Jackson King zusammen.“

„Alles klar.“ Ich strecke meine Hand aus. „Ich brauche dein Wegwerf-Handy.“

~.~

*FOXFIRE*

NACH DEM SONNENUNTERGANG sinkt die Temperatur schnell. Ich wünsche mir, ich hätte daran gedacht, Essen einzukaufen, mehr als nur Müsliriegel.

Irgendetwas vibriert und ich erschrecke. Mein Handy ist ausgeschaltet, damit sich der Akku in diesem Gebiet mit schlechtem Empfang nicht zu schnell entleert. Meine Mom streckt mir ihres entgegen.

„Es ist Tank.“

Ich seufze, aber nehme es an. Dass sie hier oben überhaupt Empfang hat, ist ein kleines Wunder.

„Was willst du?“

„Wo bist du?“

„Meine Mom hat dir das schon erzählt, oder nicht? Du hast eine gute Nase. Finde es selbst raus. Aber wenn ich so darüber nachdenke“, füge ich hastig hinzu, „probiere es erst gar nicht. Ich will dich nicht sehen.“

„Hast du immer noch vor, einzubrechen?“

„Mein Dad könnte dort drin sein. Oder, ich weiß nicht,

vielleicht auch nicht. Er könnte tot sein. Ich bin nicht naiv. Ich will nur Antworten."

„Ich werde sie für dich besorgen. In einer Stunde breche ich in das Gelände ein."

Ich umklammere das Handy. „Das wirst du?"

„Yeah, wir haben einen Plan. Ich bin mit einem anderen Gestaltwandler hier, einem Hacker. Er weiß, wie er auf ihre Dateien zugreifen kann. Ich gehe rein und stehe Schmiere, während er ihr System hackt. Ich werde nach deinem Dad suchen."

„Wenn er dort ist, wirst du ihn befreien?"

„Selbstverständlich."

„Warum?"

„Weil er dein Dad ist. Ich habe das Rudel angerufen und ihnen gesagt –"

„Du hast das Rudel angerufen?" Mein Herz pocht heftiger.

„Yeah."

Ich kann es nicht fassen. Er hat das Rudel für mich angerufen.

„Du musst deine Mom nehmen und von diesem Ort wegfahren. Foxfire, ich meine es ernst. Ich muss dich an einem sicheren Ort wissen."

„Ich bin in Sicherheit."

„Du bist in einem VW Bus, der lila gestrichen und mit gelben Blumen bemalt ist."

„Tatsächlich ist es knallgelb mit lila Blumen."

„Foxfire –"

„Okay, okay. Ich verspreche, dass ich in Sicherheit sein werde."

„Versprich mir, dass du nicht versuchen wirst, das

Gelände zu stürmen."

„Das werde ich nicht tun. Ich werde mich davon fern-
halten. Nur… Tank?"

„Yeah, Baby?"

„Pass auf dich auf. Okay?"

„Baby", sagt er sanft, bevor er auflegt.

 ank

ES IST STOCKDUNKEL, als Sam und ich bei dem hohen Maschendrahtzaun ankommen, der oben mit Stacheldraht versehen ist und das Gelände umgibt. Es gibt einige kleinere Außengebäude, aber die zwei Autos auf dem Parkplatz festgefahrener Erde stehen vor dem großen Hauptgebäude.

„Dort ist der Serverraum", zeigt Sam.

„Woher weißt du das?"

„Kylie hat einen Satelliten gehackt, um an aktuelle Bilder ranzukommen."

Ich setze sie im Kopf auf meine *bloß nie verärgern* Liste und gehe zum Warten in die Hocke. Es gibt eine Hütte, die mit einigen Wachen besetzt ist, die Automatikwaffen tragen, um jeden daran zu hindern, die Straße zu passieren. Der Großteil ihrer Security-Maßnahmen beruht darauf, dass sie auf keiner Karte zu finden sind. Ihr Fehler, unser Glück.

Ich versuche, mir ein Geruchsbild von dem Ort zu machen. Er riecht nach Gestaltwandlern, aber nicht nur nach einer Art. Wolf und einige andere, mit denen ich nicht vertraut bin. Kein Fuchs.

Zwei Männer laufen aus dem Gebäude und zu den Autos.

Sam hat Waffen für uns mitgebracht – komisch geformte schwarze Pistolen. „Betäubungspistole", erzählt er mir. „Garrett will keine Toten." Ich lege meine Hand darauf ab, während wir warten.

„In Ordnung", sagt Sam, als das letzte Auto an der Wachhütte vorbeirollt. Wir kriechen zur Rückseite des Geländes und er zieht Handschuhe an, um den Bolzenschneider zu benutzen.

„Warte." Ich deute auf ein Zeichen, das auf elektrischen Strom hinweist.

„Der ist ausgeschaltet", sagt Sam. „Ich weiß nicht, warum. Er wurde vermutlich gebaut, um Gestaltwandler einzusperren, anstatt sie auszusperren."

„Vielleicht ist im Moment niemand dort drin, den sie einsperren müssen." Ich hoffe, dass das nicht stimmt. Das würde nichts Gutes für Foxfires Dad verheißen.

Wir krabbeln durch das kleine Loch, das Sam macht. Er zieht es hinter uns zu, sodass eine Wache den Einbruch nicht bemerken wird. Von dort ist es nur ein kurzer Sprint zur Rückseite des Hauptgebäudes. Der Geruch von Gestaltwandlern ist hier viel stärker und mischt sich mit einer Vielzahl anderer Gerüche: Bleiche, Chemikalien und

Reinigungsmittel über dunkleren Gerüchen. Blut. Fell. Angst.

Im Schutz der Dunkelheit erreichen wir eine Tür. Ich stehe Wache, während Sam in die Hocke geht, um das Schloss zu knacken. Ich stoppe ihn, bevor er die Tür öffnet.

„Alarm?"

Sam schüttelt den Kopf. „Sie denken, sie sind hier in Sicherheit."

Ich halte die Luft an, als er die Tür öffnet, aber nichts wird ausgelöst. „In Ordnung. Mach schnell. Finde den Serverraum."

Wir folgen unseren Nasen durch einen widerlich stinkenden Korridor. Die scharfen Reinigungsmittel, die zum Einsatz kommen, um dieses Gebäude zu reinigen, betäuben beinahe meine Nase, aber Sam scheint genau zu wissen, wohin er geht. Ich folge ihm, wobei ich mir einige Abzweigungen ins Gedächtnis einpräge, bis er zu einem ruhigen Büro gelangt, das mit ausgeschalteten Maschinen gefüllt ist.

„Hier." Er zieht einen Stuhl zu einem Computer. „Das wird einige Minuten dauern."

Ich drücke mich an der Tür herum und halte Wache. Die Wachen sollten dieses Gebäude regelmäßig patrouillieren. Meine Hoffnung ist, dass sie selbstgefällig sind. Bisher sind sie das. Ich würde es hassen, mit ihnen in einen Feuerkampf verwickelt zu werden. Unsere Waffen wären keine Gegner für ihre. Vor allem nicht, wenn die Wachen daran gewöhnt sind, Gestaltwandler zu bezwingen.

Sams Gesicht wird gruselig von dem Bildschirm beleuchtet.

„Wie lange noch?", frage ich.

„Ich bin drin. Zehn Minuten."

Gerade genug Zeit für mich, das Gebäude zu durchsuchen und nachzuschauen, ob Johnny hier ist. „Bin gleich zurück."

Ich schleiche durch den Gang und folge meiner Nase um einige Biegungen. Es liegt ein Tiergeruch in der Luft, den nicht einmal ein Desinfektionsmittel übertünchen kann. Welche Art von Gestaltwandler kann ich jedoch nicht sagen.

Ich erreiche ein Treppenhaus und öffne die Tür langsam. Der Gestaltwandlergeruch trifft mich mit voller Wucht zusammen mit dem Geruch von Blut und Scheiße. Durch meinen Mund atmend, steige ich die Treppe nach unten. Ein Kribbeln rast mein Rückgrat hoch und runter, als ich den Keller betrete. Auf der anderen Seite der Tür befinden sich große Käfige. Der Geruch ist sogar noch stärker. Das ist der Ort, an dem sie ihre Geheimnisse aufbewahren.

Im Inneren schleiche ich zwischen den Reihen leerer Käfige hoch und runter. Es gibt mehrere abgetrennte Zimmer voll von ihnen, wovon jeder ein wenig anders riecht. Andere Gestaltwandler, würde ich vermuten. Jeder Raum zweigt von dem Zentralraum ab, der ein Labor voller Regale mit Reagenzgläsern, Computern und Tischen mit schweren Fesseln ist. Der Geruch von Angst ist hier am stärksten. Ich würge und verlasse den Raum.

Eine weitere Runde durch den Keller und ich erreiche eine Wand mit kleinen Türen, die zu Zellen führen. Ich werfe in jede einen Blick und verlasse mich darauf, dass mir meine Nase sagt, ob dort irgendjemand lebt. Am Ende gibt es einige, die kein Fenster zum Reinschauen haben. Ich versäume beinahe, diese Zellen zu überprüfen, als mein Fuß gegen den Schreibtisch in der Nähe knallt und ein Gerät zum Leben erwacht. Auf dem Bildschirm ist ein dunkler Raum zu sehen. Eine Kamera in einer der Zellen. Während ich zuschaue, bewegen sich die Schatten. In der Dunkelheit leuchten zwei helle Augen.

Hier drinnen ist nur ein anderes Wesen abgesehen von mir. Ein Gestaltwandler. Ein Gefangener.

Ich gehe zur Tür und klopfe an. „Hey. Lebt noch irgendjemand hier drinnen?"

Ich warte einige Minuten. Nichts. Ich muss zurück nach oben zu Sam. Ich will gerade gehen, als ein Knurren meinen Wolf in höchste Alarmbereitschaft versetzt.

„Wer will das wissen?", fragt eine tiefe Stimme.

„Ich bin ein Freund. Ich suche nach einem Fuchsgestaltwandler. Dem Vater meiner Gefährtin."

„Bist du ein Gefangener oder einer von ihnen?"

„Weder noch. Ich bin hier, um dich zu befreien." Das ist die Wahrheit. Der Plan ist, alles auszukundschaften und auf das Rudel zu warten, um innerhalb der nächsten Nächte eine richtige Rettungsmission durchzuführen. „Wir werden dich befreien und wer sonst noch hier ist, das schwöre ich beim Leben meiner Gefährtin."

„Bist du wegen Johnny hier?"

„Kennst du ihn?"

„Hol mich raus und ich bringe dich zu ihm."

Verdammt. Das ist nicht der Plan. „Ist die Tür alarmgesichert?"

„Nicht mehr. Ich bin nicht mehr die Bedrohung, die ich einst war."

Wird schon schiefgehen. Ich mustere die Tür. Ich könnte versuchen, sie einzutreten, aber sie ist vermutlich dazu gebaut worden, Gestaltwandlern standzuhalten. „Warte kurz", murmle ich und reiße die Scharniere ab. Daraufhin weiche ich zurück, als die Tür von innen aufgedrückt wird.

„Ich bin bewaffnet", sage ich, als der Gefangene herausklettert.

„Ich bin keine Bedrohung", knurrt der Gestaltwandler. Er ist riesig, aber abgemagert, seine Rippen treten an seiner großen Gestalt hervor. Sein Geruch ist kräftig und rauchig.

„Was ist dein Tier?"

„Kannst du mich nicht riechen, Wolf?" Er dreht seinen Kopf und bedenkt mich mit der ganzen Kraft seines Blicks. Goldene Augen mit einer kleinen schwarzen Pupille. Löwe.

Ich erkenne das Tattoo auf seiner Schulter.

„Spezialtruppe?"

Er nickt.

„Wie lange bist du schon hier?"

Eine Pause und dann ein fürchterliches Lachen. Wäre ich in Wolfgestalt, würden sich mir die Nackenhaare sträuben. „Zu lange. Viel zu lange."

„Wir haben nicht viel Zeit."

„Hier lang."

Ich folge ihm die Treppe hinauf, wobei ich meine Ohren spitze, um auf Geräusche zu lauschen. Der Gang oben ist so dunkel und still wie eh und je.

„Was zum Teufel machen sie hier drin?", brumme ich, als wir noch ein Laborzimmer passieren.

„Experimente mit Gestaltwandlern", antwortet der gefolterte Löwe. „Sie sind von Blutlinien besessen. Manchmal…" Sein Kopf neigt sich zur Seite, als würde er sich an etwas erinnern. „Manchmal", murmelt er, beinahe als würde er nur mit sich reden, „züchten sie sie."

Ich halte Abstand zu ihm, während wir in einen weiteren Gang biegen. Ich muss kein Seelenklempner sein, um zu wissen, dass der Kerl verrückt ist.

„Hier drin", sagt er. Mein Wolf zwingt mich zu warten, bis er zurückweicht, bevor ich durch die Tür spähe.

Niemand ist in dem Raum. Nur eine große weiße Box und der Geruch von Asche und Tod.

„Krematorium", krächzt mein Führer. „So werden sie die Beweise los. Du willst Johnny finden? Er ist dort drin." Und er lässt ein weiteres Lachen verlauten.

Ich taumle zurück und mein Magen verknotet sich bei dem fürchterlichen Laut.

Der Löwengestaltwandler springt nach vorne und rammt meinen Kopf gegen die Wand. Ich falle benommen auf ein Knie. Als ich das Gleichgewicht wieder finde, ist der Löwe fort.

Fuck.

Ich renne zurück zu Sam. Er ist nicht am gleichen Computer, sondern drüben an der Wand. „Wir müssen gehen."

Er erhebt sich und eilt zu einem Tisch, um seine Werkzeuge einzupacken. „Was ist mit dir passiert?"

Ich wische mir übers Gesicht. Meine Nase blutet.

„Hab einen Gefangenen gefunden und ihn befreit. Wir müssen los, jetzt."

Der Gefangene mag zwar schlau genug sein, um fliehen zu können, aber ihm ist es vermutlich egal, ob er den Alarm auslöst.

Und wirklich, als wir in den Gang stürzen, flutet Licht das Gebäude. Sirenen heulen.

„Scheiße."

„Komm." Sam packt mich und zieht mich in die andere Richtung. Während wir rennen, erklingt Gebrüll außerhalb des Gebäudes.

„Was sollen wir tun? Wir sind umzingelt."

„Plan B", sagt Sam grimmig. Er drückt mich an die Wand und presst sich neben mich an sie. „Wappne dich."

„W –"

Eine Explosion erschüttert das Gebäude.

~.~

*FOXFIRE*

„F OXFIRE", ruft meine Mom von ihrem Platz auf Daisys Dach. „Irgendetwas geht da vor sich."

„Was?", frage ich, aber sowie ich mich auf den Sitz stelle und aus der Eingangstür neige, kann ich es sehen. Flutlichter sind auf dem Gelände angegangen und Sirenen heulen. „Oh nein."

„Was passiert dort?"

„Ärger", sage ich. „Gewaltiger Ärger."

~.~

*Tank*

„Was zum Teufel war das?", brülle ich, während der Schock der Explosion meine Ohren zum Klingeln bringt. Die Sprinkleranlage geht an und wir rennen durch den rutschigen Gang.

„Plan B." Sam erklärt ihn nicht.

„Du hast eine Bombe gelegt?"

„Nur für den Fall, dass wir eine Ablenkung brauchen." Er ist gruselig ruhig. Immer noch ein schlanker, harmlos aussehender Gestaltwandler – abgesehen von den Piercings und Tattoos. Aber da ist ein Funkeln in seinen Augen, das mir nicht gefällt.

„Komm." Ich rase zur Tür am Ende des Ganges. Wenn wir Glück haben, sind die Wachen so sehr abgelenkt, dass wir entkommen können.

Aber als ich meinen Kopf nach draußen stecke, schwenken Lichter in meine Richtung.

„Scheiße."

„Diese Richtung. Es gibt noch einen anderen Ausgang."

„Woher weißt du das?"

Sam zerrt mich vorwärts. „Ich war schon mal hier."

Ich habe keine Zeit für das *Was zum Teufel*, das mir durch den Kopf geht.

Weiteres Gebrüll schallt durch das Gebäude. Die Wachen aus der Hütte sind jetzt im Inneren und nun ist es ein Katz-Maus-Spiel, um sicherzustellen, dass sie uns nicht finden.

Wir ducken uns in ein Zimmer, ein normal aussehendes Büro.

Ich gehe hinter einem Schreibtisch in die Hocke, wobei ich Flüche ausstoße. Sam hockt sich neben mich, eine Oase der Ruhe.

„Noch zehn Sekunden und dann rennen wir, was das Zeug hält." Er nickt zum Fenster.

Ich starre ihn an.

„Wart's ab", sagt Sam und ich wappne mich.

Tatsächlich erschüttert eine weitere Explosion das Gebäude, diese ist größer und bringt sogar den Boden zum Wackeln. Sam drängt sich an mir vorbei und ich folge ihm, bevor ich ihn überhole, um mit den Füßen voran in die Scheibe zu springen. Sie zerbricht unter der Wucht meines fliegenden Gewichts. Ich rolle mich auf dem Rasen ab, Sam ist direkt hinter mir. Wir kommen auf die Füße und sprinten zum Zaun, aber schaffen es nicht ganz, bevor die Wachen uns bemerken und schreien. Wir pressen uns an die sichere Seite eines kleinen Außengebäudes, bevor Maschinengewehre in unsere Richtung abgefeuert werden.

„Scheiße", sagt Sam. „Der Zaun ist wieder an."

Tatsächlich summt und knistert der Zaun mit elektrischer Ladung, die vermutlich so stark ist, dass sie einen Gestaltwandler bewusstlos machen kann.

„Dort." Sam deutet auf ein Loch im Zaun, wo das Metall aufgerissen ist.

Ich bedanke mich stumm bei dem frisch befreiten Löwen. Klar, er war verrückt. Aber ich beginne allmählich, zu befürchten, dass Sam ihn diesbezüglich in den Schatten stellen könnte.

„Wir können dort hingelangen, wenn wir noch eine Ablenkung haben. Hast du noch irgendwelchen Sprengstoff übrig?"

Sam schüttelt den Kopf.

Ich höre, dass die Wachen näher kommen und lege meine Hand auf meine Pistole. Ich hoffe nur, dass sie nicht schießen, um zu töten. Oder dass das Rudel bald kommt, falls wir gefangen genommen werden.

Ich will gerade nach vorne schnellen und auf verlorenem Posten kämpfen, als etwas über unseren Köpfen pfeift und knallt. Sam und ich ducken uns, als etwas explodiert. Doch anstatt von einer welterschütternden Explosion wird der Himmel von bunten Lichtern erhellt.

Feuerwerksraketen. Ein hübsches, lautes Feuerwerk, das über dem Wachturm explodiert. Eine perfekte Ablenkung.

„Foxfire", wispere ich, bevor ich Sam packe und ihn als Ersten durch das zerrissene Loch im Zaun in die Freiheit schiebe.

~.~

*FOXFIRE*

GRÜNE LICHTER EXPLODIEREN ÜBER MIR.

„Das ist ein bisschen zu nah für meinen Geschmack", ruft Sunny. Ich ignoriere sie, entzünde drei weitere und schieße sie in den Nachthimmel. Sie erblühen weiß, rot und blau. Etwas früh für den vierten Juli. Vielleicht schaute mich der Kerl an der Kasse deswegen an, als wäre ich vollkommen irre, als ich ihm all seine Vorräte abkaufte.

„So patriotisch!", jubelt Sunny freudig.

Auf dem Gelände herrscht Alarmstufe Rot. Lichter, heulende Sirenen, Schüsse.

Hoffentlich ist das Feuerwerk eine ausreichende Ablenkung. Wir müssen nur alle Raketen abfeuern und dann von hier verschwinden, bevor jemand kommt, um dem Ganzen auf den Grund zu gehen.

„Die hier ist eine große." Sunny reicht mir noch eine Rakete. Ich baue sie weiter weg auf, entzünde die Zündschnur und renne.

Ein Kreischen und am Himmel explodiert lila Regen.

~.~

*Tank*

. . .

SAM und ich rennen den Hügel hoch. Die Sirenen und Lichter sind noch immer hinter uns zusammen mit so vielen Raketenfunken, dass ich mir Sorgen mache, dass Foxfire nicht rechtzeitig fliehen wird können. Es sind Wachen hinter uns her – einige Kugeln prasseln in die Erde hinter uns, bevor wir in die Wälder huschen. Doch der Rest könnte es auf meine Gefährtin und ihre Mutter abgesehen haben.

„Wohin gehen wir?", rufe ich Sam zu und renne beinahe in einen riesigen Propellerflügel.

„Hier." Sam dreht sich zu mir um und zieht das Tarnnetz weg, das unser Fluchtfahrzeug verdeckt.

Mach das zu unserem Fluchthelikopter.

„Steig ein." Sam schnallt sich auf dem Pilotensitz an.

„Du hast einen verfluchten Helikopter?"

„Er gehört Jackson. Kylie fand ihn und dachte sich, er wäre cool." Er klappt die Schalthebel um und die Sprechanlage springt an. „Es ist eigentlich eine Bell 222, aber wir haben sie für den Tarnmodus modifiziert." Er grinst, ein gruseliger Anblick. „Ich nenne sie Air Wolf."

~.~

*FOXFIRE*

ICH SCHIEßE die letzten unserer Raketen ab und renne zum Bus.

„Schließ die Türen", brülle ich Sunny zu. „Wir müssen los."

Der kleine Bus quietscht, als ich aus unserem Versteck über die Straße rase. Wir fahren an dem Gelände vorbei, das noch immer hellerleuchtet und ein einziges Chaos ist. Hoffe ich.

„Komm schon, komm schon", flüstere ich dem Bus zu, während er den Hügel hochkriecht.

„Foxfire, wir müssen schneller fahren", berichtet Sunny. „Ich glaube, sie haben uns gesehen."

Und tatsächlich verfolgt uns eine Kolonne schwarzer Jeeps. Wir passieren einen, der die Straße aus der entgegengesetzten Richtung entlangfährt. Er macht eine 180-Grad-Wende und folgt uns.

„Halt dich fest!" Ich trete das Gaspedal durch. Daisy braust über den Highway, wobei sie hin und her schwankt, da sie schneller fährt als jemals zuvor.

Es reicht nicht. Die Wachen hängen aus den Jeepfenstern und sie haben Gewehre.

Und sie kommen immer näher.

~.~

*Tank*

„NÄHER", rufe ich Sam zu. Wir schweben über der Straße und unsere Lichter beleuchten die Action unter uns.

„Ich kann nicht", sagt Sam. „Sie haben Gewehre."

„Näher, gottverdammt." Foxfire und ihre Mom sind in diesem Bus. Sie sind in Gefahr. Sie hat ihr Leben riskiert, indem sie die Raketen abgeschossen hat.

„Was wirst du tun? Auf einen der Jeeps springen?"

„Wenn ich muss."

„Sie werden nicht einmal annähernd in ihre Nähe kommen. Warte es einfach ab."

„Scheiß drauf." Ich erhebe mich von meinem Platz und halte mich fest, um das Gleichgewicht zu wahren, als sich der Helikopter nach unten neigt.

„Nichts wird passieren", beruhigt mich Sam. Ich würde ihm die Kehle zerfetzen, wenn er nicht den Helikopter fliegen würde. „Wir bekommen Verstärkung."

„Was?"

Schüsse erklingen unter uns. Ich brülle, packe die Seite und beobachte hilflos den VW Bus von oben.

Doch Foxfire und ihre Mom werden nicht langsamer. Stattdessen geraten die Jeeps auf der Straße ins Schleudern. Manche rutschen von der Straße, andere rucken und rollen aus, womit sie den Highway blockieren. Das letzte Fahrzeug kracht von hinten in sie.

„Was ist da los?"

„Ich habe es dir doch gesagt", sagt Sam. „Verstärkung."

Dann höre ich es. Das Dröhnen von Motorrädern. Eines nach dem anderen fahren sie aus ihren Verstecken, von wo sie die Jeeps aus dem Hinterhalt angegriffen haben. Sie schlängeln sich mühelos um die Trümmer. Weitere Schüsse erklingen, aber die Motorräder kommen alle unbeschadet davon. Sie rasen die Straße hinab und umringen den VW Bus.

Sam fliegt über ihnen, der Scheinwerfer streift einige Helme, einschließlich zweier roter. Jared und Trey wurden gnadenlos gefoppt, weil sie diese Farbe wählten. Sie bilden die Nachhut und eskortieren den VW Bus. Das Rudel wird von einer riesigen Harley angeführt. Als Sam den Helikopter tiefer sinken lässt, hebt Garrett seine Faust zum Gruß. Der Rest des Rudels tut es ihm gleich und obwohl sie uns nicht sehen können, heben auch Sam und ich unsere Fäuste, bevor wir wieder nach oben sausen, um über das Rudel zu wachen, während sie mein Baby beschützen und sie nach Hause bringen.

ank

ICH KOMME gegen Mitternacht an dem Motel an der Straße an. Das Rudel ist bereits hier, genauso wie der kleine VW Bus, der hinter dem Gebäude versteckt ist.

Sam setzt mich unten ab, bevor er in dem Helikopter flieht, um sich zu verstecken. Gute Idee. Ich würde darauf wetten, dass weder Jackson noch mein Alpha über seine kleine Bombeneinlage glücklich sind.

Der Erste, der mich begrüßt, ist Garrett. Der Alpha zieht mich in eine Umarmung und wir klopfen uns gegenseitig auf den Rücken.

„Ich sollte dich eigentlich verprügeln", knurrt Garrett. „Mir ist egal, welchen Plan die Hacker schmieden, das nächste Mal wartest du auf dein Rudel."

„Ich musste reingehen. Foxfire hätte es ansonsten getan."

Garrett grunzt.

„Wo ist sie?"

„Versteckt sich in einem Zimmer mit Amber und ihrer Mom. Mädelsabend oder so was. Bei all dem Adrenalin, das sie noch vor einer Stunde in sich hatten, wette ich, dass sie mittlerweile fix und foxi sind."

„Ich hatte gehofft, dass ich mit ihr reden könnte." Falls sie mich überhaupt sehen will.

„Morgen Früh. Wir haben Neuigkeiten." Garrett führt mich zu einem anderen Motelzimmer.

„Hey Mann." Jared und Trey begrüßen mich jeder mit einer Umarmung. Menschliche Männer mögen sich auf diese Weise nur selten berühren, aber Gestaltwandler tun es. „Wo ist Sam?"

„Versteckt den Helikopter irgendwo. Anscheinend ist er nicht ganz legal."

„Genauso wenig wie ein Feuerwerk in Utah zu entzünden, wenn nicht Juli ist", sagt Trey. „Ich weiß nicht einmal, wo man welche kaufen könnte."

Ich schweige. Ich traue Foxfire alles Mögliche zu, wenn es darum geht, verbotene Ware zu beschaffen. Oder ihrer Mutter. Ich stelle mir die zwei vor, wie sie mit irgendeinem unglückseligen Ladenbesitzer flirten und ihn davon überzeugen, ihnen Raketen zu verkaufen, und ich will dem imaginären Kerl die Zähne einschlagen.

„Die Cops sind jetzt überall auf dem Gelände. Ich wäre nicht überrascht, wenn dort näher ermittelt werden würde."

„Stecken wir in Schwierigkeiten?" Es sitzen genug Gestaltwandler in der Regierung, um bei einer Vertuschung zu helfen.

„Ich glaube, Sam hat die ganzen Beweise in die Luft

gejagt. Kylie hat sich den Großteil der Daten davor besorgt. Sie und Jackson gehen sie im Moment durch. Morgen Früh werden wir mehr wissen." Garrett setzt sich auf das Bett. Trey und Jared werfen mir eine Tüte mit Fastfood zu, aber ich bin zu aufgedreht zum Essen, weshalb ich mir ein Getränk greife und dieses stattdessen exe.

„Kylie will, dass du weißt, dass sie das Kopfgeld auf Foxfire von der Seite entfernt hat. Sie hat das Benutzerkonto gehackt. Da waren noch einige ältere Kopfgelder auf Leute in den ganzen USA und Kanada ausgesetzt. Wir denken, dass sie alle Gestaltwandler waren."

Ich berichte den anderen, was ich auf dem Gelände sah und gebe ihnen auch eine Beschreibung des Löwengestaltwandlers. „Jemand entführt Gestaltwandler und macht Experimente mit ihnen. Aber warum?", frage ich.

„Wir wissen es nicht. Aber wir werden es herausfinden", sagt Garrett. „Jackson rief uns an, nachdem ich dir von Ambers Vision erzählt hatte. Das war der Moment, in dem ich das Rudel zusammentrommelte und fragte, ob sich Kylie irgendwie in ihre Systeme einhacken könnte", erklärt Garrett. „Wir brauchten die Infos. Wir denken, diese Operation steht in Verbindung mit der in Mexiko, die meine Schwester geholt hat."

„Was habt ihr in Mexiko rausgefunden?", frage ich.

„Nichts", wirft Jared ein. „Wir konnten niemanden befragen, weil Garrett sie alle aufgefressen hat."

„Sie haben uns gefangen gehalten. Und meine Gefährtin war allein und ohne Schutz", erklärt Garrett. Er sieht überhaupt nicht reumütig aus.

„Nun, dieses Mal haben wir es richtig gemacht. Oder

halb richtig, falls wir die Daten rausgekriegt haben, bevor der Laden in die Luft geflogen ist", sagt Trey.

Ich schüttle den Kopf. „Sam ist verdammt verrückt."

Trey und Jared schauen neugierig drein, aber ich führe meinen Gedanken nicht weiter aus. Sam mag Befehle missachtet haben, aber letzten Endes hat es funktioniert. Es tut mir nicht leid, dass der Laden abgefackelt ist. Obwohl es mich fast das Leben gekostet hat. Das hätte es, hätten wir nicht das Feuerwerk zur Ablenkung gehabt.

Ich erhebe mich von meinem Platz, wo ich an der Kommode lehnte, und setze mich Richtung Tür in Bewegung. Ich will Foxfire sehen. Nein, ich muss sie sehen.

„Tank", ruft mein Alpha.

Trey und Jared erheben sich und verlassen den Raum, wobei sie sich einen wissenden Blick zuwerfen.

„Was ist Foxfire für dich?"

„Sie ist meine Gefährtin."

„Bist du dir sicher?" Er verschränkt die Arme vor seiner Brust. Er ist vermutlich so beschützend, weil Foxfire die Freundin seiner Gefährtin ist, aber ich spanne mich trotzdem an.

„Ich habe sie markiert", knurre ich halb. „Sie ist mein." Mein Wolf hat seine Nackenhaare gesträubt.

Garrett mustert mich, dann nickt er. „Geh und schlaf etwas. Wir werden morgen reden."

„Wo ist Foxfire?" Mein Wolf wird nicht zur Ruhe kommen, bis er weiß, dass sie in Sicherheit ist.

Garretts Schultern verlässt ein Teil der Spannung.

„Ich habe es dir bereits gesagt. Mädelsabend. Sie werden bewacht."

„Ich werde mich verwandeln."

„Nein, du wirst schlafen", sagt Garrett mit Alphabefehl. „Bis zum Morgen sollten wir mehr über diesen Gestaltwandler-Entführungs-Schwarzmarkt wissen. Ich werde meinen Beta in Topform brauchen. Genauso wie Foxfire."

Trotz der Befehle meines Alphas tigere ich einige Minuten vor Foxfires Zimmer hin und her. Ich kann sie durch die Tür riechen, hinter den zwei Wölfen, die Garrett als Wachen abkommandiert hat.

„Ihr geht's gut." Trey legt eine Hand auf meine Schulter.

Ich bin so angespannt, dass ich kurz davorstehe, auszurasten.

„Sie und Amber haben sich auf den neuesten Stand gebracht, aber es ist schon seit einer Weile nichts mehr zu hören. Ich denke, sie schlafen."

„Ich sollte sie schlafen lassen", sage ich hauptsächlich zu mir selbst. Ein Teil von mir weiß das, aber der andere Teil wird nicht glücklich sein, bis meine Gefährtin in meinen Armen ist.

*Falls sie mir erlaubt, sie zu umarmen.*

„Es wird das Beste für sie sein", stimmt Trey zu und das beschließt es. Ich gehe zu meinem Zimmer und penne.

~.~

*Tank*

•  •  •

„ICH HABE GUTE UND SCHLECHTE NACHRICHTEN", spricht Kylie durch den Lautsprecher von Garretts Handy.

„In Ordnung, erzähl sie uns." Garrett beugt sich auf dem Bett nach vorne und stützt seine Ellbogen auf seine Knie. Jared, Trey und ich stehen um das Handy und warten gefasst auf Jacksons und Kylies Entdeckungen. Ich sah nach Foxfire, bevor ich hierherkam, aber die Frauen schliefen alle noch. Ich brenne immer noch darauf, Foxfire zu sehen.

„Die gute Nachricht ist, dass das gesamte Gelände seit heute Morgen geschlossen ist. Menschliche Gesetzeshüter umschwärmen es wegen der Bomben und Schüsse. Sie fanden Beweise für die Folter von Gefangenen sowie das Krematorium, wo das Labor die Beweise vernichtete. Niemand wird dort so schnell wieder reingehen, um irgendetwas zu tun."

„Das sind die guten Nachrichten", sagt Garrett. „Was ist mit den Dateien?"

„Bevor die Bundesagenten auftauchten, wurden die Dateien vollständig gelöscht, einschließlich des Maulwurf-programms. Sie werden nichts finden, das auf die Existenz von Gestaltwandlern hinweist."

Wir entspannen uns alle. Das Letzte, das wir brauchen, ist, dass eine Abteilung der Regierung Nachforschungen zu uns anstellt.

„Kylie und ich haben die ganze Nacht damit verbracht, die Dateien zu sichten", sagt Jackson. „So weit wir beur-teilen können, ist das eine Operation, die schon seit mehreren Jahren läuft und von jemandem mit tiefen Taschen finanziert wird. Eine Scheinfirma. Wir werden ihre Spur weiterverfolgen. Aber wir denken, dass sie zu den Schwarzmarkttätigkeiten mit Gestaltwandlern in Mexiko gehört. Es gab Gelder von internationalen Konten.“

Ein Knurren poltert in Garretts Brust, das von Trey und Jared wiedergegeben wird. „Haltet uns auf dem Laufenden“, sagt mein Alpha. „Je eher wir diese Kerle finden, desto eher können wir sie ausschalten.“

„Gab es irgendwelche Informationen zu den Gestaltwandlern, die dort gefangen gehalten wurden?“

Eine Pause. „Leider ja“, antwortet Jackson. „Diese Dreckskerle haben eine Menge Aufzeichnungen über ihre sogenannten Experimente gemacht. Sie haben eine DNA-Datenbank angelegt, in der jede Gestaltwandlerart vertreten ist.“

„Was ist mit Fuchsgestaltwandlern?“, frage ich, bevor irgendjemand etwas sagen kann.

„Nur einer. Ein Johnny Red. Seine Akte war mit Foxfire Hines verknüpft mit einer Notiz, sie aufzugreifen.“ Jackson räuspert sich und mir wird bewusst, dass mein Wolf knurrt.

„Es tut mir leid.“ Kylies Stimme erklingt voller Mitgefühl in der Leitung. „Seine Akte war mit dem Etikett *verstorben* versehen.“

Verdammt. Ich muss Foxfire diese Nachricht beibringen.

„Nach dem zu urteilen, was ich gelesen habe, wollten sie Foxfire, weil sie die Tochter eines Gestaltwandlers und eines Menschen ist. Die ganze Operation drehte sich darum, neue Gestaltwandler zu züchten, die nicht *defekt* sind, was auch immer das heißt.“

„Das heißt, dass sie sich noch verwandeln können“,

erklärt Garrett. „Die Gestaltwandlerzahlen sind zurückgegangen, weil die Geburtenrate niedrig ist. Manche Rudel verbieten Mensch-Gestaltwandler-Beziehungen, weil sie glauben, dass die Blutlinien dadurch verwässert werden. Mehr Kinder werden ohne ein Tier geboren.“

„Als sie also herausfanden, dass Johnny eine Tochter hatte, wollten sie sie holen“, sage ich. „Aber der einzige Anhaltspunkt, den sie hatten, war Sunny. Also gingen sie zuerst zu ihr.“

„Kylie hat bereits das Kopfgeld auf Foxfire gelöscht, aber sie könnte noch immer in Gefahr sein. Zusammen mit ihrer Mutter“, fügt Jackson hinzu.

„Wir werden jemanden aus Dads Rudel losschicken, damit er Sunnys Wohnwagen holt. Wir stellen ihn auf Rudelland, bis wir sicher sind, dass sie in Sicherheit ist“, versichert mir Garrett.

Lärm von draußen unterbricht uns. Die Wolfwache, die vor der Tür steht, verwehrt jemandem den Eintritt in unser Zimmer.

„Nun, ich bin seine Gefährtin.“ Ambers Stimme wird lauter.

Garrett ist wie der Blitz auf den Füßen und läuft zur Tür. „Lass sie rein“, befiehlt er.

Einen Moment später stürmt die Menschenfrau herein. „Wo ist er?“ Sie drängt sich an meinem Alpha vorbei und baut sich vor mir auf. „Was zum Teufel stimmt mit dir nicht?“

„Wie bitte?“

„Du hast Foxfire verletzt!“, schreit sie aufgebracht. „Sie war noch dabei, über ihre Trennung hinweg zu kommen. Sie braucht es nicht, dass du mit ihrem Herzen spielst, während sie sich mit ihrer Familienkrise auseinandersetzt.“

Ich springe auf die Füße. „Was zum Henker?“ *Was stimmt mit Firefox nicht?*

Ich *wusste*, dass ich sie gestern Nacht hätte besuchen sollen.

„Was ist los, Amber?“, knurrt Garrett, der sich beschützend neben sie stellt.

„Er hat sie, ohne zu fragen, markiert und ist dann einfach gegangen!“

„Sie ist meine Gefährtin“, blaffe ich. „Und ich bin nicht gegangen –“ Scheiß drauf. Ich muss es Foxfire erklären, nicht diesen Dummköpfen. „Wo ist sie?“

„Sie ist dabei, zu gehen“, giftet Amber.

„Was?“

„Irgendetwas, das du zu ihr gesagt hast. Du hast sie markiert und dich dann geweigert, sie für dich zu beanspruchen, weil sich Gestaltwandler nicht mischen. Sie denkt, du willst sie nicht.“

Ich taumle zurück, als wäre ich geschlagen worden.

Amber scheint es nicht zu bemerken. „Sie sagt, sie zieht um.“ Amber packt Garrett und fleht ihn mit großen blauen Augen an. „Sie ist völlig von der Rolle, weil sie das Rudel nicht belästigen will, was auch immer das heißen soll.“

„Wo ist sie?“ Ich bin schon auf halbem Weg zur Tür.

„Fort. Auf dem Weg zurück nach Tucson. Ich hab versucht, sie aufzuhalten, aber –“

Ich stürme aus dem Raum. Der hintere Parkplatz ist tatsächlich leer und kein VW Bus zu sehen.

„Tank?" Trey ist an meiner Seite. Ich stoße ihn von mir.

„Ich muss los."

„Tank –" Garrett steht in der Tür, Amber an seiner Seite.

„Ich beanspruche Foxfire Hines als meine Gefährtin", donnere ich so laut, dass es jeder hören kann. Ich werde mir ein Megafon besorgen, wenn ich muss. Oder Sam bezahlen, mit einem Banner um die Welt zu fliegen.

„Was wirst du tun?", fragt Amber. Sie sieht nicht mehr wütend aus. Sie sieht erleichtert aus. Frauen. Verrückt.

„Sicherstellen, dass sie weiß, dass sie mein ist." Ich wende mich an Garrett. „Habe ich deinen Segen?"

Garretts Lippen zucken. „Brauchst du ihn?"

„Nein", erwidere ich. „Foxfire ist mein, ob ich danach im Rudel willkommen bin oder nicht."

Mein Alpha zieht seine Gefährtin näher. „Foxfire ist in unserem Rudel willkommen. Geh und hol deine Gefährtin."

„Hier." Trey wirft mir seine Schlüssel zu.

Der Rest des Rudels bricht in Freudenschreie aus, als ich zu dem Motorrad renne.

 oxfire

„Bist du dir sicher, Süße?" Sunny steht in meiner Tür, die Stirn gerunzelt, eine Tasse Grüntee in der Hand. Auf der ganzen Heimfahrt biss sie sich auf die Lippe und warf mir besorgte Blicke zu.

Sowie ich mein kleines Haus in Tucson betrat, fing ich zu packen an. Mein Magen ist hoffnungslos verknotet und es fällt mir sehr schwer, nicht zu weinen, aber ich muss von hier fort.

„Absolut sicher. Ich kann überall arbeiten." Ich ziehe meine Unterwäscheschublade raus und leere den Inhalt in meinen Koffer.

„Ich denke, du solltest einfach mal mit ihm reden."

Hab ich schon gemacht und die Zurückweisung kassiert. Ich passe nicht in Tanks Welt. Und er ist mir so wichtig, dass ich seine Stellung im Rudel nicht ruinieren werde. Also, yeah, das hier fühlt sich vielleicht so an, als hätte ich mir das Herz selbst rausgerissen und in den Mülleimer geworfen, aber es ist das, was ich tun muss.

Das Röhren eines Motorrads veranlasst mich dazu, den Kopf ruckartig zu heben. Oh Gott, nein. Wenn ich ihn sehe, werde ich nicht mehr stark sein können.

„Ich werde schnell nachschauen, wer das ist." Sunny eilt nach draußen.

Ich weiß, wer es ist, noch bevor ich seinen Geruch wahrnehme.

Ich würde ja wegrennen, aber er kann mir nachjagen. Und meine Füchsin will ihn nicht verlassen. Sie ist betrunken von Tank-Saft. High von Wolfie-Liebe. Was auch immer.

Der große Wolf schwingt sein Bein von der Harley und marschiert meine Einfahrt hoch, als gehöre ihm das Haus. Ich beobachte das vom Fenster aus, die Arme vor der Brust verschränkt. Ich werde nicht so einfach einknicken.

„Tank, es ist so schön, dass du zu Besuch kommst", trällert meine Mutter.

„Sunny", sagt er. „Wo ist Foxfire?"

„In ihrem Zimmer. Sie packt", fügt meine Mom flüsternd hinzu.

Schwere Stiefel machen sich auf den Weg zu mir. Als Tank in Sicht kommt, raubt er mir den Atem. Er ist so groß, dass er die gesamte Tür ausfüllt. Ich vergaß, wie heiß er ist.

„Foxfire."

„Tank." Ich stehe meine Frau, obwohl ich zu ihm rennen und ihn wie einen Berg besteigen will.

„Wir müssen reden."

„Hör zu, lass uns das Ganze nicht so schwer machen. Ich weiß, ich bin nicht die Richtige für –“

„Süße?“, ruft Sunny aus dem anderen Zimmer. „Einer von Tanks Freunden ist gerade mit meinem Wohnwagen vorgefahren. Ich werde einfach mit ihm gehen, okay?“

„Okay, Mom“, rufe ich.

Noch bevor die Eingangstür ins Schloss gefallen ist, setzt sich Tank in Bewegung.

„Ich weiß, dass wir nicht zusammenpassen –“ Ich kann meinen Satz nicht beenden, weil er mich küsst. Er stemmt mich in seine Arme und meine Beine legen sich um seine Taille. Seine Lippen drücken sich auf meine, plündern, verschlingen. Wimmernde Laute entweichen meiner Kehle. Ich ziehe sein Shirt nach oben, während er rückwärts mit mir zum Bett läuft.

„Warte, warte“, protestiere ich, als er mich nach unten legt. „Ich bin noch immer wütend auf dich.“ Eher verletzt und unfassbar erregt. Und ich will mich nie wieder so fühlen, weil mich der Schmerz umbringt.

„Ich weiß.“ Er kniet sich neben das Bett. Er schält mir die Jeans von den Beinen und presst seinen Mund auf meine Füchschenteile. Anscheinend bin ich unfähig, zu protestieren.

Meine Beine treten um sich und dann schließen sie sich um seinen Kopf, als er mich mit seiner Zunge penetriert. Meine Hüften heben sich vom Bett.

„W-was machst du da?“

„Dir zeigen, zu wem du gehörst, Baby.“

Ich wölbe mich seinem Mund entgegen, packe seine Ohren und ziehe ihn fester an mich. „Du – du kannst nicht einfach hier reinmarschieren und anfangen, meine

Füchschenteile zu küssen und –" Ich schreie, als ich komme.

Tank zieht eine Augenbraue hoch. „Was hast du gesagt?"

Ich schüttle den Kopf. „Tank, das hier ist nicht zum Besten."

Er erhebt sich über mich und zieht sein Shirt aus. „Baby, du irrst dich. Du und ich, wir gehören zusammen, und mir ist egal, ob ich allen anderen in meinem Leben den Rücken kehren muss, um dich zu behalten. Du bist mein. Ich habe dich markiert. Ich bin jetzt dein Mann."

Mein Entschluss ist nicht existent. Ich greife nach ihm. Zehn Sekunden später sind seine Jeans unten und ich habe ihn. Meine Beine packen ihn, während er sich in mich stößt. Mein Bett schaukelt vor und zurück, während er sich in mich rammt. Und nicht nur das Bett. Meine ganze Welt.

Das Bett kracht rumms, rumms, rumms gegen die Wand, als er mich umdreht und zum Höhepunkt kommt. Seine Zähne streifen meine Schulter, meinen Hals. Ich erschaudere.

Er dreht mich zu sich um. „Es tut mir leid, dass ich gegangen bin."

„Ich hab dich von mir gestoßen."

„Nie wieder." Sein Gesicht ist so ernst, dass ich weiß, dass es ein Schwur ist.

Ich berühre seinen Kiefer.

Er fängt meine Hand ein und küsst meine Handfläche.

„Tank", flüstere ich.

„Baby, zitterst du?"

Das tue ich. Ich rolle mich auf die Seite und zur Wand.

„Wenn du jemals wieder gehst, wird mich das zerstören. Ich dachte, ich wäre stark genug, aber das bin ich nicht."

„Baby. Du bist stark. Aber du musst nicht mehr kämpfen. Deswegen bin ich hier. Ich wurde dazu geboren, dich zu beschützen."

„Ich werde nicht ändern, wer ich bin." Meine Stimme zittert.

„Das will ich auch gar nicht."

„Aber wie werden wir –"

„Wir werden es schon hinkriegen, Baby. Wir sind dazu bestimmt, zusammen zu sein." Er zieht mich wieder zurück, damit ich ihm zugewandt bin, und packt mein Genick. „Foxfire, ich erhebe Anspruch auf dich."

Ich klammere mich an ihn.

„Baby." Seine Lippen bewegen sich über meine Stirn, nach unten zu meiner Schläfe.

„Bist du dir sicher?"

Er neigt mein Gesicht nach oben zu seinem. „Ich führe mein Leben in schwarz und weiß." Er streichelt mit einer Hand durch meine Haare und breitet die Regenbogensträhnen auf dem Kissen aus. „Du bist Farbe."

„Ist das etwas Schlechtes?"

Er rollt mich so herum, dass ich unter ihm liege. Seine Arme tragen seinen gigantischen Körper, damit mich sein Gewicht nicht erdrückt.

„Es ist etwas Gutes, Baby. Etwas sehr Gutes."

Er küsst mich und unterbricht den Kuss erst, als das Geräusch von splitterndem Holz erklingt. Die Matratze sackt unter uns ein.

„Tank?"

„Mmmh?"

„Ich glaube, wir haben schon wieder das Bett kaputt gemacht."

~.~

FOXFIRE

IN JENER NACHT steht der Mond riesig und golden am Himmel. Tank wickelt mich in eine Decke und bringt mich nach draußen. Wir picknicken auf der Terrasse und als es zu kalt wird, setze ich mich auf seinen Schoß.

„Bist du bereit, das Rudel kennenzulernen?", fragt er.

„Vielleicht. Ich weiß es nicht. Ich habe Angst."

„Du hast vor nichts Angst."

„Außer Toilettenschlangen."

„Ich werde da sein. Ich werde dich beschützen."

„Echt?" Ich drehe mich um und schlinge die Decke um ihn.

„Immer." Er hebt mich hoch und trägt mich wieder nach drinnen.

„Ich liebe dich", verkünde ich, als er mich auf den Boden stellt.

„Ich weiß, Baby."

„Warte, du wirst es nicht erwidern?"

„Ich liebe dich." Er unterstreicht seine Worte mit Küssen. „Ich liebe alles an dir."

„Obwohl ich verrückt bin?"

„So wie du mich verrückt machst, will ich gar nicht zurechnungsfähig sein." Noch ein Kuss und er hebt seinen Kopf. „Was habe ich gesagt, passiert, wenn du dich selbst beschimpfst?"

„Bestrafung?", sage ich hoffnungsvoll.

Er setzt sich an der Bettkante auf und krümmt seinen Finger in meine Richtung.

Eine Woche später…

 oxfire

„HAST DU IHN?" Ich hüpfe auf und ab, als Tank einen neuen Helm hervorzieht. Er ist rot und gelb und orange wie ein Sonnenuntergang. Wie meine neue Frisur.

Ich ziehe den Helm auf und flitze zu seinem Motorrad.

„Arme die ganze Zeit um mich. Keine Mätzchen." Mehr Regeln.

„Ja, ja, hab's kapiert."

„Wenn du dich danebenbenimmst", droht er, „wirst du bestraft."

*Yum.*

„Kapiert, großer Mann. Können wir jetzt los?"

Tank seufzt.

Trotz seiner Befürchtungen verläuft die Fahrt ohne eine einzige Panne. Wir erreichen unser Ziel pünktlich zur Dämmerung: Die Villa des Tucsoner Millardärs Jackson King, die an die Catalina Mountains grenzt, wo das Rudel heute Nacht rennen wird.

Der Geruch von Wölfen weht mir in die Nase, als ich mich von Tanks Bike schwinge. Er nimmt meine Hand und führt mich nach vorne, stoppt jedoch, als ich mich zurückfallen lasse.

„Bist du dir sicher, dass sie mich mögen werden?" Ich streiche meine Haare glatt.

„Natürlich, Baby." Tank umarmt mich. „Und wenn sie es nicht tun, trete ich ihnen in den Arsch."

Ich kichere. Das würde er auch wirklich tun. Amber erzählte mir, dass niemand protestierte, als Garrett verkündete, dass ich mich dem Rudel als Tanks Gefährtin anschließen würde. Falls es irgendeine Rebellion gab, weil sich eine Fuchsgestaltwandlerin ihrer Gruppe anschließt, so wurde sie von meinem neuen Alpha oder seinem Vize im Keim erstickt.

Wir laufen die Einfahrt zur Villa hoch. „Ich kann nicht fassen, dass du mir nicht erzählt hast, dass Jackson King ein Wolf ist", flüstere ich Tank zu.

„Jepp. Und seine Gefährtin und ihre Großmutter sind Panther."

Die Tür öffnet sich, bevor wir uns nähern, und Jared streckt seinen Kopf raus.

„Endlich. Die Füchsin ist hier!"

Kylie, Jacksons Gefährtin, begrüßt mich und stellt mich Jacqueline, ihrer Großmutter, vor.

Wilde Jubelschreie begrüßen uns, als wir durch die Eingangshalle zu dem großen Wohnzimmer laufen. Das Rudel ist komplett versammelt und die meisten halten rote Plastikbecher oder Bierflaschen in den Händen.

„Hi, Foxy", ruft Trey aus der Ecke. Tank knurrt, aber ich winke ihm rasch.

„Hab dich in letzter Zeit nicht gerade oft gesehen." Jared reicht mir einen roten Plastikbecher gefüllt mit etwas.

„Tank hat mich sehr viel zu Hause festgehalten", sage ich. Das stimmt, Tank beschloss, dass die beste Methode, mich dafür zu bestrafen, dass ich ihn verlassen hatte, darin bestünde, mir eine Woche lang Hausarrest zu verpassen und mich zu vögeln, bis ich nicht mehr laufen konnte. Der Bettrahmen brach nach wenigen Stunden zusammen.

„Hört ihr das, Jungs! Der gute alte Tank ist jetzt stubenrein."

„Wenn meine Lady nur halb so sexy wäre, würde ich das Haus auch nicht verlassen", brummt ein anderer Wolf.

„Das reicht", knurrt Tank.

„Danke, Leute." Ich lächle und winke. Trey fängt an, mir alle vorzustellen, doch schafft nur die Hälfte der Leute, bevor mich Tank in ein Schlafzimmer zerrt.

„Was habe ich dir übers Flirten gesagt?"

„Ich habe nicht geflirtet. Meine Güte. Ich war nur freundlich."

Tank zieht den Kragen meines T-Shirts nach unten und reibt seine Nase über das Mal, das er hinterlassen hat. Er küsst und leckt es und ich weiß, dass ich den Rest der Nacht einen knallroten Knutschfleck auf meinem Mal haben werde. Was genau sein Plan ist.

Meine Knie werden ganz schwach, bis er mich zum Bett zu treiben beginnt.

„Tank, nicht hier! Wir werden es kaputt machen!"

Er knurrt erneut, aber zieht mein Shirt wieder an Ort und Stelle und führt mich nach draußen. Alle im Wohnzimmer jubeln. Ich erröte und bin dankbar, als mich Tank nach draußen zieht, wo Garrett zwei riesige Grills bedient. Amber dreht sich von einem Picknicktisch, der mit Platten voller Fleisch beladen ist, zu mir um.

„Foxfire", kreischt sie und wir begrüßen einander. „Ich wusste nicht, dass du schon hier bist! Garrett hat mir das Schwimmbad gezeigt. Ich muss... abgelenkt gewesen sein." Ihre Haare sind zerzaust und ihren Hals ziert ebenfalls ein Knutschfleck.

„Die Männer haben mich herzlich willkommen geheißen."

„Ignorier sie." Amber verdreht die Augen. „Sie sind wie ein Haufen Studenten, die zufälligerweise bei Vollmond haarig werden. Hey, hattest du schon Gelegenheit, mit deiner Mom zu reden?"

„Nein. Das muss ich noch. Ich war die ganze Woche... beschäftigt."

„Du solltest mit ihr reden. Sie hat sich im Clubhouse eingerichtet... und anscheinend wusste sie mehr über Gestaltwandler, als sie durchblicken hat lassen."

„Was?", keuche ich. „Sie weiß Bescheid?"

„Sie wusste alles", sagt Garrett. „Sie fragte mich geradeheraus, ob mein Seelentier ein Wolf sei."

„Ich habe Garrett noch nie so geschockt gesehen." Amber kichert. „Sunny sagte, sie sah es mit ihrem dritten Auge."

„Ergibt Sinn“, sinniere ich. „Sie nannte mich immerhin Foxfire. Auf irgendeiner Ebene wusste sie es wohl schon immer.“

„Was bedeutet das?“, fragt Tank.

„Ich habe mich mit ihr hingesetzt und ihr alles erzählt. Sie zur Geheimhaltung verpflichtet. Die vergangene Woche habe ich sie von einem Wolf bewachen lassen. Jemand aus dem Rudel meines Dads, um genau zu sein.“ Garrett zwinkert Amber zu und sie lächelt wissend.

„Yeah?“ Tank sieht misstrauisch aus. „Wer?“

Das Brummen eines Motorrads unterbricht uns. Wir drehen uns alle um, als sich zwei Fahrer, ein Mann und eine Frau, von dem Motorrad schwingen.

„Mom?“, keuche ich. Tank und ich laufen zur Einfahrt, um sie zu begrüßen, und werden langsamer, als wir näher kommen. Sunny trägt eine Lederjacke über ihrer Bauernbluse und Rock. Ein großer Mann mit stahlgrauen Haaren hilft ihr aus der Jacke. Er kommt mir vage bekannt vor.

„Dad?“ Tank sieht verblüfft aus.

„Sohn.“ Der große Mann – Wolfgestaltwandler nach seinem Geruch zu urteilen – begrüßt Tank. Er nickt mir zu. „Foxfire. Ist mir eine Freude. Ich habe so viel von dir gehört.“

„Ist er derjenige, bei dem du gewesen bist?“, frage ich Sunny.

„Ja, Schätzchen.“ Sie kommt und lehnt sich an Tanks Dad. Er legt einen Arm um sie.

„Ist dein Alpha hier?“, fragt Titus seinen Sohn. „Mein Alpha hat eine Nachricht für ihn.“

„Hier drüben, Sir.“

„Bis später, Schätzchen.“ Meine Mom winkt, während

Titus sie wegführt.

Ich lege eine Hand auf Tanks Brust, um das Gleichgewicht zu halten. „Sind unsere Eltern…?"

„Ich will nicht darüber reden."

„Einverstanden. Lass uns nie wieder darüber reden." Ich denke nicht darüber nach, dass meine Mom Sex hat. Ich denke nicht darüber nach, dass meine Mom Sex hat. Ich denke nicht… verdammt.

Ich nehme einen großen Schluck von dem Inhalt meines Plastikbechers und biete ihn Tank an, der den Rest ext. „Komm, holen wir uns noch mehr Alkohol."

„Einverstanden."

Der Rest der Nacht ist ein großer Spaß. Ich erfahre, dass Tanks echter Name Titus Junior ist. Sein Dad und meine Mom lernten sich kennen, als Garrett jemanden brauchte, der Tanks Truck und den Wohnwagen meiner Mom von Flagstaff nach Hause fuhr.

Nach dem Abendessen, bei dem ich mehr Fleisch in mich stopfe, als ich in meinem gesamten Leben gegessen habe, zieht mich Sunny beiseite.

„Alles okay?", frage ich, während sie die Schlafzimmertür schließt, damit wir mehr Privatsphäre haben. Ich hoffe wirklich, wirklich sehr, dass sie nicht über ihre Beziehung mit Tanks Dad sprechen wird. Oder mich über Sexstellungen ausfragen wird und sie nackt vorführt. Bei Sunny weiß man nie.

„Ich muss dir etwas zeigen." Sie zieht ein kleines Päckchen aus ihrer Handtasche. „Die hier kamen gestern beim Clubhaus an. Gleiches Postfach, das dein Dad benutzte. Sie waren an den Club adressiert, aber im Inneren war eine Nachricht für dich."

Ich öffne das Päckchen.

*Foxfire*, steht auf der Nachricht. *Die hier waren bei Johnnys Sachen. Dachte, du würdest sie wollen.*

Die Nachricht ist nicht unterschrieben, aber ich kann erraten, wer sie geschickt hat. Ich hoffe nur, dass Jordy und der Rest der Füchse in Sicherheit sind. Vielleicht wird sie mich eines Tages besuchen können. Ich würde ihr so gerne die Haare färben und ihr neue Klamotten kaufen.

Die Nachricht ist um einige alte Fotos gewickelt. Ich breite sie aus und hole scharf Luft. Sie sind alle von mir.

„Jedes Mal, wenn ich einen Umschlag mit Geld erhielt, schickte ich ihm eines", sagt Sunny, als ich sie eines nach dem anderen in die Hand nehme. Darunter ist ein Polaroid-foto von mir in meinem pinken Tutu, als ich vier war.

„Das hast du ein Jahr lang getragen. Ich konnte dich einfach nicht dazu bringen, es auszuziehen."

Noch eines von mir, als ich mit meinem Modell der Schichten des Grand Canyon den Naturwissenschaftswett-bewerb gewann. Mehr von mir in der Schule, einschließ-lich eines Fotos vom Prom.

„Das war das erste Mal, dass du dir die Haare gefärbt hast. Türkis, damit es zu deinem Kleid passte."

„Wohl eher Kotzegrün." Ich schüttle den Kopf. Die Farbe lässt mich kränklich aussehen. „Ich kann nicht fassen, dass du sie ihm alle geschickt hast und er sie behalten hat."

„Oh, Schätzchen." Sunny umarmt mich und ich bemerke, dass meine Wangen feucht sind. Stimmen murmeln draußen und die Tür öffnet sich.

„Baby." Tank zieht mich in seine Arme. Seine Hand gleitet tröstend meinen Rücken hoch und runter, während ich weine, wie ich es tat, als mir Tank die Nachricht vom Tod meines Vaters überbrachte.

„Er liebte mich." Meine Stimme wird von seiner Schulter gedämpft. „Das tat er wirklich."

„Natürlich tat er das. Was gibt es da nicht zu lieben?"

Das lässt mich noch heftiger weinen.

Amber kommt mit Taschentüchern herein und nach einer Badezimmer-Session mit Notfall-Makeup bin ich in der Lage, mich der Party ein weiteres Mal anzuschließen. Niemand kommentiert meine roten Augen, auch wenn Trey mich heimlich umarmt – was er schnell beendet, als Tank ihn anknurrt. Jared gibt mir eine Ghettofaust und Amber winkt mich zum Rand der Terrasse, damit ich mich zu ihr und Garrett stelle.

„Wir haben eine Überraschung für dich", erzählt mir mein neuer Alpha. „Nur unsere bescheidene Art, dich im Rudel willkommen zu heißen."

Das Rudel versammelt sich vollständig auf der Terrasse, schaut in den Himmel hoch und verstummt.

„War das deine Idee?", frage ich Tank.

„Nein."

„Es war die Idee des Rudels", erklärt Trey. „Aber Tanks Dad hat alles gekauft."

„Seine Art der Entschuldigung", murmelt Tank.

Ich suche in der Menge nach Titus, aber sehe ihn nicht.

„Er ist dort drüben." Garrett deutet zu den Büschen, die ein gutes Stück vom Haus entfernt sind.

Ein Pfeifen, ein Knallen und weiße Funken erhellen den Himmel.

„Feuerwerke", hauche ich.

„Für mein Baby." Tanks Hände halten meine Hüften,

während Feuerwerke rot, gelb, grün, blau und lila immer wieder am Himmel erblühen.

„Regenbogenfarben", merkt Trey an und zupft an einer seiner Haarsträhnen.

Ein Feuerwerk nur für mich.

Tank nimmt meine Hand. „Es ist Zeit."

Er zieht mich zur Seite. Amber und Sunny winken mir zu, als sie nach drinnen gehen. Der Rest des Rudels zieht bereits seine Kleider aus.

Garrett verwandelt sich als Erster, richtet seine Schnauze zum Mond und bellt. Er blickt zurück in Ambers Richtung und wartet, bis sie winkt, bevor er ins Unterholz davonspringt.

Der Rest des Rudels folgt, der Ruf ihres Alphas treibt sie zur Verwandlung.

Tank hält Wache, während ich in das Poolhaus trete, um mich zu verwandeln.

„Bist du dir sicher?", frage ich. „Willst du nicht einfach mit dem Rudel rennen?"

„Baby." Er schüttelt den Kopf. „Du bist das Rudel."

Eine Minute später trotte ich in Fuchsgestalt heraus. Tank schnuppert mich ab und begleitet mich vorsichtig zu dem Hügel, auf dem Garrett wartet. Der große Alpha nähert sich und ich rolle mich auf den Rücken, biete ihm meinen Bauch zum Zeichen des Vertrauens und der Unterwerfung an. Ein flüchtiges Schnuppern und Garrett tritt zur Seite. Tank nimmt seinen Platz ein, bis ich wieder auf den Füßen bin. Er übernimmt die Nachhut, während mich Trey und Jared flankieren und Garrett den Weg anführt. Wir rennen, während eine weitere Runde Feuerwerke am Nachthimmel explodiert.

# DANKSAGUNG

Ein großes Dankeschön an unsere wundervollen Testleser Katherine Deane und Aubrey Cara, die das Manuskript erst kurz vor knapp zu lesen bekamen, sowie an Margarita C. für ihre Hilfe und Ratschläge bei rechtlichen Themen.

Einen dicken Schmatzer an Kate Richards, unsere fabelhafte Lektorin, die uns stets dazu bringt, genauer zu lesen, und unsere Bücher zwischen Feiertagen und anderen Projekten einschiebt, wenn wir eine fixe Deadline haben, und auch an Miranda aka Mommy's a Book Whore für das zusätzliche Korrektur- und Testlesen.

Danke an Lees Goddess Group und Renees Romper Room für eure Unterstützung und lieben Worte. Danke an unsere Vorableser und an L. Woods PR und die Blogger, die uns bei unseren Veröffentlichungen unterstützen. Ihr seid alle fantastisch!

# MEHR WOLLEN?


**Bitte genieße diesen kurzen Auszug aus dem nächsten alleinstehenden Buch in der *Bad-Boy-Alpha*-Serie**

*Alphas Versuchung*
  *Alphas Gefahr*
  *Alphas Preis*
  *Alphas Herausforderung*
  *Alphas Besessenheit*

BÜCHER VON RENEE ROSE

**Unterwelt von Las Vegas**

King of Diamonds: Was in Vegas passiert, bleibt in Vegas, Band 1

Mafia Daddy: Vom Silberlöffel zur Silberschnalle, Band 2

Jack of Spades: Gefangen in der Stadt der Sünden, Band 3

Ace of Hearts: Berühmtheit schützt vor Strafe nicht, Band 4

Joker's Wild: Engel brauchen auch harte Hände (Unterwelt von Las Vegas 5)

His Queen of Clubs: Russische Rache ist süß (Unterwelt von Las Vegas 6)

Dead Man's Hand: Wenn der Tod mit neuen Karten spielt

Wild Card: Süß, aber verrückt

**Wolf Ranch**

ungebärdig - Buch 0 (gratis)

ungezähmt– Buch 1

ungestüm - Buch 2

ungezügelt - Buch 3

unzivilisiert - Buch 4

ungebremst - Buch 5

**Wolf Ridge High**

Alpha Bully - Buch 1

Alpha Knight - Buch 2


**Bad Boy Alphas**

*Alphas Versuchung*

*Alphas Gefahr*

*Alphas Preis*

*Alphas Herausforderung*

*Alphas Besessenheit*

**Die Meister von Zandia**


*Seine irdische Dienerin*


*Seine irdische Gefangene*

*Seine irdische Gefährtin*

*USA TODAY* Bestseller-Autorin RENEE ROSE liebt dominante, verbalerotische Alpha-Helden! Sie hat bereits über eine Million Exemplare ihrer erotischen Liebesromane mit unterschiedlichen Abstufungen verruchter sexueller Vorlieben und Erotik verkauft. Ihre Bücher wurden außerdem in *USA Todays Happily Ever After* und *Popsugar* vorgestellt. 2013 wurde sie von *Eroticon USA* zum nächsten *Top Erotic Author* ernannt und freut sich ebenfalls über die Auszeichnungen Spunky and Sassy's *Favorite Sci-Fi and Anthology Autor*, The Romance Reviews *Best Historical Romance* und Spanking Romance Reviews *Best Sci-fi, Paranormal, Historical, Erotic, Ageplay and Couple Author*. Bereits fünfmal gelang ihr eine Platzierung in der USA-Today-Bestsellerliste mit verschiedenen literarischen Werken.

Besuchen Sie ihren Blog unter www.reneeroseromance.com

*Die Berserker-Saga*

*Verkauft an die Berserker*

*Gepaart mit den Berserkern*

*Entführt von den Berserkern*

*Übergeben an die Berserker*

*Gefordert von den Berserkern*

*Die Frauen der Berserker*

*Gerettet vom Berserker – Hasel und Knut*

*Gefangen von den Berserkern – Weide, Leif und Brokk*

*Verschleppt von den Berserkern – Salbei, Thorbjorn und Rolf*

*Gebunden an die Berserker – Laurel, Haakon und Ulf*

*Berserker-Nachwuchs – die Schwestern Brenna, Sabine, Muriel, Fleur und ihre Gefährten*

(demnächst)

*Die Nacht der Berserker* – die Geschichte der Hexe Yseult

*Eigentum der Berserker* – Farn, Dagg und Svein

*Gezähmt von den Berserkern* – Ampfer, Thorsteinn und Vik

*Beherrscht von den Berserkern*

*Unschuld mit Stasia Black (Eine dunkle Liebesgeschichte)*

*Das Erwachen (Unschuld 2)*

*Königin der Unterwelt: Eine Dunkle Liebesgeschichte (Unschuld 3)*

*Die Gefangene des Biestes: Eine dunkle Romanze (Die Liebe des Biestes 1)*

*Die Rache des Biestes: Eine dunkle Romanze (Die Liebe des Biestes 2)*

*Der Soldat, der mich verführt*

*Draekons (Drachen im Exil) mit Lili Zander* (Eine Sci-Fi Dreierbeziehung Romanze)

*Draekon Gefährtin*

*Draekon Feuer*

*Draekon Herz*

*Draekon Entführung*

*Draekon Schicksal*

*Tochter der Dragons*

*Draekon Fieber*

*Draekon Rebellin*

*Draekon Festtag*